《思想＊多島海》シリーズ

共和国幻想

レチフとサドの世界

植 田 祐 次

法政大学出版局

目次

1 幸福をめぐる三つのパラドックス

パリのカルチエ・ラタンの一角に、一五世紀末、古代の共同浴場跡に隣接して建てられ、修道士の居住に供されていた建物が改造されて残っている。サン゠ミッシェル大通りのソルボンヌと目と鼻の間にある古めかしくも風変わりなその建物は、中世美術を豊富に所蔵することで知られるクリュニー美術館である。パリを訪れたことのある人たちには、この美術館の愛好者も少なくないにちがいない。

この美術館の目玉は、なんといっても、「貴婦人と一角獣」(La Dame à la Licorne)を扱った大きな六枚一組のタピスリーである。最初の一枚では、貴婦人は右手に持つ鏡に純潔と清純を象徴する一角獣の姿を映し出している。二枚目では、貴婦人が弾く竪琴《たてごと》の音色に侍女と一角獣とライオンらが聞き入るさまが描かれている。三枚目では、貴婦人が器に盛られたボンボンのような菓子に手を伸ばすのを尻目に、その足元に座る猿はすでに菓子を頰張っているように見える。猿は、四枚目でも貴婦人が始めた動作を完成してみせる。貴婦人が侍女の差し出す器から一輪のナデシコの花をつまんでいるが、猿は早くもその手に握った花の匂いを嗅いでいるからである。五枚目には、従順な優しい眼差しで見つめる神話上の一角獣の角を貴婦人がそっと左手で握っている図が描かれている。六枚のタピスリーのうち、これらの五枚が人間の感覚を表していることはたやすく見てとれる。すなわち、視覚、聴覚、味覚、嗅覚、触覚の五感を順次、表象しているのである。

ところで、最後の六枚目だけは、天蓋の天辺に「わが唯一の願いに従って」(A mon seul désir) という一句が記されている。(1) 六枚目のタピスリーの図柄の解釈は今日なおかならずしも最終的な決着を見ていないようだが、一八世紀に入って六枚のタピスリーがまとまった一組のものとして考えられるようになり、その後一九世紀にジョルジュ・サンドが小説で取り上げてからは「貴婦人と一角獣」はにわかに世の脚光を浴び、研究と仮説が相次ぐことになる。現在までに明らかにされているのは、六枚目が五感を表す五枚と一体となっていること、六枚のタピスリーは、リヨンの出で、パリに移り住んで宮廷の覚えもめでたく家運の隆盛を誇っていたル・ヴィースト家の主人が、娘の結婚に際して織らせた作品と推定されること、制作された時期は一四五七年から一五〇〇年の間と見なせることなどである。

六枚のうち、最後のタピスリーは仕上がりがもっとも美しい。金糸銀糸の絹紋織物の長いスカートの上から赤いドレスをまとった貴婦人は、侍女が抱え持つ宝石箱の上で首飾りを両手に握っている。貴婦人のその動作は宝石箱から首飾りを取り出そうとしているのか、それとも逆に、取りはずした首飾りを宝石箱に収めるところを表しているのか。それが長らく論議の種だったが、今日では、貴婦人の手の所作から後者の方に解するのが自然と見なされているようだ。それでは、五感を表象する五枚のタピスリーと最後の一枚はどのように対応し合い、どのような寓意を秘めていることになるのか。そしてまた、「わが唯一の願いに従って」の一句は何を意味するのか。一五世紀といえば、『遺言詩集』の詩人フランソワ・ヴィヨンが彷徨していた時代である。教会の内外に「死を想え《メメント・モリ》、死を想え」を繰り返す説教師の声が響いていた頃、娘を嫁がせる富者の父が愛娘のために制作させた六枚のタピスリーには、はかない感覚の世界に溺れず、信仰をゆるがせにせず生きよという、願いにも似た父の教えが込められているように思われる。事実、現在では美術館の解説書もそうした見方から書かれている。「宝石箱に仕舞い込まれる首飾りは、われわれのうちにあって抑制のきかない感覚が猛威を振るわせる情念の放棄を象徴しているのである」(2)。ル・ヴィート家の四代目の当主は、おそらく娘が感覚に支配される情念に頼らず、信仰心を「唯一の願い」として生きるよう諭したかったにちがいない。

　やや長々と中世のタピスリー「貴婦人と一角獣」について言及したのは、フランスの一八世紀人とりわけ代表的な知識人の多くが、文筆活動あるいは思想的営為の過程でいみじくもタピスリーの寓意を逆にたどり直したと想定されるからである。「貴婦人と一角獣」が五感のはかなさを確かめるかのように、視覚から触覚までの感覚の世界を見定めた後、キリスト教の信仰を唯一の願いとする生のスタイルを選ぶのに対して、フランスの一八世紀人はあたかもその過程を遡行《そこう》して感覚へたどり着くかのようだ。たとえばヴォルテールのような人たちはカトリシズムの神秘を迷信として批判し、またレチフのような人たちは聖書の「創世記」を作り変え、あるいは否定し、さらにサドのような徹底した人たちは神の存在を認めず、一切を自然の法則にもとづいて説明しようとする。そうした人たちに共通することは、感覚を人間の認識の出発点とする考え方であり、人間の存在と幸福の自覚は感じることにあるとするきわめて現世的な生のスタイルである。

　そうした一八世紀の傾向に注目しつつ、以下に三人の作家の生のスタイルを取り上げ、彼らがそれぞれどのような幸福を追求し、その結果いかなる地点にたどり着いたかを素描してみたい。といっても、この時代の幸福観の要諦は、つとにロベール・モージの古典的名著『一八世紀における幸福の観念』(一九六五)で論じつくされており、今さらそれをなぞってみても始まらない。私はただ三人の作家が残した遺言書ないしそれに類するものを前に置き、彼らが三人三様に求めた幸福とその帰着点をごくかいつまんでスケッチしてみようというにすぎない。三人の作家とはニコラ゠エドム・レチフ、筆名レチフ・ド・ラ・ブルトンヌ(一七三四―一八〇六)、およびドナシアン・アルフォンス・フランソワ、サド伯爵、通称サド侯爵(一七四〇―一八一四)、そしてフランソワ・マリ・アルエ、筆名ヴォルテール(一六九四―一七七八)である。

「失われた幸福」の行方

レチフ(Rétif de la Bretonne)の日記『わが落書き』は、もともとその題名が示すように、パリのサン゠ルイ島の石壁への落書きに由来する。彼は作家となる以前、おそらく一七五二年頃から手帖を持ち歩き、日付を記した覚え書きを短い文にしたためていた。たとえば、それはこんな具合である。「一七五二年一〇月二六日、早起きしてこんな反省をした。来年の同じ日、同じ時刻に私は何を考えているだろう、と」。そして翌年の同じ日にその箇所を読み返し、コメントを記す。特記すべき日付と出来事を手帖に控え、それを後に読み返して自らの生の有り様《よう》を確かめる習慣は、やがてサン゠ルイ島への散策と結びつき、島の河岸の石壁への落書きが始まる。彼は夕暮れ時に誘われるように島へ出かけ、島の東端の石に腰を下ろしては「時間との対話」を繰り返す。

レチフはそうした行為を、「子供のような振る舞い」(『国民の偏見』)と控えめに語っている。しかし、そんな彼の行為も、時代の精神のコンテクストの中に置き直してみると、まことに興味深い意味を帯び始める。フランス文学史を開けばかならず言及される重要な出来事に、「新旧論争」がある。ルネサンス以来、古代ギリシア・ローマの文学を手本としてそれを模倣する習慣は一般化していたが、そうした古代崇拝を疑問視する傾向が次第に強まり、一六八七年、ルイ一四世の時代はローマのアウグストゥス皇帝の時代のそれにも匹敵するという詩をシャルル・ペローがアカデミーの席上で朗読したことが発端となって、当時の文学界を古代派と近代派に二分する論争が起こった。そして結局、一七世紀末から一八世紀初頭までつづいたこの論争も近代派の勝利で終わるが、理性による自由な検討の時代の到来を象徴するその論争のいくつかの局面の一つに、ルイ一四世を称える石碑の建立計画をめぐる議論があったことも大抵の文学史に記されている。碑文をラテン語で書くか、それともフランス語で書くかを選択しなければならなかった。しかし実は、その論争に先立って、碑文に関して持ち上がったもう一つの議論があったことはあまり知られていない。碑文は何に書かれるのがもっとも永続性を保証されるか、紙や画布に書くべきか、タピスリーに織り込むべきか、石に刻むべきか。石碑が選ばれたのは、それがもっとも時間を超えて永続すると思われたからである。

ルイ一四世を称える石碑はついに建立されずじまいだったとはいえ、レチフがサン゠ルイ島の河岸の石壁に金具で日付と心象を刻んだ落書き行為は、石碑建立のこの挿話と重ね合わせるとき、にわかにその時代に特有の意味を獲得する。やや誇張して言えば、石壁の落書きは、移ろいやすい五感に映じた瞬間の印象をいわば永遠化しようとする企てにほかならないからである。

レチフは『パリの夜』で、サン＝ルイ島への散策について書いている。「島めぐりは私にとって無上の楽しみとなった。毎日が島の石の上に刻まれるのだ。一つの語、一つの文字が私の気持を表している」。レチフの感性は高揚すると、未来へ向かう。たとえば、一七八三年に彼は、一七八五年一〇月六日の日付を先取りして落書きし、その後、時折その日付を眺めては上からなぞる。やがて二年が過ぎて一〇月六日がやってくると、その脇に新たにラテン語で書き足す、「ツイニ、見《マミ》エリ！」。

では、レチフの時間との対話は何を主題としていたのであろうか。彼は、今の引用文につづけてこう述べている。「それは、もうすでに三年つづいている。……私は今、一瞬のうちに四倍を生き、現在に先立つ三年を生きる。三年前の同じ日、同じ瞬間に私はああだった！　二年前にはああだった！　去年はああだった！　そしてきょう、私は幸福でなくなったのか、それとももっと幸福になったのか」。この一文は、レチフの「時間との対話」の主題が彼自身の現在の幸不幸であったことを明かしている。

しかし、実を言えば、レチフが一七歳でバス＝ブルゴーニュの小村サシを去って州都オセールへ出たとき、彼自身の心の中では幸福はすでに失われていたのである。それというのも、レチフの自伝や現在までに書かれた彼の伝記を読むかぎり、彼が故郷を離れるのは彼自身の願望や意志にもとづくものではなかったからだ。彼は父親にその才能を買われて一七歳のときに都会へ出される。レチフは後年、自伝的色彩の濃い『堕落百姓』や『父の生涯』などで、故郷を離れたときすでに自分の幸福は失われた、あるいは故郷を棄てたときから自分の堕落が始まったのだ、と彼自身の分身と目される主人公に語らせる。『堕落百姓兄妹』の主人公エドモンは、村の兄へ宛てた望郷の手紙で嘆く。「ああ！　幸福はそこにあったのに、どうしてここに求めにやってきたのでしょう！」（第四信）。父のように故郷に留まって農業にいそしむ生活の中にこそ幸福はあった、というのである。

そうは言っても、レチフの道徳意識を「都会は悪を、田園は善を体現する」といったような単純な図式に還元することはできない。都会と田園に対する彼の意識は、もう少し複雑な様相を呈している。一七六七年二月一日から九月二八日まで、レチフは故郷のサシ村に滞在した。それは、彼が処女作『有徳な一族』を出版したものの、不評のまま黙殺された時期である。そのとき、彼は故郷がもはや自分の戻るべき場所でないことに気づく。それまでにも彼はいくどか短時日、サシ村に帰郷している。そのたびに彼の心に強く印象づけられたことは、村の人たちがどこかよそよそしく敬意を表する態度だった。反対に彼の方で感じるのは、村民への優越意識、孤独感、それに知的好奇心を満足させるに足る対象の乏しさや気晴らしの種の不足などに起因する淋しさだった。一七六七年のサシ村滞在は、彼が故郷喪失者《デラシネ》であり、彼の住みうる場所がパリをおいてほかにないことを悟らせている。

事実、レチフは『パリの夜』で、パリについて「世界の都市の中でももっとも官能的であり、もっとも自由で快適であり、したがってもっとも幸福であったこの首都」と語っている。また『父の生涯』では、パリは「あらゆる被圧迫者の隠れ家、人類の慰み」と見なされ、『堕落百姓』では、「精神の王国におけるパリは、物質の王国にそびえる山のようなものである。そこではわれわれはいっそう自由に呼吸する」とさえ述べられている。パリは、芸術的な記念建造物、カフェ、散歩道の風景、とりわけ劇場の芝居によって彼を魅了した。自らの楽しみがパリで洗練され、自らの欲求もパリで多様化されたことをレチフは認めている。

故郷で農事にいそしむ人生に見出すべき幸福を、一七歳で村を離れたとき永久に失ってしまったという ある種の後悔に似た思い、そしてその一方においては限りなくパリに魅せられていく意識、そうした相対立し合う両面感情《アンビヴァレンツ》は、レチフの創作活動の重要なバネの一つである。ユートピア作品の黄金時代と言われるフランスの一八世紀にあって、彼はユートピア作品をもっとも多産した一人に数えられるが、それはいま触れた彼の両面感情と深く関わっている。レチフのユートピアの核をなすのは、理想化された故郷のサシ村である。そしてそこには、作者の分身と目される主人公が登場することも珍しくない。都会やパリは理想化された故郷をモデルに改革され、言うならば「サシ化」される。帰郷願望が架空の想像上の世界で実現され、離郷によって「失われた私の幸福」が回復されるのである。

一七八九年、フランス革命に遭遇したとき、レチフは五〇歳代半ばにさしかかっていた。『パリの夜』によれば、バスチーユ奪取の報を聞いた彼は、「驚きで息がつまりそう」になりながら、「恐怖と歓喜」を同時に味わっている。しかし、八九年の一〇月事件が国王のパリ帰還で決着してから九〇年にかけて、フランス国民のだれもが革命の終焉《しゅうえん》を信じて疑わなかったにもかかわらず、九一年の国王一家の国外逃亡とその挫折をきっかけに、革命は新たな局面に入る。国王の裁判が行なわれ、国民公会は、国王処刑を主張するジャコバン・クラブなどの急進的ブルジョワや民衆に支えられたモンターニュ派と、民衆蜂起や国王処刑に難色を示すジロンド派に分裂する。やがてジロンド派が追放、逮捕され、ジャコバン独裁の革命政権が出現することは周知のとおりである。レチフは当時の大半の文学者の例にもれず、心情的にはジロンド派に近かったと見てよい。

レチフに関するすぐれた伝記を著したネッド・リヴァルの説をやや補足しつつ要約するなら、革命期のレチフの立場は次の三点につきる。それはすなわち、民衆支配をも含めたいっさいの専制支配の否定、したがって法の尊重、つぎにカトリックの聖職者と彼らの信仰へ向けられた心底からの憎しみ、最後に流血の惨事を伴う暴力への嫌悪と恐怖である。革命期もとりわけジャコバン独裁期（一七九三―九四）に入ると、レチフの書く文章には身に危険が迫るのをおそれて、韜晦《とうかい》と見られる表現が多用されるが、しかしつぎの二通の私信と「遺言書」と題された文章は、革命に対する彼の信条を率直に表している。まず最初の私信はこうである。年来の親友であり、美食文学を拓いたグリモ・ド・ラ・レニエールは、亡命先で『パリの夜』第二部を読み、レチフが「民主主義者へ変貌した」ことを難詰する手紙を送った。一七九二年一一月、レチフは次のような返事を書き、ラ・レニエールをたしなめている。

「胸に手をあてて考えてみることです。つねに正しい後代は、反革命派を嘲笑することでしょう。〔……〕祖国を裏切った子供には、祖国の懐《ふところ》に帰ったときにはじめて救いがあるのです。その懐にこそ、栄誉と栄光と安全があなたを待っています。さらば、かつての友より！」

旧友への絶縁状となったラ・レニエール宛のこの手紙は、九二年末の時期にレチフが革命派の立場にあったことを教えている。もう一つの私信は、彼の愛読者に書かれた手紙である。レチフがドフィネ地方の都市グルノーブル在住のフォンテーヌ夫妻と交した文通は九七年三月から九九年一一月までつづき、作家の貴重な日録となっているが、九七年四月の夫妻宛の手紙には次のような文面が見出される。

「お気づきのとおり、若干の人々の過誤にもかかわらず、私は共和主義者です。でも、ジャコバン派ではありません」。

このときの手紙の一節の意味は、それから半年足らず後の同年九月に書かれた「遺言書」(3)の文章で補われる。ピエール・テスチュによれば、当初レチフはこの「遺言書」を、自伝『ムッシュー・ニコラ』末尾の四八四一～五三ページに入れるつもりであったらしいが、あまりに激烈なその内容が官憲や当事者たちからの報復を招くことを恐れて削除したようだ。「遺言書」の比較的短い前半では「公衆の敵」が断罪され、長文の後半では「個人的な敵たち」が激しい口調で非難されているので、この一文は遺言書というよりも、死期の遠くないことを予感した作者の九七年当時の「信条表明」と考えられなくもない。しかし、「私が心に秘めていたことと私の遺言を含むこの一文」といった表現もここには見出される。

「遺言書」は次のような文で始まる。

補遺一七九七年

『最後の恋』の紙葉Eの印刷を終えた九月二六日の日付を島に刻んで一五年目の記念日、きょう、共和暦六年葡萄月《ヴァンデミエール》六日（一七九七年九月二六日）、私は『ムッシュー・ニコラまたは解き明かされた人間の心』を書き上げて島を散歩した。胸が熱くなるのをおぼえながら、こう言った。「ああ、私の島よ、分かっておくれ、私は死んでもかまわない！　私の作品が完成したのだから！」

私は家に帰ると、「わが遺言書」を書き始めた。

書き出しのこの文章から、レチフのサン＝ルイ島への散歩の習慣が依然としてまだつづいていること、彼が『ムッシュー・ニコラ』を書き上げ、印刷を完了して、「もう死んでもかまわない」と思いながら、「遺言書」を書き始めた状況などを推察することができる。しかし、注目すべきは、それにつづく一節である。

私は、自分に多くの不幸とわずかな幸福とをもたらした革命を、熱烈に愛してきた。なぜなら、もし革命がなかったら、『解き明かされた人間の心』を出版することはできなかっただろうからである。しかし私はいま、かつての下劣な恐怖政治家《テロリスト》たちに嫌悪の情を抱いているとはいえ、国民公会に陣取っていたあの恐怖政治家たちへの私のそんな嫌悪も、下劣な貴族主義を信奉する現今の殺人者どもへの嫌悪に比べれば、まだはるかに弱い。殺人者どもは至極まっとうな市民や国有財産の買い主たちを虐殺しているからだ。（……）これこそ、正真正銘の無頼の徒《アナルシスト》ではないか！（……）無頼の徒は地獄へ堕ちよ！　それが死を間近にしたニコラ＝エドム＝アンヌ＝オーギュスタン・レチフの願いである。

革命がレチフに多くの不幸をもたらしたことはたしかである。アッシニア紙幣の暴落とともに彼は破産状態に追い込まれ、九六年には総裁政府下の議員カルノに嘆願書すら書いている。貧窮に加えて娘たちの不幸が重なる。それにもかかわらず、彼は自らの作品の代表作となる自伝の刊行を喜び、革命の行方に重大な関心を払っていることになる。総裁政府下の時代（一七九五―九九）は、一〇年に及ぶフランス革命期の中で、極度の貧窮に苦しむ民衆を尻目に、投機家たちが暴利を貪《むさぼ》り、伊達を気取った王政主義者《ミュスカダン》たちがわが物顔に闊歩しては白色テロを繰り返していた時期、言うならば、ジャコバン独裁崩壊後のもっとも堕落した時期である。ロベスピエールらのジャコバン独裁を嫌悪していたレチフは、その後に出現する総裁政府期の退廃した社会に直面し、フランス国民の幸福が王政主義者に蹂躙《じゅうりん》されるのを看過する総裁政府を、遠回しながら痛烈に批判している。このとき、レチフの脳裏に「私の幸福」はない。

レチフはすこぶるエゴサントリックな作家である。『ムッシュー・ニコラ』以前にも、彼は自伝を書く意図があった。その自伝は書かれなかったが、作品冒頭に掲げるはずであった献辞だけが残っている。「私への献辞」と題されたその一文は、「私」への呼びかけで始まる。「親しい私よ！ 友人の中の最良の友、だれよりも強力な私の庇護者にしてこの上なく率直な支配者よ、わが心の解剖を献呈することをどうか受けてくれ」。自らに献辞を書くほど「私」にこだわる作家が、先に述べたように「失われた私の幸福の回復」を創作上の重要なバネとしてきたことは少しも不思議ではない。不思議なのは、一七九七年のレチフのすべての意識が「失われようとするフランス人の幸福」への不安と憤りに向けられていることである。これは、まさしく幸福をめぐるパラドックスと呼ぶほかはない。

「遺言書」の中のサド

レチフとサド（Donatien Alphonse François, marquis de Sade）が犬猿の仲であったことはよく知られている。そして反目し合う二人の関係は、一世代上のヴォルテールとルソーの関係にどこか似たところがある。機会あるごとに相手を攻撃するが、たえず相手の存在を意識し、相手の動向に注意を払わずにいられない、といった点が似通っているのである。

たとえば、レチフは『パリの夜』（第二七四夜、第二九三および二九四夜）で、一七六七年のアルクイユ事件と一七七二年のマルセイユ事件の風聞に基づき、生体解剖を企てた「怪物サド像」を作り上げてその伝説を後世に残した。これに対してサドも負けてはいない。中短編小説集『恋の罪』（一八〇〇年）の長文の序文「小説論」で、彼は貴族の高みから見下ろすようにレチフを罵倒し、けなしてみせる。しかし、その一方でサドは、当時の論壇を賑わせていた売春制度を論じたレチフのユートピア物の第一作『ポルノグラフ』（一七六九年）をひそかに読み耽り、参考にしていたふしがある。一方、サドの最晩年の作品『フロルヴィルの日々』の草稿は官憲の手で焼却されたため、幻の書となっているが、レチフは書店主を通じてその草稿に目を通していた。レチフ研究の泰斗ピエール・テスチュは、書店主を経由して当時しばしば作品の草稿が回し読みされていたことを指摘した上で、レチフの自伝から、『フロルヴィルの日々』が当初は『放縦論』と題され、『閨房哲学』の続編として書かれていた経緯を明らかにしている。

サドは一七九一年、三部作の中の第二作『ジュスチーヌまたは美徳の不幸』の匿名出版で作家デビューする以前に、アルクイユ事件やマルセイユ事件などのスキャンダルによってすでにその名を世に馳《は》せていた。しかし、彼の放蕩は、たんなる貴人の遊蕩の域を超え、はなはだ確信犯的であった。彼の行為には、カトリシズムや宗教的権威に対するあからさまな挑戦ないし反抗がうかがわれるからである。周知のように、彼が広場で物乞いする女を別宅に連れて行き、鞭打ち、監禁したといういわゆるアルクイユ事件の実行には、その年の四月三日の日曜日すなわち復活祭の日が選ばれている。これは偶然とは考えにくい。

彼は主として小説という形式を選んで作品を著し、その思想を表現しようとした。サドの小説に登場するあまたのリベルタン（神を信じない反抗的放蕩者）の中でも大型人物は、しばしば法衣をまとった修道士、それも高位聖職者である。そこにもまた、確信犯的な反抗者としての彼の明確な意図を見て取ることができる。たとえば、『ジュスチーヌまたは美徳の不幸』のサント＝マリ＝デ＝ボワ修道院のシーンで、クレマン神父は「生ける鏡」の比喩を自説に援用している。もし鏡が対象を客観的に映す能力ばかりでなく、対象を醜くしたり、それに魅力を添える創造的な能力をも併せ持ち、さらに感覚能力を兼ねそなえるとすれば、鏡は対象に好意的な感情を抱き、それに応じて対象とまったく異なる像を映し出すのではないか、というのである。明らかにこの比喩は、イギリスの哲学者ジョン・ロックの感覚論を継承し、さらにそれを徹底させようとしたフランスの哲学者コンディヤックが、『感覚論』の冒頭で生得観念を否定するために用いた「石の彫像」の比喩を念頭において語られている。彫像に嗅覚などの五感を次々に与えていけば、彫像はついには人間と同様に薔薇を認識する力を獲得するにちがいない。コンディヤックのこの比喩は、サドの小説の登場人物クレマン神父によって、「薔薇の匂いを不快に思う四分の一の人間」の趣味を弁護する比喩に転用されることになる。

このリベルタン修道士は、『悪徳の栄え』や『ソドム百二十日』に登場するリベルタンと同じく、幸福とは快楽への欲求の充足にほかならないとうそぶいてみせる。「そもそも人間は他人の幸福より自分の幸福を好むものであり、自然が授ける第一のもっとも確かな行動指針は、だれを犠牲にしても構わないから、幸福になれと命じている」と、クレマン神父はジュスチーヌに語る。隣人愛などという思い込みは妄想であり、そうした妄想はキリスト教が作り出したものにすぎず、自然のせいではまったくない。

なぜなら、自然は破壊によってしか創造しないからだ、というのが神父の説である。幸福を感覚器官の充足の中に求め、他者と絶縁した快楽を追求するサドのリベルタンたちの姿には、しばしば悲壮感と孤独の影さえただよう。その悲壮感と孤独の影は、果たしてサドその人と二重写しになるものであるのか。それについていみじくも明かしているのが彼の「遺言書」である。

五条からなるサドの「遺言書」の最初の三条には、「心優しい女《サンシーブル》」のニックネームを与えられていたマリ＝コンスタンス・ルネル嬢、すなわち元ケネー夫人の愛情への感謝と彼女への財産遺贈が記され、第四条には「遺言書」作成の任に当たった公証人ピエール・フィノへの指輪の遺贈が記されている。しかし、とりわけわれわれの目を引くのは、最後の第五条の一節である。

墓穴を覆ったならば、後日、当該墓穴の地表が植栽して補われ、かつまた以前のようにふたたび雑木林がそこに生い茂る頃、私の墓の痕跡が大地の表面からなくなるよう、その上にドングリの苗木を植えるものとする。それは、墓の痕跡がなくなるごとく、私に関する記憶が人々の意識から消え去ることを私が期待するからである。とはいえ、私を最期の瞬間まで愛してくれた少数の人たちは別である。私は彼らについての真に優しい思い出を墓まで携えて行くであろう。

この文章を読めば、だれしもなんらかの衝撃をおぼえるにちがいない。フィリップ・アリエスは、この「遺言書」に、「肉体への軽蔑と不死に対する徹底した拒否」という「二つの意見の完全な混同」を読み取っている(4)。たしかに、死は「自然と永遠なる物質への回帰」(アリエス)であり、大地に肉汁を与え、それを肥沃にするにすぎないという考え方と、霊魂の不滅を信じない立場とは二つの別な見方に立脚している。しかしサドは、唯物論者として死を肉体の自然への回帰と考え、無神論者として霊魂不滅の立場を拒否したとも考えられる。それゆえに彼は、「遺言書」の引用文のすぐ前のくだりで、「いかなる宗教的儀式も行なわず雑木林の中に埋められることを望む」と記して、神への信仰を拒否しているのである。

　サドが「遺言書」で死を自然への肉体の回帰と見なし、霊魂の不滅と神への信仰を拒んでいること自体、すでに驚嘆に値する。しかしそれ以上に、「墓の痕跡がなくなるごとく、私に関する記憶が人々の意識から消え去ることを期待する」この文学者の言葉は、われわれを一瞬、絶句させ、呆然とさせずにおかない。サドはアンシャン・レジームから革命期を経てナポレオン帝政まで生きるが、どの時代にも理解されることはなかった。彼はつねにいくつものスキャンダラスなレッテルを貼られつづける。一八世紀のフランスの文学者には、同時代に理解されないことを悟って、自らの作品の評価を後代の判断に委ねようとする人たちがいた。ディドロがそうであったし、コンドルセもその一人に数えられる。レチフはしばしば後代の読者の判断について言及している。しかし、サドは彼に関する記憶が肉体とともにこの世からなくなることを望んでいるのである。未来永劫《えいごう》にわたっておのれが理解されることはないであろうと平然と達観する意識は、一切の感傷を排する透徹した知性にほかならない。

　以前、サドを漫然と読んでいたとき、私はこの「遺言書」第五条の存在を知って彼の作品と本気で向き合う気になったものである。けれども、第五条にはさらに興味深い記述がもう一つ含まれていることに、私は最近になって気づいた。それは、「遺言書」の最後の文言である。「墓の痕跡がなくなるごとく、私に関する記憶が人々の意識から消え去ることを期待する」と述べた後、サドはこれに但し書きを付けている。そこには、「私を最期の瞬間まで愛してくれた少数の人たち」との心の交流に関する言及が見られる。彼は、心を許した「少数の人たち」から彼自身が忘れ去られることを望まず、また「少数の人たち」の優しい思い出を最期の瞬間まで忘れない、と語っているのである。ここで言う「少数の人たち」は、スタンダールの「ハッピー・フュー」を先取りした感すらある。

サドの作品を読むと、私たちは作中に登場するリベルタンたちと作者とを重ね合わせたい誘惑に駆られる。しかしサドは、「三文時評家ヴィルテルクに答える」で、作者と登場人物を同一視する愚かさについて語っている。そのパンフレットの一文は、時評家を煙にまく意図が見え隠れするが、サドの指摘自体はけだし正当なものと考えなければならない。彼が描いたリベルタン修道士たちは、幸福とは感覚器官の充足であると主張し、自然にもとづく指針によれば、「だれを犠牲にしても構わないから、幸福になる」ことだと断言する。一方、サドの「遺言書」末尾の文章は、彼の考える幸福が意外にも別なところにあったことを教えている。

「遺言書」がしたためられたのは死の八年前、一八〇六年一月三〇日である。それから八年間、サドは自然への肉体の回帰である死を迎えるまで、霊魂の不滅と神への信仰を拒み、彼を愛してくれた少数の人たちとの心の交流を幸福としながら生きたことになる。「遺言書」末尾の文章は、サドが晩年にたどり着いた自己の幸福の拠り所を示しているように思える。私たちは、図らずもそこにサドの幸福をめぐるパラドックスを見て取ることができる。

宮廷における幸福と人間の不幸

次に引用するのは、一八世紀に書かれたある小説の中で主人公が自らの境遇を慨嘆するモノローグの一節である。

いったい、人間の一生とはなんだろう。おお、徳行よ！　おまえは私にとってどんな役に立ってくれただろう。二人の女は卑劣な仕方でわたしを欺いた。三人目は少しも罪を犯していないばかりかほかの二人より美しいのに、死を迎えようとしている有様だ！　わたしがしてきたよいことはどれも、いつだってわたしにとって不幸のもとになったし、わたしが権勢を極めたのも、世にも恐ろしい不幸の深淵へ落ちるためでしかなかった。もしわたしが他の多くの人たちと同じように悪人であったなら、さだめしいま頃はわたしも彼らと同じように幸福になっていることだろうに。

美徳の不幸を嘆く主人公のこのモノローグを一読して、サドの小説のどこかにありそうな嘆き節だと見当をつけたとしても少しもおかしくはない。だが、この引用文はヴォルテール（Voltaire）の哲学コント『ザディーグ』第八章の一節なのである。サドは古典的な作品や先行作品を故意に自作に取り込んで、挑戦的な仕方でそれらを改変したりパロディー化するのを得意としていたが、ヴォルテールの哲学コントことに『ザディーグ』はそうした技法のレベルを超えて、少なくとも「ジュスチーヌ」物三部作や『悪徳の栄え』に関しては、サドの小説作法のもっとも深いところで影響を与えていると言っても過言ではない。

『ザディーグ』の主人公は、いま引用した箇所より前の第三章で、「この世で幸福になるのは、なんとむずかしいのだろう」とつぶやいている。その溜め息まじりのつぶやきは、作品執筆当時の作者の感慨といくぶんか重なり合っているようにも見える。

平均寿命が三〇歳にも達していなかった革命前の一八世紀のフランスで、八四年の生涯を全うしたヴォルテールの長寿は、一〇〇歳まで生きたフォントネルには及ばないにせよ、やはり例外的な事例に属する。そんな彼の生涯の長い前半を一瞥してまず印象づけられることは、やや乱暴な言い方をすれば、懲りることなく追求される宮廷における幸福である。それはつまり、国王の寵愛と失寵とのめまぐるしい交代、幸と不幸の浮沈の連続とでも言い換えることもできる。

まず皮切りは、二三歳のアルエ青年の筆禍事件である。ルイ一四世の長く重苦しい統治の後に訪れる自由放縦な摂政時代初期の一七一七年五月、彼は摂政フィリップ・オルレアン公を痛烈に風刺する詩「われ見たり」を書いたかどで、バスチーユ獄に投獄される。しかし、一一カ月の獄中生活の間に、以前から構想を温めていた戯曲『オイディプス王』を書き上げ、四月に釈放されると、筆名ヴォルテールを名乗って一一月に上演、大当たりを取った。その余勢を駆って宰相ブルボン公の愛人プリ侯爵夫人の庇護を得た彼は、ルイ一五世とマリ・レクザンスカとの結婚式の席で上演される寸劇の脚本を引き受け、多額の年金を与えられる。ヴォルテールはいまや宮廷の寵児となった感さえあった。しかし彼は、ロアン騎士という貴族といささかいを起こしたことから、その貴族の召使いたちに襲われた。決闘を申し入れようとするヴォルテールに不安を感じた騎士の画策で、一七二六年四月、彼はふたたびバスチーユ獄に投獄される。

それはヴォルテールの身に降りかかる禍福の交代劇の序幕でしかなかった。国外亡命を条件に釈放された彼はイギリスへ渡り、二八年一一月まで滞在し、ロックの経験哲学やニュートン物理学を学び、シェークスピア劇を観劇し、ポープやスウィフトと出会う。ひそかに帰国すると、三四年四月、彼は『イギリス書簡』すなわち『哲学書簡』のフランス語版をイギリスとフランスで出版し、大いに物議をかもした。五月には彼の逮捕を命ずる封印状が出されたため、ヴォルテールはその前年に知り合ったシャトレ侯爵夫人の所領であるシャンパーニュ地方のシレーに逃れなければならなかった。

三四年から四三年までシレー時代のヴォルテールは、愛人シャトレ夫人とともに平穏で充実した生活を過ごしたように見える。しかし、彼の注意はたえずヴェルサイユの宮廷の動向に向けられていた。四三年、彼に敵意を抱いていた宰相フルーリが世を去り、年来の友人ダルジャンソン兄弟が入閣したおかげで、彼はベルリンへ赴いてフリードリヒ二世の意図を探る密使の役を果たすことになる。さらに、四四年、ダルジャンソン侯爵の外務大臣就任は、ヴォルテールの宮廷復帰を有利にした。四五年三月、ついに彼は国王の史料編纂官となり、翌四六年四月には念願のアカデミー・フランセーズの会員にも選ばれ、国王の侍従となる。その頃、おそらくヴォルテールは宮廷における立身出世の中に、おのれの幸福を期待していたにちがいない。

しかし、友人ダルジャンソン侯爵の失脚とともに宮廷での彼の立場はあやしくなる。しかもせっかく手に入れた国王の寵愛は不用意な言動が災いして、一夜にして失寵へと急変する。一七四七年一〇月のある夜、フォンテーヌブローの離宮では王妃らのカード遊びの賭け事が行なわれ、シャトレ夫人が大金をすった。ヴォルテールは軽率にも、夫人に言った。「あなたは、いかさま師たちを相手にしているのですよ」。彼は英語で語ったが、同席者たちに覚られ、たちまちその場は騒然となる。ヴォルテールとシャトレ夫人は身の危険を察知して、その夜のうちにパリ郊外のソーの小宮廷、メーヌ侯爵夫人の館に逃れた。だが、彼をかくまうことは侯爵夫人の身に累を及ぼしかねなかった。ヴォルテールは完全に国王の寵を失い、宮廷に復帰する希望を絶たれる。

ソーの小宮廷を去ったヴォルテールは、一七四八年、ポーランド王でありルイ一五世の王妃の父でもあるスタニスワフの宮廷がある、ロレーヌ地方の都市リュネヴィルをシャトレ夫人とともに訪れる。不幸はそこでも彼を待ち受けていた。リュネヴィルを気に入っていたシャトレ夫人が、その地にやってきた青年詩人との恋で無聊《ぶりょう》を慰めているところを、偶然にもヴォルテールは目撃してしまったからである。それは、彼にとって生涯でもっとも辛い瞬間の一つであったにちがいない。そのとき、ヴォルテールは齢《よわい》五〇歳半ばにさしかかっていた。一方、シャトレ夫人は四二歳、サン=ランベールは三二歳だった。翌年の九月、夫人はサン=ランベールの子を出産した後、産後の肥立ちが思わしくなく、あえなく世を去った。ヴォルテールは一六年来の愛人を失う。

しかし、ヴォルテールには、宮廷における幸福追求の道はまだ残されていた。それは、プロシア皇帝フリードリヒ二世のポツダム宮に見出されるはずだった。「私は一身の自由を熱烈に愛していたのに、国王から国王へと慌ただしく渡り歩くのが運命だった」と、後に『回想録』（一七五七年）で彼は自嘲気味に語っている。皇太子時代からヴォルテールを神人扱いしていたフリードリヒ二世の懇望に応えて、彼がプロシアに理想社会の建設を期待してフランスを出発したのは一七五〇年六月のことである。ポツダム近郊にヴェルサイユ宮を模して建てられたサン=スーシー宮では、ヴォルテールへのプロシア皇帝の寵愛と友情がみなぎり、彼の幸運が約束されていた。彼は、「金箔を貼った銀の鍵を上着に下げ、首に十字勲章を付け、二万フランの年金を授かることになった」(『回想録』)。銀の鍵は侍従に任ぜられたことを意味していた。

しかし、開明君主フリードリヒ二世が自国では絶対専制君主であり、ヴォルテールのような哲学者を「内心では歯牙にもかけていない」ことを、彼はほどなく痛いほど思い知らされる。ある日、ヴォルテールは、プロシア皇帝が「オレンジは搾って、汁を飲んだら捨てるものだ」と言った事実を、無神論者ラ・メトリから知らされる。一七五二年九月、天文学者でベルリン・アカデミー会長でもあるモーペルテュイとの不和がもとで、ヴォルテールはフリードリヒの不興を買った。彼はついにプロシアを去る決心を固め、皇帝に勲章と侍従の鍵と年金を送り返す。だが、五三年六月、彼がフランクフルトに到着すると、彼を迎えにやってきた姪のドニ夫人とともに監禁された。監禁から解放後、フランス国王にパリ滞在を禁じられていたヴォルテールは、やむなく五四年末、リヨンを経由してジュネーヴへやっとの思いでたどり着き、宮廷における幸福の追求の愚かしさを痛切に悟らざるをえなかった。

そもそも、ヴォルテールが宮廷生活の中に自己の幸福を求めること自体、不可能事の探求を企てることにほかならなかった。宮廷人に要求される適性は、なによりもまず臣下としてのおのれの節度をわきまえ、君主に逆らわないのは当然のこととして、時にはおもねり、しばしば自らの意志を押し殺すことでなければならなかった。してみると、生来、短気で怒りっぽく、人にへつらうすべを知らず、諷刺の才にだれよりも長《た》けていたヴォルテールのような人間に、宮廷人の役が務まろうはずはなかったのである。彼は名門ルイ・ル・グラン校で神童の評判が高く、早熟の天才と世間で謳《うた》われていたが、彼の人間的成熟の道のりは長く、曲折の多いものだった。しかし、数々の苦い体験は、彼の哲学コントの世界を豊かにしたと言わなければならない。

転機は一七五五年一一月一日にやってきた。偶然にもその日は、オーストリア皇女マリア゠アントニアすなわち後のフランス王妃マリー゠アントワネットが誕生した日でもあったが、同じその日にポルトガルの首都リスボンで大地震が起こり、推定二万人を超える犠牲者が出る大惨事となった。ヴォルテールはリスボン地震の知らせを一一月末に受け、翌一二月四日には早くも『リスボンの災厄に関する詩』をスイスの印刷業者クラメールのもとへ届けていたというから、この詩は数日のうちに一気呵成《かせい》に書き上げられたと思われる。

ヴォルテールはかねがねライプニッツやとりわけその弟子ヴォルフの最善説に疑問を抱いていた。神の摂理によって「すべては善である」とするならば、なぜこの世に悪が存在するのか。リスボン地震がきっかけとなり、彼の批判は最善説に対する激烈な怒りとなって噴出する。

過去はわれわれにとって悲しい思い出でしかない。
もし未来がなければ、現在はおぞましい、
それにもし墓場の夜が思考する者を滅ぼすならば。
いつの日かすべては善となる、それこそわれらが希望。

きょう、すべては善であるとは、幻想にすぎぬ。

ヴォルテールの「悪に対する知覚」はこの詩を書き上げた直後にいっそう深まる。罪のない二万人の犠牲者を生んだ地震という「自然的悪」から、彼の目はさらに「道徳的悪」へと注がれる。たとえば、それは、宗教上の不寛容に起因する異端者への迫害であり、無意味に人間の命を奪う戦争である。彼は悪の問題を世俗化し、それを形而上学や神学上の議論から解放して現実の人間の場に移し、人間の不幸と対峙する。宗教的不寛容の犠牲となったジャン・カラスの名誉回復（一七六五年三月）のための精力的な活動を手始めに開始されるヴォルテール晩年の一連の「下劣なもの《ランファーム》」との戦いは、人間を不幸に陥れる迷信や不寛容との戦いにほかならない。

ヴォルテールは、死を迎える一七七八年五月三〇日の三カ月ほど前、正確に言えば三月一八日に、信条表明と目される自筆の短い文章を残している。それは、遺言書と断られてこそいないものの、死期を間近にした「行動の哲学者」の信条表明であるとともに、事実上の遺言書と考えてもよい。「私は神をあがめ、敵を憎まず、迷信を嫌悪しながら死んでいく」。理神論者として、不寛容なものに対して時に不寛容なまでに戦ったヴォルテールの晩年の生涯に鮮明に刻印されているのは、宮廷における侍従の幸福から人間の不幸との対峙への劇的な転換であり、私たちは幸福をめぐるパラドックスのもう一つの例に立ち合うことになる。

レチフ、サド、ヴォルテールの生にうかがえる三人三様の幸福をめぐるパラドックスについて、ここで改めて結論めいたことを述べるつもりはない。ただ、ヴォルテールが手帖に書き残した幸福にまつわる名句を結論代わりに引いておく。「幸福を探し求める人間は、どこか酔いどれに似ている。彼らは自分の家を見つけられずにいるが、自分に家があることは知っている」。レチフやサドやヴォルテールのように、現代に生きるわれわれもまた酔いどれのように自分の家を探し求める漂泊の旅を終え、人生の最後の鐘の音を聞くとき、はたしていかなる地点へたどり着いているのであろう。

（1）美術館には残念ながら、「わが唯一の欲望に従って」という日本語訳が添えられている。

（2）Alain Erlande-Brandenburg, *La Dame à la Licorne*, Editions de la Réunion des musées nationaux, 1989, p. 70.

（3）Rétif de la Bretonne, *Mon testament*, dans *Monsieur Nicolas*, II, Edition établie par Pierre Testud, Bibliothèque de la Pléiade, Gallimard, 1989, p. 1065-71.

（4）フィリップ・アリエス『死を前にした人間』、成瀬駒男訳、みすず書房、一九九〇、三〇六―七ページ。なお、アリエスがサドの「遺言書」についてこの書で言及していることについては、青山学院大学助教授、荒木善太氏からご教示を得た。

2 もう一つの共鳴

ヴィヨンの長篇詩『遺言』がまず与える印象の一つは、冒頭の序説部分にあたる第一二節からおよそ七百行未満の詩行が形見配分の本文と際立って大きな落差をなしていることであろう。佐藤輝夫氏の浩瀚な名著『ヴィヨン詩研究』を参照すれば、諷刺、嘲笑、怨念に充ちた本文に対して、序説部分は青春の追憶を中心とした率直な告白によってばかりでなく、語句や調子においても独立した詩篇を想像させることが分かる。

バラード五篇と物語詩一篇を含むこの序説部分が一九世紀のボードレールやヴェルレーヌらの近代詩に直接つながっていることは、しばしば指摘されてきた。いま仮に少々乱暴を承知で、法王、帝王、貴族から貧者にいたるまで「その身分には　おかまいなく／死が　区別をつけず　掻《か》っ攫《さら》ってゆく」（第三九節）あのダンス・マカーブル（死の舞踏）を彷彿させる普遍平等性を、中世に固有の常套的な外被として暫定的に括弧にくくるならば、美と醜悪の強烈な対照から醸し出されるすぐれてパテティックな序説部分の変化に富む個々の小主題は、詩人個人の内面的時間という一本の糸によってつながっているように思われる。この部分で扱われている貧困、悪、青春の日々の回想、悔恨、老醜、来たるべき死などを、詩人の意識内に時間との対話から生じる心象風景と考えるとき、われわれは一九世紀をまたずして一八世紀末の一人の散文作家のうちに、もう一つの意外な共鳴を見出して驚くのである。

『遺言』序説の第二二節は、つぎのような詩句で始まっている。「さて　まこと　を　申そう　嘆きと涙／（……）労苦　と　うらぶれ　の　旅　を　重ねてきた　あとで」。この〈うらぶれの旅〉を一四六三年一月ヴィヨンが三度パリを離れて経験した流浪の旅と解し、序説の重要な部分は詩人がサン＝メクサン修道院長の保護を受けるまでの幾年かの放浪生活の時期に粗描されたものとする解釈（前掲書、第八章）に立てば、そこからいくつかの示唆を得ることができる。まず、近い過去としてでなく時間的に遠く隔たった青春の日々は、「老いの　門辺　に立」つ詩人の意識のうちに、二度と返らぬ過ぎ去った時間として強い哀惜を喚び起こすに充分である。しかも、回想する〈現在〉の詩人の精神状態は、悔悟しつつなお自己弁明を試みる状態、良心に目覚めながらまだそれをはっきりと自覚しないでいる意識状態なのであるから、事実としてあった過去は決してそのままでは再現されない。それは、時の迅速な流れを覚った苦い悔恨と自己弁明を伴う〈現在〉の魂の状態《エタ・ダーム》＝プリズムに濾過されてはじめて現れる。

「おれには　何とも　青春の　日々が　懐しい」という失われた時についての哀惜は、たちまち「老いの　門辺　に立つ日まで　その日日《にちにち》　を／なんと　濫費して　しまったものよ」（第二二節）と変化し、「現在」の病根の思いに吸収されてしまう。序説部分の大半は、現在と過去の間を、境界を悟らせないほど実にめまぐるしく往復する意識の循環運動であると言ってよい。追憶する〈現在〉の詩人の自己意識が複雑であるだけに、詩句に微妙な陰影と緊張感を生み出す。「おれには　ようっく　わかっている

あの　愚かな／青春の　ころに　学に　いそしみ　善い生活に／身を置いて　生きていたなら　いまごろは／家も　あろう　柔らかな　寝床も　あろう」（第二六節）。この詩句は、現在と過去の截然たる境界を残さない典型的な例であろう。

いや、詩人の意識のたえざる循環運動はたんに現在と過去の間だけに限定されない。それは、現在と過去、現在と未来との間の自在な、不安に憑かれた往復運動でもある。というのも、来たるべき死は詩人の生の時間の極限としての確実な未来にほかならないからである。「おやじも　死んだ（……）／お袋だとて　いずれは　死ぬ　と思っている／（……）その子　の　おれだ　どうして　死なずにいられよう」（第三八節）。

このように見てくると、『遺言』序説はまさしく詩人の意識に生起する時間との対話であるとさえ言いたくなる。そこに認められるのは三種の異質な時間、つまり現実の時間、追憶する意識にある時間、そして虚構の時間である。言いかえれば、事実性のうちに凝固した過去、この過去を回想し濾過して自らに吸収しつくそうとする〈現在〉、最後に、「末期の渇き　が　近づいてきたようだ」（第七二節）と、臨終の床にあって書記フレマンに遺言を書き取らせる騎士＝詩人の虚構の死である。遺言の虚構は、避けがたい死すなわち確実な未来もまた、青春が忽然と飛び立っていったように、瞬時にやってくることを暗示的に匂わせてもいる。

詩人の時間との対話は、時の流れの速やかさや人間個人の脆さに対する怖れと苦痛を感じさせずにおかない。ヨブの言葉、「わが日日は　忽ちにして　過ぎ去った」（第二八節）は、こころも張り裂けんばかりの詩人の嘆きと呼応する。「行ってしまった　徒《か》足《ち》で　なく／馬で　でもなく　では　何として？

／忽然と　飛び立って　いってしまった　よ」（第二二節）。「兜屋小町の悔恨歌」は、消え去ってゆく時のテーマのもっとも真に迫った具体的な表現である。

「むっちりと　肉は　豊かに／盛りあがる　そのほどの好さ（……）広い腰　がっしりとした　太腿の／小さなお庭　の中にある　あの屎《つび》の／なんとすばらしかった　ことわいの」。「それが　いまでは額には皺が　刻まれ／（……）鼻は倒《こ》け　美しさとは　ほど遠く／耳は　だらりと　垢苔《あかこけ》だらけ」。これは、ホイジンガの言う、永遠につきない三つの嘆きのメロディーのうちの第二のメロディー、この世の美とうたわれたものすべてが、腐り崩れていくさまをみて恐れおののくテーマのみごとな展開と言えよう。時の迅速な推移をめぐって、肉体の脆さ、美と醜の対照がこれほどあざやかに描かれた例を、私は知らない。

それにしても、ヴィヨンは、時の流れとともに自我の非連続性がわれわれ自身のうちに生じ、自己同一性が失われることをも悟っていたのではあるまいか。そう推測させるのが雑詩一一「ヴィヨンのこころとからだの問答歌」である。「はて《（からだ）》　何か聞こえる？——おれ《（こころ）》だよ！——おれ《（からだ）》とは？——おまえ《（こころ）》のこころさ」で始まるこの挿話は、文字通り自己の分身化の試みである。詩人の知性ないし良心であるこころと、〈霊肉分かち難い人間性〉（佐藤輝夫『フランソア・ヴィヨン詩集』「雑詩注解」）すなわち人間ヴィヨンであるからだとの問答には、時の流れについての意識が明らかに感じられる。この詩篇が良心糾弾と悔悟の詩調から『遺言』第一二節に連続するとされるだけに、時間を媒介させた自己分析は見逃すわけにはいかない。過去の自分であったものがもはや現在の自分でないという自己同一性の喪失のごときもの、詩人に分身化の試みを促した動機の一つに、そのような自我の非連続性の意識を認めてもあながち見当違いでもなさそうだ。

一八世紀後半の作家レチフの散文世界は、ヴィヨンの『遺言』序説と不思議に共鳴するものがある。たとえば、散文で書かれた「兜屋小町の悔恨歌」として読める『パリの夜』の一挿話「昔の美女たち」をかいつまんで要約すると、こんな話である。

ある日、「私」はたまたま二〇年ぶりに、かつて美女とうたわれた女が夫や娘と連れ立っているところを路上で見かける。女の顔の輪郭にはまだ快いものが残っていたものの、「目鼻は太くなり、繊細なものはもう何ひとつ見出されなかった。(……)娘の方は、私が知っていた時分の母親と同じ年頃なのか。時の大河よ、おまえはなんと速く流れ去るのか!」。「私」は二〇年の歳月の経過によって昔の美女たちがどれほど変わったかを知りたく思う。そこで、かつてはだれもが憧れたS嬢を訪ねるが、家にはそれらしき女が住んでいる気配がない。戸口を行き来している一人の太った女に「私」はS嬢の消息を尋ねてみる。「よござんすとも、本人にお尋ねになるに越したことはありませんものね」。女は微笑したが、そのために少しでも美しくなるというわけでもなかった。だが、女の眼差しにはかすかにS嬢の面影を認めさせる何かが残っていた。「私」は女の手に苦い接吻をする。

ついでもう一人、今は四児の母親となっている昔の美女に会う。「皺がその魅力を食い荒らしていた。(……)女は瘠《や》せ細り、あごが鋭くとがっていた」。

昔はすんなりとして華奢な娼婦であった美女がいま住んでいるという街に出かけた「私」は、肥え太って肉の塊と化した女の姿を見て思わず叫ぶ。「あの恰好のよい腰や魅力的な顔はどこへ行ってしまったのだ。(……)可哀そうなフロール!」女はしんみりとした調子でつぶやく。「ああ、もう一度やり直しがきくものならね」。

「昔の美女たち」に続く「エピメニデス」の挿話は、束の間の生についての自己意識の端的な表現である。作者は、一五七歳あるいは二九九歳まで生きたとも言われるギリシアの伝説的詩人を題材にして、時の推移を中断するような眠りを夢想している。伝説によれば、五七年間洞窟の中で眠り込んだというエピメニデスは、レチフの挿話では七五年間眠り込む。そのために、彼は歳月の経過にもかかわらず肉体の崩壊を免れる。眠りから醒め、過ぎ去った時を知らず家へ戻ってみると、彼自身は少しも老いていないのに他のすべての者たちは変わり果てている。かつて彼はアテネの美しい娘ナイスを愛していた。今エピメニデスがナイスと見間違った娘は、実は当の恋人の曾孫女《ひまごむすめ》なのであった。本物のナイスが近づいてきたとき、彼はおびえて後ずさりする。「いったい、これがあれほど私が愛していたナイスなのか!いやはや、なんという醜さだ。こんなにも美しい娘、私がナイスだと思い違いしたこの娘も、やがてはいま見た老女のようになるのか」。ヴィヨンが兜屋小町の過去と現在のあざやかな対照によって時の推移による肉体の崩壊を歌ったとすれば、レチフは老婆と化した昔日の美女をその娘と対比させることによって、同じメロディーを奏でていることになる。

レチフが「昔の美女たち」を書いたのは、決して偶然ではなかった。彼は日記『わが落書き』に「時の流れの速さについてしみじみ思う」と記している。生というこの緩慢な死に、彼はきわめて敏感であった。時の流れにつれて「われわれは小刻みに死んでゆく」(『父親の呪い』)からである。消え去っていく時についての苦痛の感情は、日付を介させた独特な時間との対話を彼に促す。たとえば、一七八〇年二月二日に、サン＝ルイ島を散策していた四六歳のこの作家の耳にかすかに教会の鐘の音が聞こえてくる。その昔がいつしか三十余年前の同じ日にブルゴーニュの田舎で聞いた鐘の音を、少年の日の一種の陶酔感を混じえて憶い出させる。ついで、その翌年の二月二日に永遠の恋人ジャネットに出会ったときの鮮明な記憶、さらに二七年前の同じ日に婚約者を失ったときの痛恨、彼は一挙に甦る追憶に浸っているうちに、現在の不幸な家庭生活と最悪の健康状態、それにバスチーユへの恐怖を思って涙を流す。ところで、この時の追憶と感慨を五年後の同じ日にふたたびレチフは思い返すのである。「五年前、私は追憶して泣いていたにすぎなかった。今では現にあるものを嘆いている始末。ああ、哀れな奴よ、年毎におまえのもとに新たな段階の不幸がもたらされる。幸せは永久に、消え去ったのだ」（『ムッシュー・ニコラ』）。過去との対話は「一年後の同じ日、同じ時刻に私は何を考えているだろうか」という未来への不安な期待に変わる。〈現在〉は過ぎ去った未来に外ならないからである。「私の主な目的は、毎年同じ日に起こることを大切にすることだった。（……）未来は私にとってあえて測ることのできない恐るべき深淵だ。だが、私は水を恐れる人々がするように、その深さを測る」（『わが落書き』）。

興味深いことに、レチフは〈墓のかなたからの視線〉を好んで自分に付与していたふしがある。一七八〇年以後、彼はしばしば作品を死後出版の形で発表するからである。それは、過去を想起する現在の時間的視点のヴァリエーションの一つであったのかもしれない。だが、その動機の奥に、避けられぬ死＝未来についての不安な意識がひそんでいるように思われる。〈墓のかなたからの視線〉という死後出版の虚構からヴィヨンの遺言の虚構を連想することはさしてむずかしいことではない。

レチフは時間との対話を自分に促す理由を自問している。「そのとき私は、現在の瞬間と去年のその瞬間とを一つにするために二つを結びつけようと懸命になっていた。（……）その理由は何であったのか。私が思うに、時を経るにつれて、私たちは最良の友ほどには私たち自身であることが少なくなる。だからこそ、私たちは最良の友をまざまざと思い起こさせる日付を通して、あたかもその友と共にそこにいるかのように、一年前のもう一人の自分を眺めるのだ」（『パリの夜』）。最良の友とは「私」を意味している。レチフはここで自我の非連続性について語っているのである。彼はしばしば作中で「私」の分身化を試みる。孤独に打ち沈んで「私」が当てもなく歩いていると、街角でふと若い恋人たちの話が耳に入り、思わず二人の話に聞き入る。だが、この二人の恋人が若い日の「私」と恋人であることは読者の目に歴然としている。街角で自己自身と出会う『パリの夜』のこの挿話は、〈われわれであったものが長い間にはわれわれのものでなくなる〉という自我の自己同一性の喪失を表していると言えよう。

ヴィヨンとレチフとの関係は、影響という性質のものではない。それは共鳴とでも呼びうるような関係である。もちろん、死の意識はレチフの場合、俗世蔑視の結果かえって恐ろしいまでに唯物主義的な目に見える恐怖、肉体の崩壊を描いてみせる中世的な強烈さまでには至らない。避けられぬ死の想いは、作品による後代との対話への期待によって緩和されるからである。この点でレチフは、ロベール・ファーヴルが指摘しているように（『光明の世紀における死』）、典型的な一八世紀人であった。けれども、彼は二〇歳の頃にオーセールの大聖堂にある墓碑銘を読んだ時の衝撃的体験を思い返している。「それを読んで、私は深い物思いに耽った。（……）私の後ろには、一つの名がゴチックで書かれ、いささかも剝げ落ちていなかった。〈ギラン、一四五〇年〉（……）かつてそこに自分の名を書き、しかも今はもういない人々のことを想い、私は死と生の虚しさを見、感じた」（『ムッシュー・ニコラ』）。一四五〇年と言えば、ヴィヨンが学士になるために学にいそしんでいた時期である。二〇歳のレチフはともかく、これを回想するレチフの脳裡にヴィヨンの面影がよぎらなかったとは言い切れない。

註記　ヴィヨン詩の引用は、すべて恩師佐藤輝夫先生の訳詩『フランソア・ヴィヨン全詩集』（河出書房新社版）から借用した。

3 二つの生のスタイル
——カザノヴァとレチフ

カザノヴァはその人生の歴史を八歳の頃の二つの挿話から書き出している。一つは鼻血の思い出である。「わたしは部屋の隅に立って、壁に向かってかがみこみ、頭をかかえながら、鼻からどくどくと溢れでてくる血が、床の上に流れるのをじっと見ていた」(窪田般弥訳、河出書房、以下『回想録』の引用は同氏訳による)。これは、彼が祖母に連れられて、ムラーノ島に住む二人の魔法使いの老婆の治療を受けたときの話である。もう一つの思い出は、それから三カ月後に、水晶玉を通して見た世界の面白さであった。「テーブルの上にある切子面の、まるく大きな水晶玉を見つめていたわたしは、それを手に持ち、眼に近づけてみた。するとあらゆる事物がその数をふやしたので、わたしはそれを見ているのが楽しくてしようがなかった」。カザノヴァよりおよそ一〇年遅れて生まれたレチフ・ド・ラ・ブルトンヌは、自伝小説『ムッシュー・ニコラ』で、砕けた鏡に映った世界を見たときの鮮やかな印象を、記憶に残る最初の出来事として描いている。それは、「二歳の終わりである。(……)裸のままにされていらいらした私は、化粧台の鏡にしがみついた。すると姉のマルゴが鏡に映った私のしかめ面を指さしたので、私はテーブルナイフの柄で鏡を叩き割った。ひびでいっそう自分の顔が醜くなり、しかも面が物をいくつもにも見せたので、私は鏡の背後に一つの世界を見る思いがした」。一八世紀のほぼ同時期に生まれた二人の作家の回想が、視覚などの感覚的印象から書き始められていることはすこぶる興味深い。これらの挿話はいずれも生の最初の感覚を語っているからだ。

生の最初の感覚に先立つ状態は、知覚の麻痺状態であり、つまりは無にすぎない。カザノヴァが「それ以前は（……）わたしはまだ生きていず」と書くとき、彼はこうした思想をもっとも端的に表現しているのである。もちろん、「生キルコトハ感ジルコト」という態度は、何もレチフやヴェネチア人カザノヴァの専売特許ではなかった。「私は考えるよりも先に感じた」と書いたルソーを含めて、それは多かれ少なかれヨーロッパの一八世紀人に共通した生のスタイルであった。

一八世紀の精神の一面を説明するのに、やや侮辱的な意味あいをもこめて、しばしば自由思想家《リベルタン》の名詞形リベルティナージュの語が用いられることがある。この時代のリベルティナージュは前世紀に与えられていた「不信仰」と「放埒」の意味の強度をさらに増しているのである。スタロバンスキーがいみじくも指摘しているように（邦訳『自由の創出』）、それは一八世紀が「真理の獲得と同じく幸福の追求においても自由であることを願っていた」こと、自由な検証が自由な享楽でもありえたことを示している。その限りで、一八世紀は自由の可能な実験を代表している。われわれが存在を自覚するためには神はかならずしも必要ではない。私は感じる瞬間にのみ、存在するのであるから。神に代わって、さまざまな感覚があるだけである。感覚能力を失った状態は無にひとしい。したがって、無から逃れるためには強烈な感覚を経験しなければならない。現世の快楽の追求も生の自覚を促す一つの方途にほかならないのだ。こうして、快楽は正当化される必要がなくなる。快楽がすべてを正当化するからである。

ヴォルテールはダルジャンタル夫人に書いた。「人生を楽しみなさい。人生を相手に賭けをして遊ぶことです。その賭博はローソク代にもなりますまいが、ほかにすることもありませんからね」。また、ロックの弟子であるコンディヤックは言っている。「生きるとは、もともと楽しむということだから、人生の享楽の対象をいや増すすべを知っている人にとっては、人生はいっそう長くなる」。フェルネーの長老の手紙の一節の結論部分は苦い味を残しているが、その前半の部分やコンディヤックの文章に類似した例を、一八世紀の他の作家たちに探し出すのはさしてむずかしいことではない。そしてカザノヴァの『回想録』序文の、たとえば「官能の喜びを深めることが、つねにわたしの主要な仕事だった。わたしにはそれ以上に重要な仕事は何もなかった」という一節は、先の二つの引用文の延長線上にあると言ってよい（もっとも、カザノヴァは無神論者ではなかった。彼はいまわの際に「自分は哲学者として生きた。そしてキリスト教徒として死んでゆく」と言い残したという。とはいえ、『回想録』における彼の意識や行動を見るかぎり、神はもはや主役ではなく、後景に退いているように思われる）。

ところで、倦怠と知覚の麻痺状態から逃れるためには、たえず感じる必要がある。束の間の感覚と思考を通じて何らかの充実感と緊張感を追い求めるこの「果てしない活動のスタイル」（スタロバンスキー）は、ジョルジュ・プーレの言う「連続的な創造」（『人間的時間の研究』）にほかならない。われわれの感覚は一瞬ごとに鈍り、無に滑りこむ危険性があるので、たえず感覚と思想を変化させていかなければならないからだ。カザノヴァは序文で「残酷な倦怠よ！」と記し、すぐそのあとに「おお、死よ！自然の残酷な法《おきて》よ！」と書いている。つまり倦怠は死と同様に無を意味しているのである。だから、カザノヴァは言う。「わたしは、自分が狂気の沙汰をしでかしていることも知っている。だが、わたしが何かに没頭したい、笑いたいという欲求にかられているときに、どうして、そうしたことをさし控えたりする必要があろうか？」「わたしはつねに心をはずませて、ひとつの享楽から新たな享楽へと、すぐに移りわたっていった（……）」。

一八世紀人には、経験される感覚が強いほど、おのれの生を実感する充実した瞬間が得られ、しかも充実した瞬間を増殖することによってはじめて、生の持続が保証されるのであるから、われわれは幸福になるためには、たえず対象を変えるか、同じ種類の感覚を極端な仕方で味わわなければならない。瞬間を根拠づける感覚の強度と、生の持続を根拠づける感覚の増殖、この「内的時間の判然たる二つの有《あり》様《よう》」（プーレ）を、カザノヴァはわれわれにみごとに示してくれる。「それが幸せなものであろうと、不幸なものであろうと、生こそが人間の所有する唯一の財産」と考えて死を嫌悪していたカザノヴァには、継起する瞬間のあいだに忍び入る無について瞑想することは必要でなかった。先の引用文につづけて彼は誇らしげに書く、「わたしは、この新たな享楽を実に巧妙に発見していった」と。

だが、いわばカザノヴァ的な瞬間の連続的創造と並んで、プーレの表現を借りるなら、一八世紀は記憶の現象を発見してもいる。われわれがある感覚を経験するときには、その時点での瞬間の観念しかもちえない。したがって、持続を構成するすべての瞬間は所詮、誕生の瞬間と死の瞬間でしかないのではないか。こうして、瞬間のあいだに入りこんでくる無と束の間の瞬間とから逃れるために、回想によって、かつて味わわれた感覚が過去以上に鮮明に経験しなおされる。たんに過去を生き生きとよみがえらせるばかりでなく、現在を過去と、時によっては未来とも対話させることによって、われわれの感覚の瞬間性を超えようとする。

レチフは『ムッシュー・ニコラ』の中で書いている。「私の目的は記念すべき日々を大切にすることだった。それは私が生涯もちつづけてきた趣味である」。たとえば、彼がブルゴーニュの田舎からはじめてオーセールの町に出てきた（一七五一年）七月一四日の日付は、年ごとに熱情をこめて記念される。この日の思い出は新たな年の心理状態《エタ・ダーム》と次々に重ね合わせられ、パランゴン夫人への思慕、印刷所への最初の就職などといった累積する過去の記憶が、一年後二年後の心理状態への不安な期待と交じり合い、瞬間の感覚を増殖する。サン＝ルイ島での日付の落書、少年の頃からいつとなく習慣化していた手帖への日付のメモなど、一見すると奇癖とも思われる日付に固執するこの態度も、われわれの束の間の感覚を超えようとする一つの試みと見なすなら、新たな意味を帯びて現れてくる。瞬間を増殖するために、レチフはまたレミニサンス（かすかな記憶）の状態における感覚をも開拓しようとする。彼の自伝的色彩の濃厚な手紙体の小説『堕落百姓』で、州の首都にやってきた青年が、都会生活に馴染めないその心中を、村に住む長兄宛に書き綴るいわば望郷の手紙の一節は、その好例であろう。

「この春、ことに祭の前のいく日かは、ぼくはとても異様な気分に陥るのです。朝、眼が覚めていながらまだすっかり意識が戻っていないようなとき、自分がまだ郷里《くに》にいるような気がします。庭で遊ぶ子供たちのざわめき、牛の啼き声、馬のいななきが聞こえてきます。いや、少なくとも聞こえるような気がするのです。仔羊の啼き声やら鶏の歌声やらが聞こえるように思われて、はっとして眼をこすると、睡気の残りとともにぼくの幸せもちりぢりに消えうせてしまうのです。ああ！　ぼくは都会にいるのでした。（……）聖体の大祝日の前日にたった一人でヴォ・ド・ラナールの谷にイワオウギを乾しに出かけたことを思い出していると、兄さん、今朝は、ぼくの両方の眼から二つの噴水のように涙が流れてくるのでした。なんと楽しかったろう。ぼくには何もかもが歓びの種でした。曇り日の天気も、孤独なノビタキの鳴き声も、草そのものも、それに野花で飾られた丘の斜面の草も魂をもっていて、ぼくの魂に語りかけてくれたものです。野生の木イチゴの実がいかにも美味そうでした。ぼくは喉をうるおすために、その実を食べながら、人間を慰めようとしてその実を与えてくださった一切の善の創造者を祝福しました。そのとき、人気のない場所の深い沈黙のなかで、大きな鐘の音がぼくの耳を打ったのです。ぼくはその鐘の音を聞いて胸を躍らせました。それが、小鳥たちのさえずる声と一緒になって、歌いたいという小鳥たちの欲望を倍加させるように思われたのです」。やや長々と引用したが、この散文詩と言ってもよい文章では、視覚、聴覚、味覚などの五感が動員され、過去の純真な瞬間が一挙に呼び返され、現在のデラシネの不幸な瞬間と対立させられながら、想起の中で一つの持続を保っている。

継起的な「いま」の瞬間によって持続される感覚と、共鳴しあう瞬間の記憶の増殖によって持続される感覚、すぐれて一八世紀的な二つの生のスタイルは、カザノヴァとレチフのうちに、ある意味ではもっとも徹底した仕方で現れているように思われる。

カザノヴァはたぐい稀なほど巧みに、人生を相手に「遊ぶ」すべを心得ていた。エクス＝アン＝プロヴァンスで開催された「一八世紀における遊び（賭け）」のシンポジウム（一九七六年刊）において、カザノヴァについて報告したルチアナ・アロッコ女史の表現に従えば、彼は恋に遊び、カードに遊び、女と戯れ、彼自身の存在そのものとさえ戯れることができた。しかも、彼の遊びは本気であった。ホイジンガが正当にも指摘しているように、遊びは真面目と対立するかに見えながら、決して不真面目ではない。カザノヴァは『回想録』をフランス語で書いたが、フランス語の「遊ぶ《ジュエ》」は同時に「賭ける」「演じる」などを意味している。『回想録』は、本気で遊び、賭け、演じることによって、継起的感覚を生の持続の自覚となしえた一人の一八世紀人の、驚嘆すべき生涯の記録と言っても過言ではない。

「生きることと遊ぶ（賭博をする）こととは、二つの同じものだった」と、カザノヴァは述懐している。してみると、生きることは遊ぶこと、一切は遊びなのである。アロッコ女史は、遊びこそカザノヴァの世界を支配するただ一つの法則であると述べ、彼が「喜劇的《コミック》」「……の振り《フエール・サンブラン》をする」「演じる《ジュエ》」などの言葉を好んで用いることに注意している。人生は彼の眼に、彼が主役を演ずべき喜劇と映っていたようだ。人生は彼の即興芝居に充分な題材を惜しみなく提供してくれた。ヨーロッパがその舞台であり、彼の冒険にたまたま立ち会う人々がその観客であった。彼は三八歳で、一七歳の性悪な小娘シャルピヨンに手玉にとられる憂き目を見たとき、三幕から成る自分の人生の第一幕のカーテンを下ろしている。「第二幕の終わりは、一七八三年にヴェネツィアを発ったときである。そして第三幕の終わりは、この回想録を書き楽しんでいるときに明らかに訪れるだろう。そのとき、喜劇は終わることになるだろうから、結局、三幕ということになる」。

カザノヴァは不運に見舞われても、咄嗟《とっさ》に即興的な役柄を演じてみせることができた。神父に変装して娘をかくまったためローマを去らなければならなくなると、涙を隠してたちまち上機嫌を装い、自分が重大な使命を帯びているかのように周囲を信じこませてコンスタンチノープルへ発っていく。聖職者の役を演じることに飽きた彼は、ボローニャで未練もなく僧服を脱ぎ、「気まぐれに軍服を着て軍人になりすましてやろうという気を起こ」す。不本意にも、しがないヴァイオリン弾きに落ちぶれたこともあったが、彼は運命の女神をふたたび自分に微笑ませることにまんまと成功する。「純正科学に傾倒する欠点を持っている」元老院議員の前で、数占いの神秘学者をみごとに演じてみせたからである。化金石に関する写本の解読に熱中するデュルフェ侯爵夫人の「魂を思いのままに操り、力を濫用してしまった」手口も、元老院議員ブラガディーノの場合と同様であった。幼い頃に受けた魔法使いの老婆の治療いらい終生カザノヴァが偏愛したという神秘学までも、人生との遊びを彼が演じるために抜かりなく活用された感がある。

さらに、人生を相手に運任せの賭けをやってのけることは、カザノヴァの遊びのもう一つの重要な要素である。有名なプロン監獄からの脱獄がその代表例だ。プロンの牢獄はあらゆる点からおよそ脱獄不可能に思われるが、彼は「力ずくで脱走する計画」に没頭する。準備が整って残るは決行日を決めるだけだった。カザノヴァは逡巡する。そのとき彼は、数占いをアリオストの詩に適用し、偶然にも「一〇月ノ終ワリト一一月ノ始メノ間ニ」のお告げを得て、ついに脱獄を敢行する。そればかりか、この脱獄にはもう一つおまけがついている。逃亡の途中で、丘にある旧知の村に出た彼は、赤い建物の主が巡査頭を務める村長であることを知りながら、あえて一夜の宿にその家を選ぶ。この行為は、文字通り命を賭けた大胆きわまる一六勝負であり、危険を覚悟の遊びにほかならない。彼は遊びのためにあえて賭けたのである。

なるほど、カザノヴァは時にいかさまをやり、愚か者たち（間抜けではない）をペテンにかけてもいる。けれども、ちょっとした博才で金をもうけても一向に恥とはならなかった一八世紀においては、いかさま師は丁重にも《運の調整者《コリジュール・ド・フォルチュンス》》という名で呼ばれ、いかさまが日常茶飯であるかのように、いたるところで歓迎されていたのである。人を欺くことも、この時代にはごく普通に行なわれていた。『マノン・レスコー』でデ・グリューは、身分の卑しい者にとって富者や身分ある人間が「すてきな収入源」であることを認め、前者の才覚と後者の愚かさのなかに神の摂理のすこぶる賢明な調停を見ている。いかさまやペテンは、あくまでルールの枠内での遊びであった。あらゆる遊びはルールに則って対等な条件で行なわれる。カザノヴァにとって、人生との遊びも同じ意味を帯びていた。だからこそ、娼婦シャルピヨンのようにルールを無視する《遊びの違犯者《トゥルブル＝フェート》》に出くわしたとき、彼は狼狽し、どす黒い怒りがこみ上げるのを感じ、罵声を浴びせ、あげくの果てに自殺までも考えるのである。

それにしても、カザノヴァはその生涯を真に遊ぶために遊び、遊びを楽しんだと言えるだろうか。だれをしも襲う精神と肉体の衰えからくる苦痛が、晩年のカザノヴァに遊ぶことを不可能にしたのではあるまいか。この疑問に対する答えは、おそらく彼の『回想録』であろう。彼は、聖職者、軍人、音楽家、政策立案家、神秘学者を演じたように、最後に作家の役柄を引き受けることによって、髪の毛入りのボンボンや口移しの牡蠣遊びなど、かつての「感覚の継起的な持続」をふたたび味わうのである。『わが人生の歴史』と題された彼の回想録は、当初一七九七年までの歴史が予定されていたという。それが、一七七四年のトリエステ帰還で終止符が打たれた理由は、オーピッツ宛の手紙（一七九三年）でカザノヴァ自身が明確に説明している。「回想録のことについて言えば、わたしはこのままにしておこうと思います。なにしろ六〇歳以後のことは、もはや悲しいことしか話せませんからね。それは悲しい思いにかりたてます」（窪田般弥『孤独な色事師』より引用）。ようやく感知され始めた無を超えるには、カザノヴァにとって「青春の回想に遊ぶ」だけで充分であった。瞬間の感覚の持続を取り戻すには、悲しい後半の人生の回想は必要でなかった。カザノヴァは『回想録』によって、人生との遊びを完結させたことになる。

カザノヴァの世界が生との戯れだとすれば、レチフのそれは死（の観念）との戯れとでも言えるかもしれない。というのも、時の流れとともに「われわれは小刻みに死んでゆく」（『父の呪い』）という意識はレチフのうちでほとんど固定観念と化していて、この生の中の死の現存からいかにして逃れるかが彼の主たる関心となっているからである。したがって、生というこの緩慢な死から逃れるには、「人間を神そのものに似せる神聖な能力」（『ムッシュー・ニコラ』）である想起の力に頼るほかはないのだ。

けれども、想起によって死から逃れようとする試みも、方法を誤れば狂気じみたものとなりうることをレチフは知っていた。『パリの夜』の一挿話「一人娘の亡骸」は、彼には受け入れがたい試みの一例であった。娘を失ったある女が時間の破壊力を拒否したい一心から、小部屋の中に、蝶、鳥、リス、猫、犬など、娘が生きていたときに愛していた一切をそのまま残して暮らしている。衣服は、娘が着ることになっているとでも言うように、きちんと用意されていた。何より驚くべきことに、娘はいかにも楽しげな表情で、まるで歌を教えているように、一羽のカナリヤを右手の指にとまらせているではないか。女は娘に会いたくなると、カーテンを開けるのだが、そのつどあまりのショックで気を失う。それを繰り返しているうちに、いつかはついに自分が生きるのを止めることを女は期待していたのだ。すべてを追憶し、何ひとつ失うまいとするこの手のこんだやり方は、結局は死に仕えることになるのではないか、とレチフは考える。彼にとって、想起の力は別な仕方で用いられなければならなかった。想起によって現在の瞬間を増殖すること、想起によって「私」の分身を多様化すること、想起によって「私」に親しい存在のヴァリエーションを見出すこと、ついには他者の追憶のなかで「私」の存在の瞬間を増殖すること、要するに、想起の力を借りて「私」の生の痕跡を刻む瞬間を可能なかぎり作り出すこと。このように、想起を想像力というよりも生のスタイルそのものとするレチフの態度を考えると、彼が生の持続を想起のうちに求めていたことが理解される。日付の落書という「子供じみた行為」(『父の呪い』)も、彼には現在の瞬間を増殖するための方途であった。「毎日が島の石に刻まれる。一つの言葉、一つの文字が私の心理状態を表すのだ。こうして三年間、それはつづいている。一人で散歩をしていると、私の視線は思わずこの落書の跡に注がれる。(……)私は一つの瞬間に四度生きることになる。現在の時とそれに先立つ三年を。(……)そしてこの比較は、現在の時と同じ過去の時にも私を生きさせる。それは繰り返されて、流れ去った歳月の喪失をはばみ、ある時間が経過して私が私自身と無縁になることをはばんでくれる」(『パリの夜』)。

レチフは『ムッシュー・ニコラ』で一つの挿話を書いている。若い頃に「私」が家庭の不和に気を腐らせ、「禽獣のように無為に暮らしていた」ある日、絹織物商の娘ローズに魅せられる。彼は毎日、恋文を書いては、気づかれぬように手紙を帳場に投げ入れる。だが、ある日ついに現場を取り押さえられ、店の主人の前に引き立てられた。ところが、主人は意外にも、放埒な生活を脱け出して才能を磨くように諭して、「私」を自由にする。主人は青年の恋文に文才を認めていたのである。これが、《ローズ・ブルジョワの挿話》のいわば原型であるが、『パリの夜』ではこの挿話が「私」の分身化に利用されている。語り手である作者の「私」は、若い頃の自分とそっくりの服装をこらした若者が、絹織物商の二人の娘に恋文を手渡しているところを取り押さえて諫める。「やがて君の苦しみそのものの追憶も、歓びに変わるだろう。(……)一〇年後に、見たまえ、いま私が石の上にきょうの日付を《七〇年五月七日、苦痛ニ打チヒシガレテ》と書いているこの場所で、いいかね、一〇年後に、君は甘美な感動を味わうにちがいない。その感情はいま君が味わっている苦痛と同じ価値をもつだろう」。この挿話では、時間との対話は「私」の分身化によって試みられているのである。

ところで、レチフのある作品で扱われるある挿話は、ピエール・テスチュの表現を借りれば、他の作品でも扱われながら、そのつど初めて存在する。それは次の作品でまったく新たな仕方で始められ、前の作品ですでに語られていたことと決して一致しないかぎりにおいて、前の挿話を無効にする。あたかも現実は可練性の素材にすぎないかのようである。たとえば、ゴンクール兄弟が『一八世紀の女性』のなかで取り上げているパランゴン夫人は、ある作品で貞淑な妻あるいは聖処女として描かれ、他の作品では不貞な女として現れ、別な作品では男たちを誘惑する女として登場する。つまり、レチフは後に書く作品を先に書いた作品の補足とはせず、そのつど別な作品を書いたことになる。パランゴン夫人の例は、「私」に親しい存在のヴァリエーションの典型的な一例にほかならない。

レチフの晩年の小説『死後の手紙』は、明らかに死との戯れが発端になっている。たまたま死期の近いことを知らされた主人公は、外交上の使命をおびてフィレンツェへ発ち、予測される死の日から手紙が毎日一通ずつ妻のもとへ届けられるように手はずをととのえる。こうして妻は、彼の死を知らないまに一年間を過ごすことになる。夫の虚構の生は、妻にとっては現実の生なのである。

かつてポール・ヴァレリーは、「もし運命の女神《パルク》が誰か自由人に、既知の各世紀の中、彼が生を送るに特に好ましいと思う世紀を選ばせたとすれば、この幸福な人間は正しくモンテスキューの時代を名指したであろうと私は確信する」（安士正夫・寺田透訳）と書いた。生きることが感じることであった一八世紀に、人生の第一幕の各瞬間の感覚を生の持続としたカザノヴァと、自らの生に永遠の相を与えるために、想起によって過去と現在の瞬間を同時性のうちに生きようとしたレチフとは、この時代の二つの生のスタイルを極限において実現した、まれな例と言ってよい。

4 『ムッシュー・ニコラ』の刊行

パリの国立図書館の横手のカフェで初めてピエール・テスチュ氏に会ったのは、もうかれこれ六年ほど前になるだろうか。彼は一八世紀後半のフランスの作家レチフ・ド・ラ・ブルトンヌの該博な研究で知られる。彼の学位論文は、それまでのレチフ観を文字通り百八十度転換させた。一九七七年にそれを五分の一に圧縮した著作が刊行されたが、それとて優に七〇〇ページを超える大作だった。テスチュ氏がこれと並行して、レチフの代表作である自伝『ムッシュー・ニコラ』の校訂版を準備中であったことは、つとにプレイヤード版『一八世紀の小説家たち』で予告されていた。彼は週のうち二日、ポワチエ大学で講義し、別の二日は国立図書館の特別閲覧室にこもっていた。そのために四、五年前からパリに住居を移したのだという。そんなわけで、私がテスチュ氏に会うのは、たいてい図書館脇のカフェだった。その頃、彼は五〇歳ぐらいに見えた。昨年の暮れ、ついにプレイヤード古典叢書二巻に収められたレチフの自伝が、テスチュ氏の好意で私にも送られてきた。思えば、これは実に二〇年近い歳月をかけて完成された巨大な労作なのである。

レチフは旧制度末から大革命を経てナポレオン帝政初期までを生きているが、作品を書き始める時期は比較的遅い。しかし、三〇歳を過ぎて開始された作家活動は三五年間、休みなくつづけられ、四四篇一八七巻の作品を残した。内面的時間の喪失が自己自身の喪失を招くという思いに憑《つ》きまとわれていた彼は、過去の想起の中に自我の持続を求める。この固定観念はすでにロマン派の領域に属していると言える。だが、レチフの文学はあらゆるレッテルを拒む。時のたえざる経過を表現し、人生の唯一の根本的な真実が死であることを認めつつ、現実の外皮のもとに「もう一つの生」、「こうもありえたかもしれない生」（彼はこれを revie と呼んでいる）の糸を紡ぎつづけるのである。そのかぎりで、豪農の家に生まれ育った一七年の農民生活と都市の印刷工として働いた一四年の労働者生活という、文学史上まれなその社会的出自と体験が作品に刻印される。いくつもの「もう一つの生」を求めるファンタスムは、あるときは『堕落百姓』『父の生涯』『サラ』『当世女』『パリの夜』といった小説の形をとり、あるときは『南半球の発見』『アンドログラフ』などのユートピア作品となり、またあるときは『わが人生のドラマ』のような戯曲を生み出す。

プレイヤード版『ムッシュー・ニコラ』は、最近のフランス読書界で話題を呼んでいる。テスチュ氏によるこの校訂版刊行の意義は大きい。これによって、一八世紀フランス小説の主要なもののうち、長年なおざりにされてきたおそらく最後の作品がその本来の姿で古典として読者に供され、レチフ再評価が決定的になったばかりでなく、一八世紀後半を代表する一作家における想像と現実の関係がみごとに浮き彫りにされたからである。

フランスでは、一九六〇年代から始まる一八世紀文学の批評と研究の深化は、個々の小説の読解にも新たな光を投げかけつつ読み直しを促し、斬新な解釈を次々に生み出してきた。その動きは、作中のまとまりのある挿話をつまみ食いする抜粋本の恣意性を排して、総量としての作品の荷重を測ろうとする仕事とも対応していた。切り売りは、作品の重心を大幅に狂わせる惧れがあるからである。こうした試みはいずれも、テクストをまずそれが書かれた時代の土壌に可能なかぎり忠実に送り返し、そこから時代特有の感性と想像力のありようを浮き彫りにする手順を経て、改めて今日へのメッセージを読み取ろうとするものだった。プレイヤード版『ムッシュー・ニコラ』は、こうした大きなうねりの線上に結実した密度高い成果と考えられる。

レチフは現実の政治生活で臆病だった分、文学の世界では大胆な革新者たりえた。彼は自らの生涯を再現するだけでは満足せず、社会と宇宙を全的に作り直そうと企てる。現実と想像、文字文化と口承文化、手書きの草稿と活字といった伝統的に認められていた関係を覆してみせるのである。彼とともに、農民や労働者の世界、日常のこまごまとした仕草、街路の言葉が文学の主題と題材に浮上する。といっても、文学的加工を経た彼のテクストが、そのままで歴史の資料となりえないことは言うまでもない。

それにしても、自伝『ムッシュー・ニコラ』はフィクションであるのか、真実であるのか。テスチュ氏は、この問いに肯定と否定の両様で答える。もともと回想録というジャンルは、あくまでも政権すなわち「歴史」に係わった主人公の回想として意味をもちえた。その一方で、自伝は回想の力点を集団から個人へ移行させる。ルソーの『告白』は、著名人の自伝であるかぎりにおいて、回想録に似ている。ルソーはその名声に加え、社会との対決によって自らの生涯を書く権利をもち、読者の興味を惹くことができたからである。レチフには名声も、大事件と係わる生涯も欠けていた。彼にとって、いかにして自伝が成立しうるか。

レチフは自らの生涯を回想に転写するのではなく、一見矛盾しあった二つの場に賭けながら、生涯の自伝化を試みる。一方において、物語の脈絡の中でそれと分かるような現実の題材から自伝を構成すること。他方において、小説に必要な要素を混じえることによって自伝を文学作品として構築すること。自伝はこれに先立つ作品を貫くあらゆる夢想と幻想を貪欲に摂取する。要するに、レチフには、自らの生涯が作中にたえず現前すると同時に、その生涯に小説のもつ虚構の威力を付与するという二重の必要があった。彼の目的は、おのれの生涯を事実のみによって語ることではなかった。それは、「自らを小説化すること」、存在充実のために幻想世界を練り上げることである。そうした役割を演じるには、彼の自伝はたえず体験を活用し、しかもたえずそれを超えるのでなければならない。体験に無数の変貌《メタモルフォーズ》を蒙らせ、しかも決して完全にはそれを消し去ることがない。

テクストでたえず指示される空間の正確な旅程は、自らの出発点と到達点の間の距離、つまりは生涯の道程のメタファーとして読める。また、点在する時間の標識は、時の経過につれ、人生が歴史と幻想を糧とすること、個人が複雑で、分裂し、矛盾した存在となることを教える。この距離を前にしたときの真正の驚嘆は、レチフを自己同一性への確認へと激しく駆り立てる。過ぎゆく時、美の崩壊、美徳のもろさ、幸福のむずかしさ、愛の高揚と苦しみなどといったテーマを通して語られるレチフのこの主旋律は、ヴィヨンからボードレールを経てアポリネールへいたる詩人たちと不思議に共鳴するところがある。

テスチュ氏による精細をきわめた註は、自伝を覆いつくすこの現実と想像の複雑な交錯を心憎いまで鮮やかに解明してみせる。全巻三五〇〇ページ弱のおよそ三分の一を占める厖大な註は、作中で効果的に用いられている当時の農村や地方の語彙をはじめ、職業上の特殊用語から古語法、作者の新造語までの註釈を含んでいるが、なかでも注目されるのはたとえば次のような点である。レチフの自伝の自筆原稿が現存しないため、この校訂本は自家版四五〇部で限定出版された初版本に依拠している。ところで、当時の印刷技術の事情もあって、初版本といっても印刷は断続的に時間を置いて行なわれた。レチフの場合、そのつど加筆・修正が加えられた跡があるという。このため、国立図書館などに保存されている六種類の初版本が選ばれ、このうち最後に印刷されたと推定されるものを土台にして、全面的な照合作業が行なわれ、テクスト相互の異同が検討される。この煩雑きわまる精緻な仕事は、レチフが草稿に頼らず活字箱からじかに活字を拾って作品を作ったという、まことしやかな後世の伝説の誤りをいみじくも証明することになった。レチフは草稿の段階で推敲を終わらせず、手書きから印刷までの書物誕生の全過程に介入していたことになる。作者にとって、完成原稿は初版本だったのである。こうして、作者自身の手で草稿が処分された事実の意味が明らかにされる。

さらに重要な一例を加えると、作中の登場人物にモデルが存在する場合、まず実在のモデルについての情報が与えられ、ついで同じ人物が他のどの小説にいかなる性格を帯びて登場するかについて註釈がほどこされる。そして、テクスト間の人物像の多様性が明らかになったあと、その人物がしかじかの役割をになう自伝固有の物語上の枠組みが示唆される。そればかりか、巻末のテーマ索引から、特定の人物が「類似」「夢」「共同体生活」「宇宙生成論」などといった作者に親しいテーマといかに係わっているかについても、参照箇所が明示されるのである。註はこの自伝の作品構造の奥行きをくまなく照らし出していると言ってよい。

革命二百年祭をはさんでこの数年間、本国フランスでレチフの作品は実にさまざまなレベルで取り上げられてきた。スラトキン社の全集刊行、ラジオでの作品朗読、紹介、討論、小説のテレビドラマ化、翻案、劇場での上演と並行して、国際討論会、複数の代表的文学誌のレチフ特集、新たな三点の学位論文の完成などなど。レチフの作品が学問的関心を集めていると同時に、徐々に幅広い読者層を獲得しつつあることをうかがわせる。わが国ではすでに数点の邦訳があるが、一九九〇年に小澤晃による短篇集『当世女』(筑摩書房)の訳が刊行された。仄聞するところでは、伝記小説『父の生涯』、ユートピア作品『アンドログラフ』も近々、翻訳される(二〇〇四年現在、『父の生涯』は未刊、『アンドログラフ』は『啓蒙のユートピア』第三巻(法政大学出版局)に植田祐次訳で収む)。

文学誌『ユーロップ』の最新号でレチフ特集号を責任編集したミシェル・ドロンは書いている。「われわれがレチフを、二流に格下げされていた地位から脱却させたいと望むのは、何もアカデミックな、象牙の塔特有の神聖化への嗜好からではない。それは、一人の大作家を、文学に返さんがためなのである」、と。

5 ユートピストの肖像
――一八世紀フランスにおける革命の幻視者たち

ユートピア哲学の土壌

モンテスキューは『ペルシャ人の手紙』(一七二一年)で「トログロディット族の物語」を書いている。堕落したトログロディット族はたがいに妻や土地を奪いあい、欺きあい、エゴイスムと悪意に充ちた生活を送るうちに、たまたまペストが流行り、有徳な二つの家族を除いて彼らは滅亡する。生き残った者たちは人間性と美徳を愛し、共同の利益をともに気遣いながら労働する。彼らの子供たちは質朴で幸福な習俗についての観念を抱くようになる。だが、やがて人口が増えると、彼らは一人の長老に王冠をささげ、統治を依頼する。するとその老いた賢者は落涙し、慨嘆する。「あなた方は美徳が重荷になり始めたのか」。モンテスキューは、フェヌロン風の牧歌的生活をこの挿話の中で描きながら、習俗こそ法律以上によき市民をつくるものであることを示そうとしているように見える。この挿話は国家と所有権についてきわめて暗示的である。モンテスキューは、「財産共同体にまでいたる絶対的平等が共和国の完成であることを示そうとした」（リシュタンベルジェ）のだろうか。けれども、国家と所有権に関する彼の思想はこれ以上に大胆な方向へ深められることはなかった。所有権について、彼は、社会状態における
それが有益であり、尊重されなければならないとする立場を保持しているからである。

ディドロは『ブーガンヴィル航海記補遺』（一七七二年作）で、タヒチ島の住民の自由な生活やカラブリア人の無政府状態を讃美し、所有についてもわずかながら触れている。しかし、しばしば指摘されるように、ここでのディドロの主な関心は未開人の性道徳に向けられており、しかもその結論には逡巡の色が濃く現れている。『百科全書』の「勤勉」の項目にディドロが書いているつぎの文章は、所有の問題についての彼の思想の一端を説明していると言えよう。「専制主義の軛《くびき》の下では、人民は勤勉であることをやめる。所有が不安定であるからである」。

一八世紀フランスの社会思想は新しい秩序の探求をその特徴としてはいるが、宗教上の信仰や政治的、社会的、経済的思想の面での公然たるたたかいは、かならずしも一つの方向に導かれていたのではなかった。たんに神学、形而上学上の問題にとどまらず、進歩の観念、人間の幸福についての考え方をめぐっても多様性と相違を示していた。なかでも、神権国家説あるいは国家の概念そのものについての批判や、所有の原理の正当性に関する態度では、この時代の「哲学者たち」は二分される。一つは、モンテスキュー、ヴォルテール、百科全書派（いくぶんかはディドロも含めて）、重農主義者らに代表される「啓蒙哲学者たち」である。彼らの多くは貴族ないし富裕なブルジョワ出身であり、名声を博し、サロンに出入りし、庇護者を見出し、物質的にも多かれ少なかれ安定し、実験科学、観察、歴史、経済学に依拠して抽象的世界を構築する。これに対して、目立たない、いわば「匿名の哲学者たち」がいる。彼らの

多くは手工業者や農民などの第三ないし第四身分の出身であり、苛酷な現実と日常不断に接触し、民衆の憤懣《ふんまん》を共有し、サロンの偏見にとらわれずに大胆な秩序破壊的な思想を抱き、当時の民衆の憧憬を共同体ユートピアとして表現する。『ユートピアの哲学者たち』の著者シャルル・リスは、啓蒙哲学者と対照的なユートピアの哲学者の存在に注目し、それをメリエ、モレリ、ドン・デシャンらに代表させている。

大革命の総裁政府期までを含めた一八世紀のフランスには、平等社会をめざす一群のユートピストたちが連綿としてつづく。彼らの共同体ユートピアは、国家の概念、なかでも私有制の原理を俎上にのぼせる社会批判にもとづいている。一方、「啓蒙哲学者たち」は多かれ少なかれ、所有権が自然的根拠をもたず、それが簒奪であり、歴史的に作られたものであることを認めながらも、現にそれが経済的な事実を構成しているという理由から、所有権の合法性をおおむね容認する。国家に関しては、神権国家説を認めない点では、啓蒙哲学者もユートピアの哲学者と一致する。両者の立場は世俗化された国家の正当性をめぐって分かれる。啓蒙君主への期待が前者にほぼ共通して見られることは、主権の問題についての彼らの思想的な立場を示唆している。ユートピアの哲学者たち、つまりユートピストたちは、財産共同体の設立を夢想する。彼らは、一切の共有、財産の共有化、共同体制度を可能にする理想社会や賢明な統治形態、要するに私有制が廃止されるような社会、少なくとも平等にもとづく新たな社会の構築に熱中する。

もちろん、リスも認めているように、哲学者たちとユートピストたちについてのこの区分はやや図式的であり、相互の影響関係を考慮に入れ、またユートピストたちを前記の人々に限らずに見ていくなら、すべてのユートピストたちが国家と所有の問題について哲学者たちとは截然と異なる思想をもっていたとはかぎらない。事実、ユートピストたちにも、漠然とではあるが、二つの流れが認められる。一つは、私有制そのものを受け入れながらも、平等にもとづく新たな社会を築こうとする、いわゆる平等主義者たちの流れである。他の一つは、私有制そのものの廃止を主張し、財産共同体を目指す。ルソーの位置はデリケートである。後に見るように、サン＝ジュスト、ランジュ、メルシエ、レチフらのだれ一人として、ルソーの影響の痕跡を残していない者はない。その意味で、トゥシャールの次の指摘は注目に値する。「ルソーは現にある社会に根本的に異議を申し立てる。しかし、彼は過去へ戻ろうとか、粗暴な変化やこまごまとした改革案を論じようと望んだのではない。彼は反動でも、革命家でも、社会改革者でもない。ルソーは反抗的人物としてとどまっている。そして、つねに反抗者であろうとしたからこそ、すべての革命家やすべての改革者は、彼の旗のうしろを歩んでいると信じることができたのである」。以上のような点を考慮しながら、ユートピアの哲学者たちのいく人かのプロフィールをこれから素描してみたい。

しかし、その前に、ユートピストたちを育んだ共通の精神的な糧として、初期キリスト教徒の共同体や黄金時代への憧れ、千年王国説、プラトンの共和国、モアやカンパネラの理想国家、新大陸に関する旅行記や布教師の書簡集などについて簡単にふれておく。なかでも、『布教書簡集』は一七世紀末から一八世紀にかけて「善良な未開人」のイメージを流布させるのに大きな役割を演じた。ジルベール・シナールによると、イエズス会派の布教師によるこの『布教書簡集』は一七〇二年に第一集が出ていらい、七六年までに実に三四巻が刊行され、同時代の知識人に非常な反響を呼び起こしている。興味深いことに、『書簡集』は、布教師の努力より、むしろインディアンの善良さや自然についての報告で充たされていたようだ。そこには、司祭も法律も国王ももたない新大陸の土族の、質朴で自由な生活への礼讃が随所に見られ、人間は自然の手から出たときに善良であったが、文明によって毒されたという思想、あるいは「おまえのもの、おれのもの」を知らない未開人の平等な生活とヨーロッパ社会とのあざやかな対比も見られるという。四〇の部落に分けられたパラグアイで、毎年、部落の首長と判事が選ばれ、大地からの収穫物は公共の倉庫に集められ、そこから家族数に応じて各家庭に分配されるというラベ神父の報告や、悲惨な者も極端に富んだ者もいない、平等の支配するペルーについてのニエル神父の書簡などは、善良な未開人のイメージをヨーロッパやフランスへの文明批判として流布させたばかりでなく、一八世紀のユートピストたちに共同体ユートピアの具体的な原型をも提供したはずである。「善良な未開人」の信仰と「罪深い文明社会」への非難は、モンテーニュの「食人種について」(『エセー』第一巻、第三一章)、フェヌロンの「ベティック国」(『テレマックの冒険』一六九九年、巻七)、「サラント国」(同、巻一〇〜一一)にすでにある程度表現されており、さらに、ドニ・ヴェラスの『セヴァランブ物語』(一六六七年)、ラオンタン男爵の『著者と、良識があり旅行体験もある未開人との、興味ある対話』(一七〇三年)などによって強められてゆく。

当時のフランスの各地、たとえばオーヴェルニュやドフィネ地方に現存していた集団的土地所有とも言うべき「平民保有」、慣習による共有地や共同体の存在も軽視されてはならない。農村共同体は、当時のユートピストたちが考えていたような理想的な平等社会ではなく、貨幣経済の発達につれて市場と結びつき、日傭農の労働を利用して部分的な平等社会を維持していた中世いらいの残存共同体であったが、ユートピストたちの眼には、『布教書簡』に描かれたパラグアイなどの共同体と同様に、黄金時代の再来を期待させるものとして作用したと思われる（レチフの場合がその好例といえよう）。

最後に、この世紀を通して見られる貧困の問題がある。マクシム・ルロワは、一八世紀の風俗作家デュクロの証言を引いて乞食の数を記している。それによると、ルイ一五世治下には、パリだけで二万八〇〇〇から三万人の乞食がいたという。別の資料によれば、一七六五年には、フランスの人口のうち約六分の一が貧困に苦しんでいた。さらに、一七九一年の調査によれば、六五万人のパリ住民のうちの約五分の一に当たる一一万八〇〇〇人が極貧者であったという。これらの数字は一八世紀において貧困がいかに深刻化していたかを物語っている。物乞いは「隠語と規則と狡猾さとを兼ねそなえる正真正銘の職業となっていた」。一七九二年春からの食糧危機は、飢えによる民衆の暴動を多発させ、この問題の解決を迫った。要するに、それは生存権にかかわる問題であった。生存権の要求は、賃金、価格、穀物の取引などとともに、所有権の問題を俎上にのぼす。しかも、所有の観念の意味が拡大されるにつれ、封建的、領主的所有関係の枠を越えた、近代的な意味での私有制が批判の対象となる。ただ、資本主義が商業形態をとってすでに強力に現れ始めていたとはいえ、一八世紀のフランスは農業を社会の基本構造としていたために、所有権の問題は主として土地所有をめぐって展開され、生産と労働よりは分配の問題に注意が向けられる。ユートピストたちが農村共同体の色彩の強い理想社会の構築に専念するのは、そのためである。

リシュタンベルジェは、その名著の表題に『一八世紀における社会主義』（一八九五年）を選んだ。しかし、この時代の社会批判とユートピアを社会主義と特徴づけたことについては疑問が投げかけられてきた。資本主義経済の未成熟な時代の一種の博愛思想、具体的な経済分析を欠いた空想的、退行的な共同体思想と、一八三〇年以降の社会主義思想を区別する必要がある、というのがその理由である。たしかに、一八世紀の社会思想は少数の例外を除いて、もともと道徳にもとづく人道主義であり、さまざまな立場と理論を示す曖昧さを帯びているため、社会主義の語の使用は言い過ぎである（トゥシャール、ルロワ、ソブール）かもしれない。ルロワは、ピエール・ルルーらによって社会主義という語が用いられるようになったのは一八三〇年頃からであり、一八世紀の思想にはむしろ「社会的」という語を使用するのが適当だと述べている。「ソシアル」の語自体は新しい語ではないが、「誠実な」とか「社交的」というほどの意味で用いられていたにすぎず、人間相互のつながりを規定し特徴づけるために、近代的な意味で使用され始めるのは、ルソーの『社会契約論』（一七六二年）以後であるからである。してみると、ルロワの言う「社会的」の語が、より適切かもしれない。事実、社会統治を意味するコンドルセらの「社会的技術《アール・ソシアル》」の用語も、この世紀後半になって見られるし、さらに、フォーシェやボンヌヴィルらの、一七九四年につくられた結社「セルクル・ソシアル」も、彼ら自身の説明によると「社会の利益を計るための、平等の永遠の象徴」の意味を帯びさせられていた。

けれども、この時代の社会批判とユートピアは、一九世紀の社会思想、たとえばサン＝シモン、フーリエ、カベ、プルードン、ルイ・ブラン、ブランキ、マルクス、エンゲルスらの思想と、漠然とではあるが繋がっている。ルロワは、後者は前者の延長であり、深化であると述べている。

以上を前置きにして、次にいく人かのユートピストたちの肖像を素描してみる。

匿名の哲学者　モレリ

『自然の法典、またはあらゆる時代に無視され、あるいは軽んぜられてきた自然の法の真の精神』（一七五五年）の著者ほど、「匿名の哲学者」の名にふさわしい人物はいない。モレリの作と見なされている七篇の作品は、最初の三篇以外は匿名で出版された。それらの作品がはたして同一人物によって書かれたものであるか否かについては、『自然の法典』『バジリアード』の作者とその他の作品の作者とは別人だと見る、いわゆる「二人のモレリ」説（リシュタンベルジェ）に対して、それら七篇の作品に、啓蒙君主論者から革命的ユートピストへ前進する一人の思想家の軌跡を認めようとする見方（ジルベール・シナール、ヴォルギーン）がある。しかし、いずれも仮説の域を出ない。モレリなる名の人物が実在の人間であったか否かについてさえ、明らかでない。ルロワは、モレリという名がアルザス風に綴られたモアの指小辞であるかもしれず、偽名の可能性もあると指摘している。さらに、ドン・デシャン（一七一六―一七四）とモレリとが同一人物であったのかもしれないという仮説すら立てられている。ドン・デシャンの年譜とモレリの作品刊行年から臆測される若干の日付とが矛盾し合わないことから、モレリがルソーの『不平等起原論』出版（一七五五年）以前のドン・デシャンであり、ドン・デシャンがルソーの同書に感化を受けたモレリと考えられないか、というのである。

この謎の人物についてこうした仮説や臆測が跡をたたないことは、彼の代表作の二篇『バジリアード』と『自然の法典』とがこの時代の社会思想の中できわめて注目すべき位置を占めていることを、側面から物語っている。そこで、『バジリアード』を中心に彼のユートピアの特徴を見てみる。

この作品の正確な題名は『浮島の難破、または著名なピルパイ作のバジリアード、M氏によってインド語から翻訳された英雄叙事詩』（一七五三年、二巻）であり、一四の詩篇から成っている。「献辞書簡」につづく「ピルパイの生涯と作品に関する手紙」にある説明によると、浮島の難破とは、浮薄な偏見の坐礁を意味する隠喩である。モレリは、インド人哲学者ピルパイに、私有制が存在しない理想国の習俗を寓意的叙事詩の形式で語らせる一方、翻訳者の名で随所に註を加え、その思想を説明している。

肥沃で豊かな未知の大陸に、幸福な人々が住んでいた。「おまえのもの、おれのもの」の存在しないことが、ここの住民の幸福の秘訣であった。「世界の他の場所に溢れているあらゆる罪悪の母である所有は、彼らに知られていなかった。彼らは大地を、子供たちの中でひどく腹をすかした者に無差別に乳房を含ませてくれる、共通の乳母のようなものだと考えていた。誰もが大地を肥沃にするのに役立たなければならないと感じていたが、これがおれの畑だ、おれの牛だ、おれの住居だなどと言う者は一人もいなかった。耕作者は自分が種を蒔いたものを他の誰かが収穫するさまを隠やかな目で眺め、そうして自分の欲求を存分に充たしてくれるものを、別な地方に見出すのだった」。もとより、盗みはなかった。菜食の習慣は彼らの健康を保証していた。彼らは来世の教義に関心がなく、ただ自然の欲求に従っていた。

「彼らにあっては、自然は束縛されていないのに放縦でなく、自然の欲求は少しも放埒にならない。それというのも、自然の欲望は、抱かれるとすぐに充たされたからだ。やさしい情熱の穏やかな不安は、快楽に助けを求めるよう彼らに忠告するが、それも快楽の味を楽しまずにがつがつと貪る粗暴な貪欲さをもってでなく、快楽のもつ甘美なものをゆっくりと味わう繊細な食欲をもってするように教えるのだった。要するに、ああ、ほかのどこにおいても、汚辱、羞恥心、罪悪の不正な観念に汚され、想像上のものに縛られている人間性よ！　おまえは、これら真の賢者たちの中では、こうした卑劣な仕打ちを一度も受けなかった。反対に、彼ら賢者は、おまえの存在のみごとな手はずに感嘆していた。……恋人もやはりこの貴重な賜物を嬉しがっていた。彼は夫となる、そうでなければ、やわらいだ彼の情熱の炎は、彼の恋人が他の男の腕に移っていくのをなんの苦痛もなく彼に眺めさせるのであった。……近親相姦、姦通、売淫などといった言葉を彼らは知らないでいた。これらの民族はそういう罪悪を考えてもみなかったのだ」。

この国ではもっとも古い家族から国王が出る。国王はよき君主として住民の幸福の増進につとめる。だが、この恵まれた国にも、かつては堕落と悪徳と誤謬とがはびこっていた。嵐が襲って、頽廃した地方をいくつかの島に引き離し、もとの大陸に二人の男女の子供しか残さなかった。この子供たちの手で、ふたたび、現に見られるような富と繁栄が築かれたというのである（彼らの歴史には、モンテスキューの「トログロディット族の歴史」がかすかに投影しているようだ）。

自然の純真の状態にあるこの国に、「欺瞞」から遣わされた「奸策」が「錯覚」と「詭弁」を伴ってやってくる。彼らはヨーロッパの制度を確立してこの国を破滅させようと躍起になるが、その企ても国王ザンズナンの師傅《しふ》アデルの努力で水泡に帰してしまう。口惜しがる「欺瞞」とその手下は、支配下にある国々にバジリアードの噂をふりまく。次々にこの国に上陸する貪欲な人々に、ザンズナンとその住民たちはすべての宝石と金を与えて追い返してしまう。理性が奴隷であり、所有の子たる利害が王であるような島国からやってきたファディラという男は、この国の値打ちを覚り、国王に他の国々の生活を語る。この男の口から説明される世界はザンズナンの国と鋭い対照をなし、痛烈な社会批判を構成している。島の中の湖にもう一つの小島があるような地形を想像してほしい、と彼は言う。この小島のぐるりは同心円状に城壁で囲まれ、その中心から遠ざかるほど土地は肥沃でなくなり、貧しい人々が密集している。人々はみななんとかして小島に近づこうとするが、もみくちゃになり、容易に進めない。ところが、その中心の小島には、懶惰《らんだ》な、偏見に充ちた、強力な支配者が君臨し、一切の富と宮廷人に囲まれているのだ。ファディラは彼らの世界をそんな譬喩を用いて説明する。

ファディラの仲間の異国人たちは、帰国を前にして「奸策」にそそのかされ、ザンズナンを人質にして船で連れ去る。だが、「自然」の計らいで嵐が彼らの船を破壊し、ザンズナンはファディラとともに島に打ち上げられる。それはファディラの国だった。ザンズナンは他国の頽廃を観察して帰国の途につく。途中で二人が目撃する悪徳の島々の一つが、フランスであることを暗示してこの作品は終わる。

二年後に『自然の法典』で説明されるモレリの大胆なユートピアの特徴は、『バジリアード』第一巻の中頃でインド語の翻訳者（すなわち作者）が付している註にほぼ含まれている。一切が共有されることの共同体では、すべての住民が土地を耕し、土地から得られる収穫物は同一の「共同倉庫」に納められる。さらに、たえざる相互扶助がある。国家のどの地方においても、それは順守される。過重な仕事を背負い込む者はいない。あらゆる種類の必要物の貯蔵は蓄積されるので、普段使用されないものや、耐久性のあるものを絶やさないようにするためには、適度な労働しか必要でない。すべては共有されるが、何一つ浪費されない。というのも、余分なものを持っていても無意味であり、金で買えるものは何一つないから、だれも必要以上のものを欲しがらないためである。国の各地方は余剰物を交換しあう。ただし、貸与や売却によってではなく、たんなる贈与によって行なわれる。この国は外国と交易もする。公共の問屋商人は背任行為を惹き起こす動機をもたないので、背任者となることはない。

それにしても、『バジリアード』のモレリは、君主制をもっとも好ましい統治形態と見なしているように見える。しかも、選挙による制限君主制より、世襲的な絶対君主制を好んでいるようにさえ思われる。事実、「彼にとって理想的な権力は、臣民の幸福に心を配り、臣民に敬愛される絶対君主である。《よき君主》が共同体国家の組織者であると同時に首長であるような、『バジリアード』に描かれた社会に統治する啓蒙絶対主義が、それである」。ヴォルギーンはこのように述べたあと、モレリのユートピアの重要な特徴を指摘している。このことから、『バジリアード』が啓蒙君主への期待をもって書かれているると結論するのは早計である。むしろモレリの注意は、共和制、君主制などの統治形態よりは、経済的、社会的構造そのもの、つまり完全な民主主義に注がれていると見るべきであろう、と。『自然の法典』第四部の「統治形態に関する法律」と「政府の行政権に関する法律」に定められた国家は、「基本法」の枠内で自治権をもつ部族小共同体の連合で構成される。中央政府は権力の外観しかもっていないのである。しかも、この小共同体は、輪番制で家長の中から構成員が選ばれる元老院によって統治される。選挙制は廃止されることになる。モレリがルソーとともに直接民主制を強く志向していると評されるのも、このような特徴によるものであろう。

モレリの社会的ユートピアの第一原理はあくまでも所有権の廃止であり、しかもそれはいくつかある原理の一つではなく、人類に幸福をもたらしうる唯一の本質的条件としてである。他のすべての原理はこの第一原理を支え、補強するための従属的な原理でしかない。

さらにモレリのユートピアには、ラブレーの「テレームの僧院」を除いて一九世紀以前のユートピアにほとんど見当たらない、反苦行者的な性格がしばしば指摘される。すべての欲求は、すべての市民に対して充足されなければならないのである。「立法者の第一の目的は共同体の消費を制限することではなく、反対に生産を増大させることである。……プラトン、モア、あるいはルソーの場合、幸福はとりわけ美徳との関係で定義された。モレリの場合、美徳それ自体も、充足との関係において定義される」（ソブール）。モレリの独創性は、少なくとも以上の三点に要約されよう。

『共和制に関する断想』の著者　サン＝ジュスト

社会的不平等こそ不正の最たるものであり、その根源は私有制（またはその濫用）にあるとする社会批判は、八九年以前においては、「メリエ司祭やレチフ・ド・ラ・ブルトンヌのようないく人かの例外を除けば」（リシュタンベルジェ）、多くの場合、現実と体験からというより道徳的、思弁的次元で論ぜられていたにすぎない。それはまだ、現実の実践的な結果を伴っておらず、行動意欲より「感性の激発」を表すものだった。だが、大革命はその様相を一変させる。八九年から総裁政府の時期にかけて、財産と労働の共同体を実現しようとして処刑されたバブーフらの平等派を主軸に、ユートピストたちは多様な運命をたどる。ユートピアから現実へ踏み込んだバブーフはいわば例外的だった。逆に、現実からユートピアへ飛翔する人々の中にサン＝ジュスト（一七六七―九四）がいる。カミュは「サン＝ジュストのような威風堂々たる人物と、ミシュレーがルソーの猿真似と適評したみすぼらしいマラーとを、少しでも混同してはならない」（『反抗的人間』佐藤・白井訳）と警告している。事実、サン＝ジュストは「歴史上の三人組」ダントン、マラー、ロベスピエールらに比べて特異な位置を占めている。ダントンとマラーが独自の社会思想を形成しなかったと評されるのに対して、二七歳で命を断たれたサン＝ジュストは、明らかに平等主義思想を抱いており、ロベスピエールとともに富と過度な不平等に敵意を燃やし、所有権に対する国家の絶対権と万人の生存権を主張する。また、ロベスピエールがフランスに平等社会を設立する可能性を予想していなかったように思われるのに対して、少なくともサン＝ジュストは、一七九三年の現実よりはるかに進んだ未来社会の可能性を予見しようとつとめていた。

ルイ＝アントワーヌ＝レオン・サン＝ジュストは、一七六七年八月二五日、ニエーヴル県ドシーズに生まれた。近衛騎兵隊軍曹、騎兵大尉として軍人生活を送った父親が、五一歳のとき結婚してもうけた息子がサン＝ジュストであった。退役後の父親はオワーズ県ナンセルで年金生活者として、また収税吏として、恵まれた余生を過ごした。後年、行動の人サン＝ジュストにどこか軍人の風貌があると評されたのも、この父親の影響かもしれない。一家がエーヌ県ブレアンクールに移った翌年、父親を失ったサン＝ジュストは、スワソンのオラトワール派のコレージュで寄宿生活を送っているが、家族の生活は相変わらず豊かだったようだ。一九歳のとき、公証人の娘テレーズ・ジェレへの恋に破れ、自暴自棄になって路銀代わりに母親の銀皿を失敬して逐電する。このため、パリの知人宅に半年間「監禁」されたという。八八年にランスの法科大学を卒業後、ブレアンクールに戻り、仕事に就くでもなく、詩作に没頭していた。『オルガン』（一七八九年）は駄作ではあるが、シェリーを想像させるようなロマンティックな気質をよく表していると言われる。また、のちにルイ一六世を弾劾する彼の処女演説を予想させる激しい調子の国王への非難も、すでにこの詩の中にうかがえる。大革命は、彼の魂を愛国的徳と古代の共和国の理想への献身へ転回させる。九〇年八月、国民衛兵隊大佐として彼がブレアンクールからロベスピエールに書き送った手紙が、この二人を結びつけるきっかけとなった。翌年、彼はモンテスキューの影響の濃厚な『大革命の精神』を発表している。サン＝ジュストがルソーの『社会契約論』の一般意志の思想に共鳴するのは、これ以後であるようだ。九二年一一月に国民公会に現れてからのサン＝ジュストの政治生活はロベスピエールと歩みを同じくしているが、「ヴァントーズ法」の報告演説は彼の面目躍如たるものがある。

公安委員会におけるサン＝ジュストの行動でもっとも重要なものは、「ヴァントーズ二法」施行の報告演説であり、これはロペスピエール派の社会思想の頂点と見なされている。なるほどそれは、食糧危機にあえぐ民衆の窮状を背景に、反革命容疑者の財産を没収し、それを貧困に苦しむ愛国者に付与すべきであるという、パリの各セクションの要求に促されたものだった。いわば「状況の勢い」（フォルス・デ・ショーズ）に感化されていた。しかし、ルロワが指摘しているように、大革命を通じて公式の文書に現れた限り、所有権は尊重されていた。所有権を神聖にして侵すべからざるものと規定した八九年の「人権宣言」の立場は、九三年憲法においてさえ、「所有権は、自らの財産、収入、自らの労働と勤勉の結果を自由に享受し、処分しうる、すべての市民に属する権利」として受け継がれていた。「ヴァントーズ二法」が、所有権の廃止どころか、貧しい愛国者を小所有者にする意図でつくられたとはいえ、所有権を制限しようとするはじめての大胆な社会政策であったことは事実である。すでにルソーは、『社会契約論』で、所有権は社会状態において尊重されるべきであるとしながらも、一般意志にもとづいて国家が共同体にとって重要だと判断する場合には、国家の権力はすべてに優先され、所有権を修正しうることを示唆していた。主権者自身が自らを強制することはありえないからである。「ヴァントーズ二法」は、このルソーの思想の現実への適用であった。

「自由な国家を辱める乞食状態を廃止せよ。愛国者たちの所有物は神聖であるが、謀叛人たちの財産は不幸な人々のためにこそある。不幸な人々は大地の力である。彼らは自分たちをおろそかにする政府に主人として語る権利をもっている」(九四年二月二六日「投獄者に関する報告」)。「不幸な人、貧しい人が一人でも国家にいることを容認してはならない。諸君はこの代償によって真の革命または共和国を作ったことになるであろう」(三月三日「革命の敵に対する法令施行の方法に関する報告」)。「諸君がこのフランス領土に一人の不幸な人間の存在も、一人の抑圧者の存在も欲しないことを、ヨーロッパに知らせるべきである。この模範によって、美徳と幸福への愛を伝播させせよ。幸福はヨーロッパにおける新しい観念である」(同)。

サン゠ジュストが二月二六日の演説で、「共和国の魂である制度がわれわれに欠けている」と語ったとき、おそらく共和国の精神にふさわしい制度の必要を彼は痛感していたと思われる。同年春、彼はすでに挫折をかすかに予感しながら『共和制に関する断想』を書き残している。サン゠ジュストがユートピストとしての横顔を現すのは、この断片によってである。サン゠ジュストはまず、美徳が社会の基礎となり、目的とならなければならないと述べる。あらゆる政体は、法の優位の代わりに習俗の優位を置くべきである。よき市民とは、法が許容する以上の財産を所有しない市民にほかならない。万民に土地を与えるべきである。「新しい政体に対して不幸な人を反発させることがあれば、自由が確立されるはずがない。各人が土地を持てるように行なわないならば、不幸な人間をなくすことなどできるものでない。国有財産を貧しい人びとに分配することによって、乞食状態を根絶すべきである。何ぴとにも通貨の流通を妨げたり、金を溜め込んだり、のらくらと暮らすために勤労をおろそかにしたりさせないようにしなければならない。法律以外のものに従属せず、社会状態に見られる相互の従属関係もなく、生活物資を得る手段をすべてのフランス人に与えなければならない」。だれもが土地所有者になれば、市民のあいだに大いなる平等を確立することも容易になる。「金持も貧乏人も必要ではない。……奢侈は恥辱である」。相続権は直系にしか存在しない。何ぴとも遺言したり、相続権を奪ったりすることはできない。すべての人々は労働を義務づけられる。職業をもたず、為政者でもない二五歳以上のすべての市民は、五〇歳まで土地を耕さなければならない。土地所有者はそれぞれ一アルパンにつき四頭の羊を飼育する義務を負う。怠惰は罰せられる。「すべての市民は毎年、その財産の使途を聖堂で報告する」。その使途が有害でないかぎり、各人は財産を自由にすることができる。下僕は存在しない。国家はそこからの収入が国費の大半を支払うに充分な国有地を所有する。国家は子供たちを養育し、若い夫婦に賃銀を前払いし、貧しい人々に土地を賃貸し、「社会の構成員の不幸を償うべきである」。存続する唯一の租税は、収入の一〇分の一税と勤労所得の二五分の一税にかぎられる。

さし迫った当面の政策としてではなく、漠然としてはいるが、将来フランスが採用すべき社会について書き残されたサン＝ジュストの『断想』には、ルソー、マブリ、ランゲらの影響が歴然と見られると評される。それとともに、彼が育ったブレランクール、大革命の初期に彼が農民の共有地への権利を守ってその土地の貴族と闘ったブレランクールの農村から、農村共同体の暗示を受けているようにも思われる。

カミュは書いている。「サン＝ジュストが世界的牧歌を望んだのは、たしかに真剣な気持ちからであった。まったく彼は苦行者の共和国、原初の無垢を無心に追い求める、調和のとれた人類の共和国を夢想していた」(『反抗的人間』佐藤・白井訳)。《血に飢えた虎》《死の天使長》《生ける剣》《身づくろいのよい怪物》などと評されてきたサン＝ジュストは、『断想』の中で真実の顔を見せている。彼は、所有がつねに個人の労働にもとづいているような社会、労働がまだ商品化されていない社会を夢想し、意識的にせよ無意識的にせよ、人間がその労働力を売り渡さない社会、所有が他者の労働の搾取にもとづくことのない社会の出現を予感していた。しかしその思想は、「サン＝キュロットのかすかに社会主義的方向を帯びた願望にも、商業ブルジョワジーの願望にも合致しない。……彼は真理をつかんでいるという確信を持っていながら、一七九三年のフランス社会で自分が孤立していることを知っている。おそらく、『共和制に関する断想』のことさらにユートピックな性格と、テルミドール九日のサン＝ジュストの沈黙とはこのように説明されるだろう」(トゥシャール)。

総裁政府期のユートピスト　レチフ・ド・ラ・ブルトンヌ

レチフと犬猿の仲にあったサド侯爵が『アリーヌとヴァルクール』(一七九三年)の中の長い挿話「サンヴィルとレオノールの物語」で、アフリカの食人王国ビュテュアと対比させて南方の理想国タモエ島を描き、はからずも彼にもユートピストの一面があったことをうかがわせているのに対し、レチフの場合、黄金時代再来の夢想は同時代のどの作家よりも数多くの作品に表現されている。

レチフ・ド・ラ・ブルトンヌは、ブルゴーニュの小村、ヨンヌ県サシで農夫の子として生まれた。父親はその村で判事と公証人を兼ねたかなり裕福な借地農であった。一七歳で県の首都オーセールで印刷所の徒弟となり、四年後の一七五五年にパリへ出て印刷工として働き始めている。小説家、ユートピストとしてのレチフの形成を見る場合、彼のこの人生体験はかなり重要な意味を帯びてくる。大革命前の法律上の職業序列では、印刷業は上位の等級に分類されていたようだが、それでも徒弟は家僕のようにこき使われ、職人とても劣悪な労働条件を強いられていた。一日一四時間の過重な労働と、無知で野卑な先輩職人にあごで使われる「奴隷以下の状態」は、レチフにとって牢獄に等しかった。幼少年期を過ごした村の生活が、「悪と堕落のすみかである都会のアンチ・テーゼとしての田園」という形をとって、その追憶の中で次第に膨脹していったのも、彼にとってきわめて自然であった。たとえば、伝記小説『わが父の生涯』(一七七八年)には、作男や羊飼いを含めた二二人の大家族が同じ食卓で同じ食事をすませたあと、「創世記」の数章を朗読する家長の声に聞き入る光景が描かれている。また、「民主的な」村民集会の描写も見られる。村は一つの大家族として統治され、すべては教会前の広場で催される聖堂区集会で村民の多数意見に従って決められる。古代ローマの執政官に似た数人の総代《サンディク》がこの集会で選ばれ、彼らは租税の徴収者、聖堂区管理者、公共の牧人として活動する。共有林の中で各人が伐採すべき区域も、集会でくじによって指定される、など。こういった追憶の中の村の生活と、当時残存していた習慣的同族共同体やモラヴィア教徒の共同体などが、都会の現実と対比される「神話」として、レチフのユートピアに具体的なイメージを与えているようだ。

「レチフは、宇宙の隠れた力と調和する自然共同体思想に到達しようとする欲求によって、ドン・デシャンと類似し、人間を宇宙に結びつけようとする関心によって、ファランステールの先駆者、財産共同体の信奉者となり、田園生活の恩恵、村落のさまざまな統治形態の結合、小都市の連合を夢見ていた点でメリエ司祭に近く、彼が讃美したモラヴィア教徒やオーヴェルニュ地方の共同体はのちにフーリエが汲みつくす源流にほかならない」。レチフの社会批判とユートピアについてのリスのこうした見方は、リシュタンベルジェ、ルロワ、ソブールらの見解とも共通している。しかし、これらの評価は、『アンドログラフ』(一七八二年)の時期までにかぎられる。八九年に、総三身分会議を前にして発表された『テスモグラフ』では、レチフは臆病な改革者に変貌し、『パリの夜』(一七八八–九四年)では、大革命の進展につれ、民衆運動やジャコバン、サン=キュロットに恐怖や不信を表明し、時には露骨な敵意すら示すにいたっている、と思われたからである。だが、このような見解は、再検討の余地がある。いわゆるテルミドールの反動以後、極貧者に登録されながらも、また老齢にもめげず、そしておそらくはバブーフらの平等派の運動を意識しつつ、レチフはふたたび共同体ユートピアの計画に熱中している。ユートピスト・レチフについての真の興味は、むしろ彼の晩年にあるといってよい。

『ムッシュー・ニコラの哲学』(一七九七年)に含まれる「わが政治」は、一七九〇年から九七年にかけて大革命の推移と作者の見解が書き記されたものであり、九三年一〇月までの記述で中断された『パリの夜』のいわば続篇であるばかりでなく、『アンドログラフ』の補足ともなっている。「政治」の文章の底流には、相変わらずマラー主義者やロベスピエールへの反発が残っているが、それも九四年熱月(テルミドール)を境にして次第に薄れ、ロベスピエールの最期を伝えた冷やかな調子がやがてジャコバン派の政治を弁護しようとする意図すら窺えるほどに変わってゆく。「ジャコバン派に反対を表明するどんな人間も信じてはならない」。「ジャコバン主義に対してきわめて正当になされるあらゆる非難にもかかわらず、あの熱烈な精神こそ、外敵に打ち負かされ分割される恥辱からフランスを救ったのである」。もちろん、レチフのロベスピエール再評価は、テルミドール以後の深刻な経済危機に対処しえない総裁政府の無力な政策、その結果としての財政破綻、食糧事情の悪化、物価の高騰などから、民衆のあいだにジャコバン独裁時代を見なおす気運が広がっていく時期と一致している。しかし、レチフのロベスピエール再評価は、彼を自分と同様に、私有なき社会を目指していた財産共同体の信奉者として、極端に理想化するまでにいたっている。共和暦第三年の新憲法への失望を語った箇所で、レチフはパンテオン地区集会の模様を報告する。その集会で新憲法の拒否と共同体の確立を主張し、偏見にこり固まった連中に演壇から引きずり下ろされた一人の市民を、レチフが暴力から守る。そのときの市民がかつてロベスピエールの秘書をしていた男であることを後になって聞き知り、レチフは「ロベスピエールも同じような計画に心を砕いていたにちがいない」と思うのである。

そのすぐ後では、「九四年から始まり、まる二年間つづいた飢餓状態が《プレリアル一日》の暴動を惹き起こした」と記され、国有財産の売却、軍事物資の需用を利用して急速に地位を築いた新興成金への批判が激しい語調で語られる。「現在のエゴイズムと背徳はどういう事態を招いたか！……どんな国民にも、どんな時代にも、これほどのエゴイズムや背徳は決して存在しなかった」。レチフは、リヨンの王党派テロリストとともに、投機師、相場師、銀行家をもっともいまわしい人間として非難し、しかも彼らの「金もうけ主義《エスプリ・メルカンテイル》」が社会のあらゆる階級をとらえていると断定する。「法律家、軍人、立派に着飾ったご婦人方が、これから売ろうとする石鹸、ロウソク、砂糖、織物、モスリンをかかえて走り回る姿が見られる」。レチフは、政府が「市民相互の盗みとペテンに公然と手を貸し、相場師のために誠実で質朴な人間を故意に破滅させた」ときめつけ、改めて政府の未来の責任を問いなおす。さらに、古代ローマの最初の成文法「十二銅板法」の「人民の救済こそ至高の法」を引用し、「中途半端な共和主義にとどまってはならず、真の完全な共和主義、すなわち財産共同体を目指すべき」であると説く。

「わが政治」では「人類の全般的共同体を確立するために全ヨーロッパ、およびヨーロッパ人の住む他の国々に提案される法規」が三〇条にわたって説明されている。「この地上に黄金時代、純真、友愛、あらゆる美徳の再来を妨げているものは何か。それは不幸な、破廉恥な、いまわしい、憎むべき私有制である。胸に手を当ててよく考えるなら、それが不正で、残酷で、誤っており、非人間的であることが分かるだろう」。レチフの提案する共同体社会では、私有物はすべて共有にされ、各人の能力と労働人口に応じて労働が行なわれる。食事は共同食堂でなされ、一切の生活物資は共同体から支給され、労働の代価は金銭によらない。子供は生後一年を過ぎると母親の手を離れ、共同で養育され、各人にふさわしい教育が施される。さらに、すべての子供に機会が与えられる公教育の基礎に、相互性にもとづく道徳が据えられ、キリスト教とその超自然的道徳は退けられる。自然と理性こそ真実であり、他の一切は人間の妄想の産物にすぎないからである。また、「千一条の民法や刑法のかわりに、一つの法すなわち耕作者、手工業者、芸術家、文学者といった職業にあって、割当てられた労働を提供することを各人に義務づける法律」しか存在しない。このような提案に対して、「だが、それでは、わたしは奴隷になる、自由でなくなる」という反論を予想して、レチフは強調する、「きみは貧困に支配されてはたして自由だろうか」。ただし、レチフは、絶対的平等を主張しているのではないと断わる。「共同体を確立することによって、私は貧困から人類を守るのである。だが、私は人類を平等化するだけであって、各個人を平等化するのではない」。靴屋や靴直し人や汲み取り人の職業は依然として存在するし、決して卑しくない。もし彼らの息子が為政者たりうる能力をもっているなら、為政者になるべきである。反対に為政者の息子に為政者たる能力がなければ、別な道を選ばなければならない。要するに、共同体には産業と能力、つまり人間の情念が発展する余地を残す必要がある。したがって、才能による競争の刺戟剤が考えられなければならない。こうしてレチフは、私有制の状態におけると同じエネルギーを維持させ、しかもなんらの不都合も不正な不平等も生じさせない手段を提示する。それは共同体共和国貨幣である。これは公衆への有益な行為の程度に応じて金、銀、銅、錫、鉛、鉄などで与えられる。さらに、文学、芸術、科学の道徳的刺戟剤としての有用性も認められる。そうでなければ、ジャコバン独裁下に見られたような一種の文化破壊《ヴァンダリスム》の危険が生じるであろうからだ。

暖をとるための燃料に不自由したレチフが、ベッドの中で書いたこのユートピアは、「セルクル・ソシアル」のボンヌヴィルらの援助で出版されたが、世間からはほとんど顧られなかった。しかしイオアニシアンは、この書が一九世紀初期の社会主義者たちに読まれたことは充分に考えられるとしながら、バブーヴィスムとの関係に注目している。イオアニシアンは両者の共通点として、恐怖政治とジャコバン独裁の正当化、テルミドールの反動と共和暦三年の憲法への否定的態度、農地均分法への否定的評価、中途半端な共和主義に満足せず、財産共同体にもとづく真の共和主義の創設への呼びかけを挙げている。同時に、バブーヴィスムの重要な思想である新たな社会革命と労働者による独裁、新たな社会についての漸進的教化方法などがレチフに見られないとして、両者の相違点をも指摘している。レチフがバブーフらの平等派をどう見ていたか、またレチフがはたしてそれと具体的な係わりをもっていたか、などについて知ることはむずかしい。だが、レチフが「平等派の陰謀」とその挫折を、たんに政治的な関心からだけでなく、少なくとも平等派の特定の個人への興味を通して、注視しつづけていたことはたしかである。というのも、大革命前の数年間、レチフはのちの平等派の指導的人物の一人、詩人シルヴァン・マレシャルと交友関係をもっていたからである。彼の日記には、一七八三年一二月七日、八五年一〇月一日、八七年六月一二日、八七年七月三日に、それぞれ双方のいずれかが相手を家に訪問し、夕食をともにした事実が記されている。簡単な事実の記録であるので、二人の交友の性質や中心的な話題が何であったかなどについては、分からない。また、活字にされたレチフの日記が八七年で途切れているために、その後の二人の交友について安易に推測することもできない。しかし、レチフの日記は二人がかなり親しかったらしいこと、次第に訪問が頻繁になり始めていることを示してもいるので、八七年以後も二人の交友関係がつづいていたと臆測するのも、あながち強引とは言えない。このマレシャルとの関係を念頭において、「政治」の中でバブーフの処刑（一七九七年）が記録された、中断符で終わる文章を読むと、意味深長なニュアンスが伝わってくる。「政治」では、一七九五年ヴァンデミエールの王党派の反乱者たちに判決がくだされ、被告たちが釈放されたこと、九二年九月の虐殺に加わった者たちの判決も軽かったことを記したあと、「無謀なグルネル兵営反乱事件の関係者たちが銃殺された。ヴァンドーム広場で処刑されたバブーフとダルテ……」となっている。王党派への寛大な判決とバブーフらの処刑との、意識的とも取れる対照法、そして中断符は何を意味するのか。

ポール・ラクロワは、「《人民の護民官》を読み、あの《凶暴なユートピスト》のもっとも熱烈な信奉者となっていたレチフは、バブーフの処刑以後、政治的問題について書くことを一切やめた。彼は、自分の死以前に理想の共同体の到来を見ることを、もはや期待しなかった」と述べている。むろん、これはたんなる臆説にすぎないが、レチフの思想的運命をいくぶんか示唆している。

6
共和国幻想

西暦二四四〇年の話　セバスティアン・メルシエ〔I〕

頃はおそらく一八世紀も半ばを過ぎた、たしか一七六八年某月某日のたそがれ時、所はもちろんパリである。かねてからイギリス心酔者《アングロマンヌ》を自認していた「私」は、良識と公正とをそなえた老イギリス紳士を相手に話し込む。この老人は、パリこそ啓蒙の中心地にふさわしくたがいの才能が結合され、あらゆる快楽と安楽が保障された住処だと信じこみ、期待に胸をふくらませて、パリへやって来たのだった。しかし、老人が見出したパリは、極端な豪奢とはなはだしい貧困の集積所、畸形的な怪物都市でしかない。ルソーがいみじくも語ったように、大都会などというものはどれも似たり寄ったりだ。ロンドンと同様にパリにもほとほと愛想をつかした老人は、翌日早々に旅立つつもりでいる。「私」が引き止めても老人の決心は固く、一向に効き目がない。澄んだ空気と安らぎのある快楽に浸って、この都会という名の栄華の牢獄に住むみじめな住人たちの運命を嘆いてやれそうな、どこかの村を求めて旅に出よう、と老人は言う。「あなたがたが無知から罪を犯さなくなって随分と久しい。だから、あなたがたは決して自分を矯正することがありますまい。さようなら」。

「私」が老人と別れたときはすでに真夜中だった。「私」は少し疲れていた。床について瞼が重くなったと思うと、「私」は、幾世紀ものあいだぐっすりと眠り込んでふと目をさました夢を見る。夢の中で目をさましたのである。身を起こして、自分の体の動きが鈍っていることに気づく。手は震え、足はよたよたしている。鏡を見ると、辛うじて自分の顔だと判った。床に入ったときにはブロンドの髪であったのに、額には皺が寄り、髪の毛は真白に変わり果て、眼の下には骨が突き出し、鼻は伸び、顔面は血の気が失せて蒼ざめている。歩こうとすると、たちまち無意識に杖で体を支える有様である。表に出てみてはじめて、パリの町が見ちがえるばかりに一変していることに気づく。

広々とした通りを病弱者専用の馬車が静かに走り、歩道を通る男女はいかにも幸せそうに見える。簡便な彼らの衣服は一八世紀のそれと少しも共通するところがない。街灯は明るく道を照らし出し、娼婦の影や、駄馬のように荷をかついでいた人夫の姿も見あたらない。警官は控え目で愛想よく、各人の安全に気を配っている。しかも、立ち並ぶ家々の屋根は緑に覆われ、さながら広大な庭園の外観を示している。セーヌ河畔はすっきりと整備され、ルーヴル宮はすでに完成している。「私」は見知らぬ広場の広告柱に何気なく眼をやる。なんと二四四〇年の金文字が刻まれているではないか。「私」は六七二年ものあいだ眠り込んでいた勘定になる。呆然と立ちすくむ「私」に一人の学者らしい男が近づき、二五世紀のパリの案内役を快く買って出る。

虚構の日付を与えられたメルシエの小説は、ざっとこんな具合に書き出されている。ルイ＝セバスチアン・メルシエ（一七四〇―一八一四）は、《一行書かぬ日とてなし《スルラ・ディエス・シネ・リネア》》を《一頁書かぬ日とてなし《スルラ・ディエス・パギナ》》に変えた稀代の多作家であったが、残念ながら長いこと、「街路で考えられ、街頭で書かれた作品」（リヴァロル）と不当に評された写実的な風俗スケッチ集『パリの情景《タブロー・ド・パリ》』（一七八一年初版）の作者としてのみ有名であった。だが、約五〇篇にのぼる劇作はさておくとしても、メルシエが書き残した作品で注目に値するものが他にいくつもあることを、この多作家のために弁明しなければならない。『西暦二四四〇年』（一七七〇もしくは七一年）もその一つである。これは、ユートピア小説というよりユークロニー小説と呼ばれるのがふさわしい。

もともとメルシエは、ユートピアないしSFへの強い志向を秘めた作家である。たとえば、『ある隠者の夢想』（一七七〇年）のなかの「第三の夢想」では猿しか存在しない水星が描写され、「第八の夢想」では特製の眼鏡で他人の考えを読み取る人間が扱われている。しかも、いまわしい逆ユートピア島の社会すら描かれているのだ。その島では、租税が血で徴収され（文字通り血税である）、貴人たちはその血を常食としている。死なないように計られた上でのことではあるが、時には子供の心臓で税が取り立てられることもあるという（「第二九の夢想」）。この島の生活は、サド侯爵作『アリーヌとヴァルクール』のなかのビュチュア王国を思わせる。最後の「第三六の夢」は、炎で焼き尽くされた偉大な哲学者の遺骸から合成される、仙石の発見を題材にしている。燃え尽きた哲学者の体はみごとな燐だけを残し、濃い灰色の、三角形の石と化したという話である。また、『夢と幻想』（一七八八年）では、月に住む死者の霊から送られてくる「月光文字」を読む男の奇妙な体験が語られてもいる。そんなメルシエの作家的志向が、新しいユートピアとして、まとまりのある最良の形で凝縮したのが、青年期に着想された『西暦二四四〇年』なのである。

シャルル・ルヌーヴィエの『ユークロニー（歴史のなかのユートピア）』は一八七六年に刊行されている。メルシエはこのルヌーヴィエの造語におよそ一世紀先んじて、ユークロニーのジャンルを開拓したことになる。トマス・モア以来、いや、プラトンの古代から、どこにも存在しない理想都市は、どこにでも自由にその空間を設定することができた。それは絶海の孤島であったり、未知の大陸であったり、月、太陽、水星、地下世界でもありえた。だが、想像上の空間に局限されたユートピア物の氾濫は、一八世紀後半に入るとようやく読者を食傷させ、批評家を不感症にさせていた。一七七〇年頃にユークロニーのジャンルが注目を惹き、いわば新しい流行のきざしを見せ始めるのも当然であった。メルシエはこのような時代の雰囲気を敏感に察知している。なるほど、夢と航海は象徴の面では同義語であるから、すべてのユートピアはユークロニーであるとも言えよう。けれども、実験の場にフランスの首都を選び、ユートピアの住人をパリ人に変えたメルシエの小説は、当時のユートピア作品に新たな活力を与えたばかりでなく、現実批判の強度をもいちじるしく増幅した。彼の小説は、固定化され、完成された静的な理想社会とは無縁である。人間の進歩と無限の発展可能性《ペルフェクティビリテ》への信仰にもとづいて、メルシエはユートピアのなかに大胆に歴史の生成を持ち込んだと言ってよい。そのかぎりで、レーモン・トルーソンが指摘するように、大革命期に死を予想しながらコンドルセが書きつづけた『人間精神進歩の史的場景の素描』（一七九五年）の第十期の楽天主義に通ずるものがある。

夢と歴史との間　セバスティアン・メルシエ〔II〕

もともとメルシエの本領とするところは、スケッチ風の文体と描写である。『西暦二四四〇年』で、彼はその天分を発揮して二五世紀のフランスの教育、宗教、社会福祉、政治制度、法律、司法制度などについて小気味よく描いてみせる。批判の照準は専制主義と教会権力にぴたりと定められていた。たとえば、封印状や専横な逮捕令は一掃され、圧制の象徴であったバスチーユは跡かたもなく取り壊され、かつて迫害をこうむった『百科全書』が今では基本図書とされている。悪書の作者は道徳上の病人と見なされ、二人の有徳な市民の看護を受ける。訴訟や裁判は存在するが、無実の人を不幸に陥れる悪意ある投獄や拷問は廃絶されている。二五世紀のフランスはルイ三四世が在位する相変わらずの君主国ではあるが、しかし彼はかつての「卑しい下司の国王ども」と異なり、「人民の選択こそ自らの偉大さの基礎」であることを知っている。未来の国王たるべき者は、農民の息子として人民に育てられ、成人してはじめて素姓を明かされる。彼には君主への道を拒否する自由すら与えられている。国王は法に従って統治し、何ぴとも法を超えることは許されない。要するに、国王は行政機関の長であるにすぎず、立法を行なうのは人民なのである。

人びとは科学と自然の観察とから啓示された自然宗教を信じ、修道士は修道院を棄てて修道尼と結婚し、ローマ教皇は一切の世俗権を放棄している。聖人たちも存在するが、不毛な苦行で心身を消耗させず、危険な、不快な、骨の折れる労働をすすんで引き受け、公衆に奉仕するといった具合だ。

この作品の中でもっとも痛烈な諷刺は、終章の「ヴェルサイユ宮」である。「私」はヴェルサイユ宮を見たくなり、あの豪壮華麗な宮殿を目で探すが、残骸しか見当らない。崩れ落ちた壁が、消滅した過去の唯一の遺跡としてあるにすぎなかった。廃墟の中を歩み進むと、円柱の柱頭に一人の男がしょんぼりと坐っている。男が言うには、かつて無謀な傲慢に駆られて自然を強要しようとした国王がいた。国王は気まぐれな意志にまかせて王国の全財産を投入し、幾百万の手でこの巨大な建造物を建てさせたが、結局、束の間の権勢を濫用する者はのちの世におのれの弱さを露呈するだけなのだ。そう言って男はさめざめと泣く、「ああ、なぜ余は覚らなかったのか……」。この男はルイ一四世の亡霊だった。神の裁きによって、嘆かわしいその建造物をとくと眺めるために冥府から甦らされたのだと言う。こうしたあまりに直截な専制主義批判が当局の神経にさわらないはずがなかった。『西暦二四四〇年』は発売の直後に発禁処分を受けている。

この小説でメルシエが革命的であると言うのではない。「何ぴとをも強制しない質朴な宗教、正義の法律、人民から発する穏やかな権力、妻や職業を選び子供を育て、自らの労働によって保障される所有権を保持する自由、特権の廃止、それこそ彼が未来に期待することである」(トルーソン)。けれども、メルシエは、農業を基本とするその理想社会の描写のなかで、災害から農民を守るために設置される「公共の食糧倉庫《グルニエ・ピュブリック》」や、植民地と黒人の奴隷売買制の廃止や、自発的に納められる税金や、国境を超えた世界平和などについてもふれている。そのかぎりで、彼の未来小説は、所有を一切の罪悪の母と断ずるメリエらの共同体ユートピアとかすかに類縁を保っている。

彼の小説に大革命への予感のようなものが表現されていることも指摘しておかねばならない。「いくつかの国家には、必然化する一時期がある。それは怖るべき、血なまぐさい時期ではあるが、自由のしるしなのだ。わたしが語っているのは内乱のことである」。メルシエのこの文章をただちに予言的と呼ぶわけにいかないのは、ヴォルテールのショーヴラン宛の手紙やルソーの『エミール』第三篇の一節と変わらないが、旧制度末期の時代の予感を表現したものとして注目してよい。

メルシエが『西暦二四四〇年』を書いたのは三〇歳の頃である。大革命の八九年に彼は五〇歳にさしかかっていた。ルソーを師と仰いできたメルシエと大革命との遭遇は、ユートピストと歴史との交錯の皮肉な一面を示している。

トルーソンによると、メルシエは一七四〇年六月六日（または八日）にパリで生まれた。父親は刀剣の商いもする研ぎ師で、裕福とは言えないまでも、生活にこと欠かぬ程度の暮らしをしていたらしい。幼い頃に母親を失ってからは父親の手で育てられ、コレージュ・デ・カトル・ナシヨンで学んだ。彼がルソーの著作をはじめて読んだのは二〇歳のときで、それ以後、演劇観をめぐる違和感を別にすれば、ルソーへの傾倒は終生変わらなかった。青年時代に、『新エロイーズ』の最後にヴォルテール宛のサン＝ブルーの手紙を書き加えてみたとか、五二歳になって同棲した二八歳年下のルイズ・マシャルとの間に生まれた娘にエロイーズと命名したとか、ルソー全集の出版に奔走したことなど、ルソーにまつわる挿話は少なくない。二〇歳で詩作に興味をおぼえ、英語を学んでポープの詩の自由訳を試みたりするうちに、やがて『未開人《ロム・ソヴァジュ》』（一七六七年）、『哲学的夢想《ソンジュ・フィロゾフィック》』（一七六八年）、『道徳小話《コント・モロー》』（一七六九年）などを矢つぎ早やに発表し、類を見ない多作家としての生涯を踏み出した。

メルシエの交友関係は広い。一九歳のときに白髪の老劇作家クレビヨンを訪ね、やがて息子のクレビヨンとも親交を結び、カフェ・プロコープでディドロらと知り合っているほか、奇人のラモーの甥と交際し、徴税請負人の息子で美食文学を開拓したグリモ・ド・ラ・レニエールが主宰する「哲学昼食会」の席で、レチフ、ボーマルシェ、パリソ、フォンターヌらとの議論を楽しんでいる。さらに、ルソーをプラトリエール街に訪ね、信用を得たらしい。もっとも、メルシエの方では、ルソーのうちに妄想上の敵に過敏な神経病患者の徴候を認めていた。七〇年代にはもっぱら劇作に没頭し、「道徳劇」を書きまくっているが、『パリの情景』の最初の二巻で、その才能にふさわしいジャンルを見出した。

大革命はメルシエを熱狂させる。八九年一〇月から早くも『フランスの愛国文学年誌』に健筆をふるった。ほどなくジャコバン派と訣別してジロンド派に走り、セーヌ・エ・オワーズからブリソ、コンドルセらと並んで、国民公会《コンヴァンシヨン》議員に選ばれている。国王処刑の際には賛成投票するが、判決が執行されないことを願っていた。『大革命の最初の主謀者の一人と見なされるジャン＝ジャック・ルソーについて』（一七九一年）では、ジロンド派のルソー像を描いてみせた。九三年一〇月六日、仲間のジロンド派議員とともに逮捕され投獄されたが、テルミドールの反動で九死に一生を得て釈放されてからは、五百人会議《コンセイユ・デ・サン・サン》の議員となり、九五年には国立学士院会員にまで選ばれるが、すでにかつてのユートピストの面影の片鱗すら見出せぬほど、変貌をとげていた。『百科全書《アンシクロペディ》』を「世にもいまわしい誤謬に毒された泡」と非難し、「めかしやのコンドルセ」、「読むに耐えないロック」、「瞞着家のニュートン」などと毒づいて世間から顧られなくなっていた。

ロラン夫人は、獄中で書いた『回想録』の一節にこう記している。「メルシエは、書く才能が立法者にとってほんのわずかな長所でしかないという一つの新たな証拠である。たくみな虚構によって人びとを教化するのはたやすい。賢明な法律によって彼らを変えるのはむずかしい。善良なメルシエは……国民公会においてはゼロでしかない」。だが、このときメルシエの書く才能はすでに涸渇していたばかりでなく、彼にとって理想郷はもはや存在しなかった。

沈黙のドラマ　ジャン・メリエ〔I〕

ジャン・メリエ司祭の存在は、ヴォルテールの紹介がさいわいして、一八世紀いらい敏感な読者のあいだでつとに知られていた。しかし、彼の真実の顔が明らかにされるのは一九世紀の後半で、一般に『遺言書』の表題で知られるメリエの主著が一人のオランダの自由思想家の手ではじめて完全な形で活字にされてからである（わが国では杉捷夫氏による抄訳が昭和六年に中央公論社から上梓されている）。最近では、エクス＝アン＝プロヴァンスでのメリエ国際シンポジウムの開催（一九六四年）、モーリス・ドマンジェによる画期的な研究書の出現（一九六五年）、さらにドプラン、デスネ、ソブール監修の『メリエ著作集』三巻の刊行（一九七〇年）などが相つぎ、一八世紀文学・思想史上のメリエの地位を急速に注目させるにいたった。

事実、ルイ一四世の治世が始まってわずかに三年、モリエールの『タルチュフ』がヴェルサイユ宮で上演された年に、シャンパーニュの一寒村に生まれた一介の田舎司祭が、体験と読書からほとんど独力で、一七世紀自由思想の無神論的伝統と原始キリスト教に暗示された平等主義の共同体思想の伝統とをはじめてその頭脳のなかで合流させ、唯物論思想を表明していたということは、驚嘆に値する。しかも、メリエは今日なお生きている。それはたんに、たとえば、ルソーやヴォルテールが今日も生きているというような意味においてだけ言うのではない。メリエは戸籍上、まだ死んではいないのである。

彼の最初の生涯は二重生活者のそれであった。一方において田舎司祭としての静かな、しかし偽装の生活、他方において司祭館の静寂のなかで唯物論と平等な共同体の構想に専念する狂気の生活。ドマンジェの言葉を借りれば、メリエは、「人類の運命の深淵を測り人類にそれを意識させるために、人類が必要とするあの偉大な孤独者たちに」属している。彼の孤独の生活に沈黙のドラマがひそんでいたことは明らかである。だが、彼の真の生活が注意深くヴェールで隠されている以上、その偽装された生活から沈黙のドラマを垣間見るほかはない。

メリエは、一六六四年六月一五日に、シャンパーニュの小さな村マゼルニで生まれたと推定される。その日付の洗礼証書が残っているからである。父親は耕作と牧畜のほかに家内工業も営む「商人」だった。彼は両親や一人の姉、二人の妹に囲まれ、旺盛な向学心を示してその少年時代を過ごしたようだ。彼がランスの神学校に入るのは、おそらく二〇歳になった秋の一六八四年一〇月である。三年後の八七年三月二九日に副助祭《スウ＝ディアクル》に任命され、翌年の四月一〇日に助祭《ディアクル》となっている。そして、八九年一月七日に、バレーヴの臨時司祭《デセルヴァン》をも兼ねて、生地の村に近いエトレピニに主任司祭として赴き、一七二九年夏に息を引き取るまでそこを離れなかった。

メリエが聖職者の道を選んだ動機は、彼やその両親の敬虔な信仰心にもとづくものではなかったらしい。他の職業につくよりは「いっそう快い、平穏で立派な生活」を保障されると考えた両親の世俗的な意志を満足させるために、聖職への好みもないまま、若いメリエは「かなり安易に」神学生となったようだ。それどころか、彼がのちに書き残しているように、「幼い頃からすでに」、「この世にかくも大きな不幸の数々を惹き起こしている誤謬と悪習を垣間見ていた」という言葉を信ずるなら、「神聖な神の光」によって彼が照らされたことは生涯についに一度もなかったのかもしれない。とにかくメリエの心には、かなり早い時期から「宗教の神秘的狂気」に対する嫌悪感が宿っていたと思われる。

農夫と樵夫の村であるエトレピニの聖堂区には七〇人の信者がいて、彼らは近在の町スダンの羅紗商人の下請けの手間仕事で収入を補い、細々と暮らしを立てていた。エトレピニから三キロ離れたバレーヴの村の住民のほとんどは農業かブドウ栽培に従事していて、信者は百人ほどだった。メリエは二つの村の住民と苛酷な領主とのあいだにたえず持ち上がるいさかいを目撃しながら、「非常な嫌悪感をもって、またかなりぞんざいに」信仰を説いていた。村民はメリエを奇人扱いしていたが、世話ずきで私欲のない、細民の味方と見なしていたのかもしれない。平均寿命が三〇歳そこそこでしかなかった当時にメリエが享受した六五年の生涯は、概して平穏なものだった。というのも、メリエの最初の直属の大司教ル・テリエが一六九六年から一七〇七年までにエトレピニの聖堂区を六回にわたって視察しているが、その折の大司教の報告は、メリエにかなり好意的であるからだ。ジャンセニストに寛大だったル・テリエが一七一〇年に世を去ったあと、代わって大司教の座についた貴族出身のド・マイイは横暴で短気であったばかりか、ジャンセニストや反抗者に対して容赦のない態度を示した。メリエが生涯におそらく一度だけ仮面をかなぐり捨てかけ、この大司教と領主に敵意をあらわにしたのは、一七一六年のことである。このときの事件については、ヴォルテールの『メリエ略伝』がその輪郭を伝えている。

「ド・トゥーリ殿というその村の領主が数人の農民を虐げたので、彼（メリエ）は日曜説教の折に名をあげて領主を紹介しようとしなかった。このいさかいの解決を頼まれたド・マイイ殿は、彼（メリエ）に非があると言い渡した。だが、その決定のあとの日曜日、この司祭は説教壇にのぼり、司教の申し渡しに不服をとなえた。『これこそ、哀れな田舎司祭のごくふつうの立場なのだ』と、彼は言った。『大貴族でいらっしゃる大司教方は田舎司祭をさげすみ、その言葉に耳を貸してくださらない。貴族のためにしか耳をお持ちにならない始末。さて、この土地の領主をご紹介しよう。アントワーヌ・ド・トゥーリのために、神が彼の考えを改めてくださるよう、祈ろうではないか。神のお恵みにより、彼が貧しい者を虐待したり親のない子から奪い取るようなことがありませんように』。

メリエのこの日曜説教に憤激した領主の再度にわたる訴えに応じて、六月一二日、大司教はエトレピニを視察し、司祭にきわめて不利な報告を書いた。当時、教会での日曜説教で貴賓席に坐る権利《ドロワ・オノリフィック》、撒香、聖水授与は、貴族にとって体面上欠かすことのできない儀式であった。それをおろそかにしたことが、まず一点。つぎに侮辱罪にも値する重大な過失は、領主を紹介する勤めを拒否したこと。ほかに、聖職者の召使女になれる年齢は四〇歳と定められていたにもかかわらず、メリエが従妹と称して二三歳や一八歳の女を雇い入れていたことや、会計帳簿の不備などが非難される事項だった。メリエは六月一八日に、エトレピニから二里半ほどの土地に召喚され、「彼が語ったことを文書で提出」させられた。さらに、彼の規律違反を重視した大司教によって、一一月一日の万聖節《ラ・トウサン》のあと、ランスの神学校で一カ月間の謹慎処分を受けている。彼はジャンセニストと見なされたのだった。

赤い司祭の死　ジャン・メリエ〔II〕

大司教の介入と制裁も、メリエ司祭の反抗を改めさせることができなかった。領主のド・トゥーリ殿は、教会に通ずる自邸の庭から、聖務や説教に忙しい司祭に角笛を吹き鳴らしたり、公私にわたって侮辱を加えたりする。メリエの方も負けじとばかりに、これに仕返しするといった状態がつづいた。

しかし、この争いはほどなく止んだらしい。もっとも、ひと足先に昇天した妻のあとを追うように一七二二年八月に領主が世を去ってからも、司祭は遺族の要請を無視して教会で故人を紹介しなかったことから、またしても新たな紛糾と大司教の非難をまねいたとする記録が残されているが、その資料的価値はドマンジェ、デスネらによって退けられている。というのも、二二年にエトレピニを訪れたヴリーニュ＝オ＝ボワの司祭によるつぎのような意見書の内容と合致しないからである。「聖堂区の領主ド・クレリ（トゥーリ）殿の没後、彼（メリエ）は後嗣の新領主と平穏な関係にある」。むしろ領主との和解は、領主の生存中にすら成立していたと思われるふしさえある。二一年一一月に、制服を着用していた領主の下僕の一人がミサのあと、教会を出ようとしたところを村の二人の職工に殴打されるという椿事が持ち上がった。その暴力沙汰はただちに裁判にかけられるが、その折にメリエは職工側の無謀と制服への非礼とを非難しているのだ。

けれども、領主との和解はかならずしもメリエの屈服を意味するものではない。彼は『テレマックの冒険』の作者で知られるフェヌロンの『神の存在証明』の一七一八年版を入手し、これを注意深く分析、解剖しながら、余白に綿密な註釈を書き記している。この「註釈」は、彼がみずからの無神論の論拠を練り上げるための重要な段階を画しており、のちの大著を準備する仕事だった。「註釈」の執筆は、早ければ一七一八年に行なわれたと推定されているから、この時期と和解が成立した時期とが接近していることを考え合わせると、司祭の外見上の服従の奥に、一人のユートピア哲学者の執念と鬼気が感じとれる。メリエは、後世に対して、『覚書《メモワール》』の作者としてのみ存在する決意を固めたときから、偽装の妥協をみずからに納得させたという推理が成り立つからである。

こうして、もっとも危険な精神的冒険に捧げられた、孤独な、秘密の生活の営みがはじまる。「夜、ろうそくの光に照らされて、幾冊もの本やノートをのぞき込み、書類を分類し、幾ページも筆写しながら、自分の《思想》がついに世に伝えられる時期を夢見ている司祭の姿」(デスネ)が、今日あざやかに浮かび上がってくる。そんなわけで、「和解」以後、メリエの生涯の少なくとも表面は平穏そのものだった。

ここで一つの疑いが生じてくる。『覚書《メモワール》』は、彼が司祭として遂行すべき勤めと、彼が解き放たなければならない個人的思想とのあいだの日常不断の緊張の産物にほかならないが、この緊張はその死の瞬間まで持続しえたのだろうか。主としてカトリックの側から提出されてきたメリエ自殺説は、この疑問に関わっている。たとえば、つぎのような解釈がある。「彼が糧としてきた忌まわしい教説のせいで、義務によっても希望によってももはや支えられることのない彼に、自殺への道を思いとどまらせるものはなに一つなかった」(ルイ・パリス)。この自殺説はメリエの哲学の敗北を暗示する内容を含んでいる。いいかえれば、司祭の聖務と不信仰の思想という二重生活の破綻が前提されているのである。もとより、自殺説にもいくつかの論拠がないわけではない。まず、司祭の死について述べたヴォルテールの『メリエ略伝』の最後の一節があげられる。「生きることに厭気がさした彼は、必要な滋養物をことさらに拒んでいた。彼はなに一つ、一杯の葡萄酒すら摂ろうとしなかったからである」。このヴォルテールの記述はやや曖昧さを残してはいるが、意志的な餓死をほのめかしていると考えられなくもない。

第二に、『覚書《メモワール》』の草稿や写稿三部の保管の仕方、親しい二人の神父に宛てた二通の『手紙』の存在などは、メリエがすでに死に備えて充分に身辺の整理をすませていたことを推測させる。第三に、『覚書《メモワール》』や『手紙』には、「喜んで、悔いなく死ぬ」といったような、死を覚悟していたと思われる表現が見出される。第四に、「完全に視力を失いかけている」とか「命を失うより視力を失うことの方が辛いだろう」といった『手紙』の言葉から察すれば、彼が盲人として死んだことはほぼ間違いない。失明が彼の自殺に拍車をかけたとも考えられる。

これに対するドマンジェの批判はつぎのように要約される。ヴォルテールの問題の文章は、「なに一つ口にしなかった」という箇所を除けば、断言というより当て推量の域を出ていない。瀕死の病人が衰弱と食欲不振からなに一つ口に入れられなくなるような場合を想定するなら、この文章から自殺を結論するには飛躍がある。第二に、晩年のメリエの視力が大いに衰えていたことはたしかであろうが、しかし彼は署名をし、長文の二通の手紙を書いてもいるのであるから、完全に失明していたとは考えられない。第三に、草稿の保管や二通の手紙の作成にうかがえる周到な配慮は、メリエの革命的不信仰に根差す感情の本性と力が最後まで持続していたことを証している。

自殺説を否定しながらも、ドマンジェと微妙に異なる解釈をしているのがデスネである。なるほどメリエは、死期が近づいていることを悟り、失明に襲われることを予感していたにちがいない。だが、死の到来を受容することと、死を「惹き起こすこと」とのあいだにはやはり「間隙《マルジュ》」が存在している。メリエは自殺したのではなく、死が到来するにまかせていたと仮定する方が、ヴォルテールの文章とも矛盾をきたさない。つまり、「自分が病人であることを悟ったメリエは、薬にせよ食物にせよ、《必要な滋養物を拒んだ》。そしてこのようにして、完全に醒めた意識をもって、自然が始めたことに結末をつけたのである」。このデスネの解釈はもっとも説得力をもつように思われる。死を決意したことを暗示する文章をメリエが書き残していない以上、彼の死を自殺に結びつけて考えることはできない。しかも、死後にはじめて自らの思想を伝えうる満足感を味わいつつ身辺の整理をすませた人間にとって、自殺しなければならない理由は、死を怖れなければならない理由と同様にいささかもないはずである。

メリエは聖職の神学的側面を捨象して、その社会的機能に注目していたように見える。聖職を変質させていたのである。戸籍台帳を記載し、遺言書を受けとり、村民集会に出席し、法令、布告を村民に知らせる村の司祭は、彼にとって、農村共同体の証人として民衆を啓蒙し導く使命をおびていた。逆説的に言えば、メリエが司祭でありつづけたのはその思想に反してでなく、その思想のゆえにであると評されるのは、そのような意味においてである。彼はのちの一群の「赤い司祭《キュレ・ルージュ》」のいわば先達であった。

ヴォルテールの功罪　ジャン・メリエ〔Ⅲ〕

メリエが死ぬと（彼は一七二九年六月二七日から七月七日のあいだに死んだと考えられている）、死亡通知を受けた近隣の二人の司祭がエトレピニに駆けつけた。この二人が、同僚司祭に宛てられた二通の手紙を見てどれほど大きな驚愕と当惑を味わったかは、想像するに余りある。彼らは、エトレピニの司祭が背教者《アポスタ》であることをはじめて知ったからである。「破廉恥な」死に立ち合った自分たちの立場がきわめて重大で微妙であることを悟った二人の聖職者は、おそらく逡巡と思案をかさねたあげくに、メリエの遺骸を内密に埋葬するのが得策だと考えた。こうしてメリエは、戸籍上、自らの死についてなんの痕跡をもとどめないまま、死後の生を生きることになる。

メリエが『遺言書』——正確には、『ジャン・メリエの思想と所感の覚書』——の写稿を三部作成し、それを後世に伝えようとしたことは、ヴォルテールの『メリエ略伝』にも記されている。ドマンジェやデスネを参照して、それらの写稿が保存されるにいたった経緯を手短かにまとめると、つぎのような事情であったようだ。聖堂区裁判所の記録保存所に預けられた三部の写稿は、ランス司教区に移されたのち、一七三〇年頃、分別ある人びとによって当時の国璽尚書ショーヴランのもとに届けられた。この写稿には、大司教たちの報告に拠った、メリエに関する略歴が添えられていた。ショーヴランが自分の書斎に訪ねてくる好事家や篤学の士の求めに応じて、問題の写稿の複写を認めたのか、あるいはそれを貸し出したのかは分からない。しかし、一七三四、五年頃から、メリエとその著書の存在が急速に知れわたり、筆耕によって増殖した『覚書』が地下経路をたどって貴族や哲学者《フィロゾフ》たちのあいだに浸透し、約三〇〇リーヴルでひそかに売られていたという。メリエの遺産が一四〇リーヴルであった事実を考えるなら、それがいかに高価であったかが察せられよう。

ヴォルテールがメリエの名をはじめて知ったのは、一七三五年であったようだ。この年一一月三〇日付のティエリオ宛の手紙で、彼は「ロックにも匹敵する」「その村の司祭」の草稿を送ってくれるように頼んでいるからである。ヴォルテールはティエリオから借り受けた写稿を一読し、それを返却したあとで抜粋本の一部を入手したと思われる。ヴォルテールの『ジャン・メリエ所感抄』は、五分の一ほどに圧縮された流布本をさらに二〇分の一に縮めた、文字どおりのポケット版で、いわば「抜粋の抜粋」（デスネ）である。一七六二年一月に刊行されたこの『所感抄』には、四二年三月の日付が与えられているが、これは当局の注意をそらせるための、ヴォルテール一流の韜晦と考えられる。彼は六二年一〇月一〇日付のダミラヴィル宛の手紙で、『所感抄』は……原文で読まれるに値するすべてのものを含んでいる」と述べている。はたしてそうであったか。実を言うと、ヴォルテールは、哲学者《フィロゾフ》たちのあいだに「メリエを普及させると同時に、メリエを裏切ってもいるのである」（デスネ）。

ヴォルテールのたくみな編集と圧縮によって、メリエの『覚書』は、反キリスト教的論戦を理神論者の信仰告白で終わらせる「抜粋本」に変貌をとげた。一例をあげると、メリエの『覚書』の結論はつぎのような文章で終わっている。「すでにわたしは、この世で行なわれていることにもうほとんど関与しない。わたしがともに出かけようとしている死者たちは、何ひとつもう思い煩うことがない。彼らは何ごとにももう手出しをしないし、気にかけることもない。それゆえ、わたしはこれを無によって結末をつけることにしよう。それゆえわたしは、もう無も同然であり、まもなく何ものでもなくなるだろう」。この文章には、無神論者らしい、死を間近かに控えた人間の清澄な心境が読みとれる。

一方、ヴォルテールは『所感抄』をつぎのような文章で終わらせている。「最後にわたしは、この教派にかくも凌辱された神に、キリスト教を公然の敵とする《自然宗教》をわれわれに思い起こさせてくださるよう祈ることにしよう。それは、神がすべての人びとの心に注いだ素朴な宗教である〔……〕。

神はわれわれに理性を与えたとき、この宗教を与えたのだ。狂信がそれを堕落させることがもうありませぬように。わたしは希望よりはこの願いに充たされて死んでいく」。

そしてヴォルテールは最後にこう付け加える。「以上がジャン・メリエの二折判『遺言書』の正確な概要である。／神に許しを乞う臨終の一司祭の証言がどれほどの重みをもつものか、読者はすべからく判断されよ」。

ドマンジェが『メリエ司祭、ルイ一四世治下の無神論者、コミュニスト、革命家』において『覚書』と『所感抄』とを照合した結果について述べているところによると、ヴォルテールによる「抜粋」は、メリエの作品のもっとも独創的な内容を構成する哲学的部分と政治的部分とをみごとに切断し、彼の社会批判、共同体への民衆的憧憬、無神論と唯物論を削除している。理神論者ヴォルテールによる『覚書』の改竄《かいざん》ないし変形は、理由がないわけではなかった。技術的に言って、大部な『覚書』は短く圧縮しなければ伝播させられないこと、これを流布させるためには、無神論は理神論に比べて衝撃が強すぎることなどについて、当然ヴォルテールは考慮したにちがいない。当時、社会に知的エリートを提供していたのは主としてブルジョワと貴族であったから、無神論は、彼らに好都合な社会秩序に危険をもたらすばかりか、戦術上、このエリートたちへの哲学宣伝を危険に陥れる可能性もある。もともと結束力のない哲学者《フィロゾフ》たちをいっそう分散させ、貴族と聖職者を哲学への敵対者として結束させるような行為は、愚の骨頂であろう。しかも無神論は、フェルネーの長老にとって、族長制の慣行を覆すおそれすらあった。おそらくヴォルテールにはこれらすべての理由があったのであろう。もっとも、デスネは技術的な理由を、ドマンジェはヴォルテールの思想上の理由をそれぞれ強調しているのだが。

けれども、ヴォルテールは下劣なものとの闘いにメリエを利用したにすぎないと見ては、やはり単純化のそしりを免れない。彼の意図がキリスト教信仰の確信の土台を崩すことにあったことも、彼がその闘いへの熱情をメリエから汲み取ったことも、ともに真実であるように思われる。『覚書』はフェルネーの長老の反教権思想のもっとも激しい時期における強力な刺激剤であった、と考えるドマンジェの解釈は示唆的である。ヴォルテールはその激烈な教会批判をメリエに負うているのではなかろうか。

影の思想　ジャン・メリエ〈IV〉

メリエが生きた一七世紀末から一八世紀初頭にかけてのフランスの農民生活は、地域と階級によって差はあるものの、概してみじめなものであったようだ。消費過少からパンを買うにもこと欠く物乞い状態、疫病、幼児死亡は日常化し、それが次第に反抗と体制批判の形をおび始める。戦争、食糧欠乏、陰惨きわまる貧窮は人心の動揺をまねき、武装した追剝ぎの横行もめずらしくなかった。「フランスの細民にとって、ルイ一四世の治世は、貧窮と飢餓と死のなかで終わる」（フィリップ・サニャック）。太陽王の没後、耕作法や土地管理の改善、小麦の多少の値上がりなどによってやや好ましい変化が見られるが、その恩恵は主として富裕な定額小作農《フェルミエ》に限られ、多くの分益小作農《メテイエ》、日傭農《ジュルナリエ》、零細なブドウ栽培人の生活は依然として悲惨で、地方によっては平均寿命が二〇歳ほどであったと言われる。

『メリエ著作集』の編者による「補遺」に記された一六八四年の調査によれば、エトレピニ村の階級構成（パーセンテージ）は、富農《ラブルール》一四、蹄鉄工を含む手工業者《アルチザン》三四、日傭農と下僕二八であり、このうち手工業者と日傭農は平年においてさえ季節労働を失って乞食に転落することがあったという。一六九三―四年、九八年、一七〇九年、二五年には、雨による水害、霜枯れ、極寒による食糧不足や飢饉におそわれている。メリエの社会思想を形成した土壌が、このような現実の背景をもつことは一考に値するであろう。

メリエの社会思想は『覚書』の第四一章から第五八章にかけて、つまり「第六の証明」の部分に集約的に表現されている。メリエはキリスト教の虚偽を証明するためのもろもろの弊害として、まず人間の身分と財産の不平等を指摘する。「第一は、人間のさまざまな身分と地位にいたるところ見られるあの法外な不均衡である。ある者は、他の者を圧制的に支配し、つねに自らの快楽と生活の満足を得るためにのみ生まれたかのように見えるのに、反対に他の者は、卑しい、悲惨な、不幸な奴隷となり、苦痛と貧困のなかで生涯、呻吟《しんぎん》するためにのみ生まれたように見える。このような不均衡はまったく不当であり、いまわしいものである」。メリエは、不均衡という言葉によって、人間の身分と財産の著しい不平等に異議を申し立てているのである。彼はこの不平等を自然法と生存権の名において非難する。「自然界では、人間はすべて平等である。彼らのだれもが、生き、大地を歩き、大地の富の分け前にあずかり、生活に必要な、もしくは有益なものを得るためたがいに有効に働く権利を等しくもっている」。

なるほど、メリエは時折、身分の不平等と財産のそれとを混同したり、富者と貧者というやや単純化した図式に陥ってはいるが、しかし一八世紀のユートピストに共通な「善良な未開人」を礼讃するプリミティヴィストの退行的伝統に拠らずにその不平等論を展開している点でも、またドマンジェがいみじくも指摘しているように、富者の天国と貧者の地獄という、キリスト教的観念の置き換えによるあざやかな対比法を用いて社会階級の存在と利害の対立とを把握している点でも、同時代の思想家に比べて際立った特徴を示している。メリエによれば、社会に憎しみと羨望を生みだし、無数の悪をつくり出しているものは、私有にほかならない。彼はそれを個人的な横領という言葉で表現する。「さらにもう一つの、ほぼ広く世間で受け容れられ、正当化されている弊害、それは、人間たちのだれもが平等に共有し、まただれもが平等に共同で享受すべきであるのに、大地からの財と富について彼らが行なう個人的な横領である」。

彼は、一方に富者、貴族、高位聖職者を並べ、他方にそれら権勢者の不幸な犠牲者である貧者を対置させる。前者は、いかなる労働もせず、「遊び、散歩し、気晴らしをし、飲み、食べ、そして眠り、楽しむこと以外に心を煩わせない」無為徒食《フェネアンチスト》のやからである。こうしてメリエは、フランスの専制主義下の隷属を維持しているものが、政治的物質的には抑圧であり、精神的には迷信と宗教であり、両者がたがいに補強しあうことによって、社会全体の寄生性《パラジチスム》を形作っていると指摘する。「人間たちのあいだに、とりわけわがフランスにみなぎっている第二の弊害は、世の中に少しも必要でなく役にも立たない連中の、さらに他のいくつかの種類の地位を、人々が容認し、存続させ、正当化すらしていることである」。そればかりか、「もっと悪いことに、その仕事が民衆を踏みつけ、略奪し、圧迫することだけを目指し、またそのことにしか役立たないような、同じようにいくつかの種類の連中を容認し、正当化すらしていることである」。したがって、「《神は神ではない》。なんとなれば、無限に善良で無限に聡明な全能の神が、かかる正義の転倒を容認しようとは、考えられないことであるからだ」。

共同体という言葉こそ用いていないが、メリエがめざした社会制度が一種の財産共同体であったことはたしかである。私的所有に執着するかぎり、人間はかならず不幸に陥るのであるから、土地均分は彼の思想と相容れなかった。一方においてメリエは、具体的な、しかし空想的な改革案に決して熱中しない。彼の共同体思想にも時として、この世紀に特有の有徳な立法者による統治の思想がちらつかないでもないが、彼の主たる関心事は「共和国」「非常に賢明な政府」「制度」などという言葉によって表現される財産共同体の原理と必要を説くことにあった。アルベール・ソブールはこの点に、当時実在していた農村共同体の影響と、千年至福説《ミレナリスム》への期待の再現を見ている。他方において、彼はこの「地獄の」社会を転換するための方策を提起していないわけではない。端的に言えば、それは民衆自身による自らの境遇の自覚と団結、不服従と労働の拒否であろう。

メリエの全体像をどう捉えるかについては、「近代コミュニスムの遠い先駆者」(ヴォルギーン)、「文字以前のマルクス主義」(ドマンジェ)、「無政府主義的」(リス)、「反抗者」(ソブール)など、かならずしも一致しているわけではない。ただ、科学的分析が欠けているとは言え、厖大な読書による孤独な推論と現実の観察にもとづく平等派的熱情、それに噛んで含めるようなその文体は、今なおわれわれの心を打つものを含んでいる。ルイ一四世の治世と光明の世紀の始まりの時代に、ヴォルテールが光を見たとすれば、メリエは影を、「栄光の裏側」(ドマンジェ)を、見たと言えよう。

危険への変貌　マブリ〔I〕

マブリと向かい合っていると、ある種の戸惑いを感じさせられる。いったいこれは、共同体共和国の理想のうちに人類の幸福実現を見ていたユートピスト哲学者であるのか、それとも、そのような理想を実現不可能として退けた現実主義的政治家であるのか。マブリ評価が実にまちまちであるのもうなずけるように思われる。事実、ある批評家は、マブリの社会思想にユートピア的共同体思想を認め、思想史上に大きな位置を占めさせるが、反対に彼の共同体思想を、その生涯のほんの一時期に現れて超越される、いわば鎖の輪の一つにすぎないと見る批評家も少なくないようだ。マブリに二つの顔があること、それが彼の魅力を形作っているとは言わないまでも、少なくともわれわれの興味をそそる。

マブリと言えば、感覚論哲学者で知られるコンディヤックの兄であり、またルソーが『告白』第一部巻六で描いているように、ジャン＝ジャックが二〇歳代の終わりに家庭教師として住み込んだリヨンの大法官ジャン・マブリの弟でもある。なるほど、彼は際立った大著や文学作品を残してはいない。その上、『百科全書《アンシクロペディ》』に協力せず、当時の思想的潮流に同調もせず、哲学者《フィロゾフ》たちとある距離を保っていた。しかし、ペーター・フリートマンによれば、彼をモンテスキュー、ヴォルテール、ルソー、フランクリン、ミラボーらと並べて描いた当時の一枚の絵が現存していると言う。彼がその晩年において、一時代を代表する思想家と目されていたことは間違いない。大革命期には、ジャコバン派は彼を教祖視するほどに高い評価を与え、平等派のバブーフは自らを鼓吹した水平主義者のなかにマブリを数えていた。マブリとヴォルテール、ルソーとの関係、大革命期におけるマブリの影響などは、彼の思想の二つの顔とともに、今後究明されるべき余地を残している。

残念ながら、彼の生涯についてはあまりよく知られていないが、一七五八年頃を境として彼に思想的転機が訪れたように思われる。フリートマンが明らかにしているところによれば、ガブリエル・ボノ・

ド・マブリは一七〇九年三月一四日、グルノーブルの法服貴族の家庭に生まれている。父親は一七世紀末にグルノーブルに移住した高等法院の書記官で、当時としてはかなりの規模の商取引を行なう富裕なブルジョワでもあった。その資産を継いだ長男のジャンはリヨンの大法官となり、次男のマブリは一七二四年から年金六〇〇リーヴルを与えられたほか、イール・バルブの教会参事会会員の職からおよそ一万四〇〇〇リーヴルもの収入が保証されていた。三男のエティエンヌはコンディヤックの家領を継いで聖職者となったあと、還俗《げんぞく》して哲学者として才能を顕わした。マブリの幼少年期の家庭環境についてはほとんど知られていない。父親は社会的成功に野心をもつ人物であったらしいが、家庭の雰囲気はおそらく知的教養の高いものであったにちがいない。

マブリが勉学を修めたのは、リヨンのサン＝シュルピス神学校であるのか、コレージュ・ド・ラ・マルシュとコレージュ・ド・リヨンであるのかは必ずしも明らかでないが、おそらく後者だったのであろう。彼がその生涯を通じて抱きつづける古代文学への情熱は、この時期に培われたようだ。『マブリ全集』に収められている、一七八七年の王立アカデミー懸賞に当選したブリザールの論文は、マブリがプラトン、ツキジデス、クセノフォン、プルタルコス、キケロらを愛読していたと記している。はじめ彼は聖職者の道を選ぶが、その動機が信仰にもとづくものでなかったために、剃髪して副助祭となったのみで、まもなく外交官に転身する。マブリの処女作は『ローマ人フランス人比較論』（一七四〇年）である。これは、『ローマ人盛衰原因論』の著者モンテスキューを援用して君主制を支持しているために、アンチ・フィロゾフ陣営から好意的に迎えられた。しかし、皮肉屋ヴォルテールはこの作品を見逃していない。「『ローマ人比較論』を読了。（……）これはむしろ、哲学者でありまたよき市民でもあるような、ド・モンテスキュー氏の私生児によって作られたといったところでしょう」(一七四一年三月二日付のエノ宛の手紙)。マブリは慎重かつ穏健な政治思想家として出発したことになる。ルソーとの交際はこの頃から始まったらしい。前後して彼はパリのサロンに精力的に出入りする。ランベール夫人没後、サロン界でもっとも幅をきかせていたタンサン夫人は、マブリの遠縁に当たった。権謀術数にたけたタンサン夫人のサロンで、マブリは、フォントネル、モンテスキュー、マリヴォー、プレヴォー、デュクロ、サン゠ピエール師、夫人の元愛人のボーリングブルック、チェスタフィールド卿に出会っている。

タンサン夫人の兄にアンプランの大司教がいて、一七三九年に枢機卿となり、さらに妹の画策が功を奏して四二年には外交顧問会議の無任所相となった。大臣には、外交政策上の意見を上申するブレーンが必要だった。マブリに白羽の矢が立った。マブリが「パリで秘かにプロシアの大臣と交渉に当たり、条約文を起草し、ヴォルテールがそれをプロシア王のもとへたずさえて行った」というブリザールの文章から察すると、マブリが外交問題で果たした役割はかなり重要なものであったようだ。四六年に発表された「諸条約にもとづくヨーロッパの公法」は、ルイ一四世の政治や専制主義への批判を含んでいる点では注目されるが、概してマキャヴェリ流の統治術を説く外交提要の域を出なかった。

その頃、マブリは国王の外交機関の仕事を退く。大臣との不和が原因であったらしい。枢機卿として宗教上の理由からプロテスタントとの結婚に反対した大臣タンサンと、「国家的理由」を優先させるマブリとに意見の不一致が生じたためと言われている。以後マブリは、実際の政治活動から手を引き、一七八五年に世を去るまで自由な著作家として、少数の友人たちとの交わりを楽しみながら日々を過ごす。

こうして彼は、従来の穏健な著作家から脱皮し、次第に大胆な思想家に変貌し始める。処女作において社会的不平等を首肯し、政治と道徳のマキャヴェリ的区別を正当化し、人類の利益に対して国家のそれを優先させる君主の権利を認めていた同じ著者が、『市民の権利と義務』（一七五八年）では正義にもとづく政治を主張する。一七四六年に君主制を受け入れていたばかりでなく、それに仕えてもいたマブリが、一二年後にそれを覆すことを考えるに至る。穏健から危険へのこの変貌は、マブリがボカージュ夫人のサロンで知り合った旅行家ラ・ロシュフコーの影響からいくぶんか説明されうる。

財産共同体を確立したまえ。そうすれば…… マブリ〔II〕

『市民の権利と義務《ドロワ・エ・ドゥヴワール・デュ・シトワイヤン》』は、マブリのペシミスムを代弁する「私」と、彼の楽天的期待を人格化したイギリス人スタンホープ卿との対話からなる手紙体の作品である。

市民に革命を行なう権利と義務があるか、革命の火蓋を切るいかなる手段があるか、自由が得られたらいかにしてそれを強固なものにするか、これら三点を主題とするこの作品の第六の手紙で、作者はスタンホープ卿に革命の可能性を認めさせたあと、「革命か奴隷状態かのいずれかを選びたまえ。中間は決してない」と語らせる。彼は民衆の蜂起権を認め、「内乱は時として大いなる善である」と断定さえしている。マブリのこの変貌は何によるのか。

のちに大革命の渦中に身を投じ、一七九二年に断頭台の露と消えた自由主義的貴族の旅行見聞が、マブリの思想に影響していることは確かであろう。ラ・ロシュフコー公爵の母親アンヴィル夫人は、哲学者《フィロゾフ》たちの友を自認し、革新思想に共鳴していた。マブリはこの夫人を介してその息子を知ったと思われる。公爵は、彼が訪れたことのないヨーロッパ各国諸都市、なかでもスウェーデン、イギリス、ヴェネツィア、ジュネーヴの政情を彼に伝えた。『一八世紀誌』第三号に発表された公爵宛のマブリの手紙七通は、スウェーデンなどの政治や政体や民衆の自由について、彼が若い公爵から大いに啓発されたらしいことを推察させる。けれども、手紙から察するかぎり、二人の交遊は一七六〇年代の後半のことであり、『市民の権利』(一七五八年執筆、八九年刊)における彼の思想的進化を直接に説明するには、日付上のずれが気になる。

ジャン゠ルイ・ルセルクルは、マブリの変化を説明する一助として、五〇年代のフランスの政治状況を考慮している。たとえば、一七五〇年五月にパリで起こった暴動のような、重税と飢餓による民衆の不満の暴発、ルイ一五世に「国王万歳」を叫ぶことを拒否した群衆の出現、また一方において、ルイ・コニエのいわゆる政治的第二次ジャンセニスムと結託した高等法院による王権への公然たる反抗、五〇年頃を境に、高等法院では民衆や臣民に代わって国民という言葉が用いられ始めたこと、財政の逼迫とともに白日のもとにさらされるヴェルサイユ宮の寄生的性格など、そうした危機的現象が、一七四八年までの七年間、外交政治の中枢で活躍した経験をもつマブリに、専制主義批判の眼を開かせたということも当然考えられる。それに、彼が歴史家でもあったことは、社会的事象を幾何学的、物理学的に推論するという、同時代のフィロゾフが陥りがちであった誤りを彼に免れさせたとも言えよう。だが、これらはあくまで背景としての周辺的説明でしかありえない。伝記上の資料が欠けているために、彼の変貌の真の理由は謎のまま残る。

マブリによれば、自然的欲求の第一は自己愛である。社会の絆はこの感情にもとづいてつくられなければならない。自己を愛する以上、わたしは他者を愛さざるをえない。生きるためには他者を必要とするからだ。よき政治とは、公衆の幸福に献身することによって自らの個人的幸福につとめることを、人間に理解させる政治にほかならない。だが、そのための最大の障害は、私を他者から分離し、他者に私を対立させる私有制である。メルシエ・ド・ラ・リヴィエールらの重農主義者《フィジオクラート》を批判した『政治社会の自然的秩序についての疑問』(一七六八年)のなかで、マブリは社会的不平等を一切の悲惨の原因として鋭く指摘している。「土地所有を見ると、わたしにはすぐに富の不平等がわかる。この不均衡な富から、異なった、相対立した利害……が生じるのは当然ではないか。どんな歴史を繙《ひもと》いてみても、すべての民衆がこの富の不平等に苦しめられてきたことが見てとれるはずである」。

不平等を根絶するためには、私有のない財産共同体を設立すべきである。「財産共同体を確立したまえ。そうすればつぎに身分の平等を確立し、その二重の土台を支えとして人間の幸福を強固にすることほどたやすいことはない」。財産共同体については、マブリは主として『市民の権利』と『立法論』(一七七六年)において述べている。「それゆえ、いっそう快適な生活手段を得るために労働せざるをえなかったわれわれの祖先が、すでに自分たちの力を併せて公権力を作っていたように、自分たちの労働を共同のものとして結合したと考えるのは理の当然である。われわれを財産共同体に導くために、また、所有の確立がわれわれを抛り投げた深淵にわれわれを沈めないために、自然がいかなる叡智をもって万物を配合したかは、ごらんのとおりだ」(『立法論』)。

『市民の権利』では、絶海の孤島に築かれる共和国の夢想を狂気として断わった上で、マブリはつぎのように理想を描き出してみせる。「わたしの狂気の一つをあなたに打ち明けよう。澄み切った空、健康によい水に恵まれた絶海の孤島の描写を、旅行者の文章についぞ読んだことがない。そんな島に出かけて共和国を設立したいという欲求がわたしを捉える。だれもが平等で、豊かで、貧しく、自由で、兄弟であって、しかも何ひとつ自分だけのものを所有しないことを第一の法とするような、そういった共和国なのだ。わたしたちは公共の倉庫に労働の果実を運ぶ。それは国の宝であるとともに、各市民の資産でもあるだろう。毎年、家長たちは書記《エコノム》を選び、各個人の必需物を配分する責任や、共同体が要求する労働の任務を割り当てる責任や、よき習俗を国家の中で維持する責任を引き受けさせる」(『市民の権利』)。

だが、この共和国の理想を現実に適用する場合には、いくつかの条件が前提とされなければならない、とマブリは言う。「それは、習俗が質朴であるとき、貧しい者がその貧しさに満足し、富んだ者が富んでいることに何らの利点も見出さないほどに欲求が弱まるときである」(『立法論』)。それにしても、われわれの習俗はあまりに堕落している。いったい人間は、真の幸福への道に立ち戻ることができるのか。財産共同体と社会的地位の平等へ戻るには、人々は真実からあまりに遠ざかっているのではないか。少なくとも現在では、それは空想でしかない。将来においてはどうか。マブリはそれについて肯定も否定もしない。とにかく、それは現在の仕事ではない。未来がその答を見出すにちがいない。マブリの注意は、より差し迫った現実の問題に注がれていく。

マブリのうちには、プラトン的世界を夢想するユートピストと、第三身分の擁護者としての現実主義的な政治思想家とが、奇妙に、しかも隣接して共存しているのだ。『マブリ、良識のユートピアのために』の著者ブリジット・コストは、「あるべきものとなるすべを学ぶために、あるがままの人間を研究しようではないか」（『道徳の原理』一七八四年）というマブリ自身の一文のうちに、彼のすべての思想の要諦を見ている。

リヨンの天使　フーリエ以前のフーリエ主義者ランジュ〔Ⅰ〕

気球の上昇実験に熱狂する見物人の一人として立ち会い、飛行船操縦法に没頭し、あるいはラブレー風のユートピアや国営株式会社の壮大な構想を夢想しながら、ついには大革命期のリヨン攻囲戦の混乱に巻き込まれ、反革命の汚名を着せられたまま刑死したランジュは、天使《アンジュ》というその名にふさわしい殉難の夢想家だった。「この町（リヨン）以上に、ユートピアの夢想家が存在した場所はどこにもなかった。この町以上に、傷つき挫折した心が、人間の運命にかかわる問題への新たな解決を不安げに求めた場所はどこにもなかった。まさしくそこに、ランジュとその後継者フーリエが現れたのである」。リヨンについてふれたミシュレのこの文章はジョレスを眩惑し、フーリエに一五年先んじたフーリエ主義者ランジュを、一八世紀末のユートピア思想史上に欠かせない存在とした。

ランジュの生涯については、つぎのような革命裁判所の記録以上の資料はほとんど存在しない。

ドルフゥイユ　被告の名前、年齢、職業、出生地および住所は何か。
ランジュ　フランソワ＝ジョゼフ・ランジュ、五〇歳、織物図案家、リヨン市シャリテ広場二〇番地。
ドルフゥイユ　出身地は。

ランジュ　イール＝ド＝カンプに生まれ、一四歳までミュンスターで育ち、一五歳のときパリへ出ました。
ドルフゥイユ　被告は法律家か。
ランジュ　いいえ。
ドルフゥイユ　しかし、被告が治安判事であるのは事実か。
ランジュ　そうです。
ドルフゥイユ　攻囲戦のあいだ、被告はリヨンにとどまっていたか。
ランジュ　ええ、意に反して、やむなく。
ドルフゥイユ　被告はリヨンの叛乱当局と書面ないし口頭で連絡をとったことがあるか。
ランジュ　まったくありません。
ドルフゥイユ　では、叛乱当局から出た一切のものを、被告は犯罪と見なしていたか。
ランジュ　法令を知らず、そのためにこの点については判断を下すことができませんでした。
ドルフゥイユ　被告は共和国軍隊を中傷しようとするような不穏な言葉を吐いたり、書いたりしたことはなかったか。
ランジュ　いいえ、そういうことは到底わたしの考え及ぶところではありません。

これは一七九三年一〇月二一日から一一月一四日にかけて、ランジュに関して行なわれたリヨンの革命裁判所の裁判記録の一部である。絹製造業を中心に当時フランスでもっとも工業が発達していたリヨンは、反革命勢力が根強い力を持ち、九二年春に始まる食糧危機を利用して国民公会のパリにいち早く叛乱ののろしを上げた。

特権階級と結びついた王党派的な絹製造業者らの政治勢力は、労働者や貧民と同盟した中産階級のサン＝キュロットと鋭く対立し、前者がアンベール＝コロメスらを中心にいわゆる伊達を気取った王政主義者《ミュスカダン》を組織すれば、後者はシャリエ、ローセル、イダンの過激派サン＝キュロット《アンラジェ》の三人組を指導者として、中央クラブに陣取っていた。リヨンの革命勢力が彼らの七月一四日の事態を辛うじて実現するためには、九〇年二月を待たなければならなかった。だが、反革命勢力は依然として強固だった。しかも、市自治体《ミュニシパリテ》は長くジロンド派に牛耳られていた。九二年暮れに、市自治体が食糧危機の打開策として小麦購入に富裕者からの無利子貸付を要求したが、黙殺された。富裕者への民衆の呪詛、中央クラブによる革命裁判所の設置要求を背景に、九三年二月、家宅捜索が行なわれた。しかし、その直後の市長選挙の折に、暴徒が中央クラブを襲い、ルソーの胸像を奪い去る。「リヨンは反革命の巣窟と化す」、リヨンに派遣された公会議員はそう報告する。シャリエの発議で、未耕地の接収と富裕者の所有地を担保としたアッシニア紙幣の保証を県総評議会で決めるが、実行されなかった。大企業家たちは、労働者に、革命に参加して飢えるか、沈黙を守って日々の糧を得るかの二者択一を迫っていた。

こうして広範に組織された叛乱は、七月に入ってついに市自治体を攻撃し、中央クラブの大半のジャコバン派を逮捕する。指導者シャリエは惨殺された。ジロンド派のベマニが臨時の議長に選ばれ、五人委員会に加えられる。リヨンにおけるこの反革命の蜂起は、ツヴァイクが描いているジョゼフ・フーシエによるあの霰弾乱射によって、九月一七日、完全に鎮圧される。ベマニは一〇月一七日に死刑判決を下されているが、このとき、治安判事であったランジュがベマニの命令に従順であったことが裁判で取り上げられたのである。

ランジュはリヨン陥落の直後、身の危険を感じて裁判所に弁明書をしたためるが、後の祭だった。民衆の代表たちが五人の治安判事中四人の犯罪行為を証言していた。しかも、ランジュにとって致命的な証拠が残っていた。ランジュ裁判記録はさらにつづき、裁判官は彼の一通の手紙を示している。そこには、革命軍のリヨン攻囲と砲撃について「正義と真実の敵による砲火」と表現した箇所や、「不幸なランス共和国の第二年」といったような不用意な言葉が見出された。彼は死刑を宣告され、共和暦二年ブリューメル二五日、すなわち一七九三年一一月一五日、叛乱軍首謀者マトン・ド・ラ・クールら三人とともに処刑されている。

リヨンの反革命叛乱と攻囲戦の折に、治安判事として政治的に曖昧な立場をとりつづけたという一事によって反逆のかどで処刑された彼の運命は、歴史の皮肉ではあるが、決定的一時期における彼の優柔不断な態度は過激派《アンラジェ》サン゠キュロットの暴力志向に対する嫌悪と反感に起因していたのかもしれない。

ランジュの思想が網羅されている最後の作品『万能薬、あるいは公衆の至福が損われない政体案』(一七九三年)は、文献学者ゴノンが言及していらい、長いあいだ幻の書としてだけ存在していた。ルートラ編『ランジュ著作集』(一九六八年)にもごく簡単な抜粋と要約が収められているにすぎない。その後まもなくエディション・ソシアル社から復刻版が刊行されるにいたり(一九七〇年)、彼の思想の全体にはじめて照明が当てられた。

「欲することをなせ、欲しないことをなしてはならない。何ぴとも君に強制し、妨害してはならない。

これが君の自由である」。「できるかぎり、また欲するかぎり、享楽せよ。何ぴとも君の享楽と休息を乱してはならない。これが君の権利である」。人間の権利は安全、主権、平等から構成されるが、とりわけ平等は「真の共和国の唯一にして基本的な原理」と見なされる。『万能薬』は、第二章以下で、最高機関、租税、価格評価、土地台帳、必需物、社会福祉、軍隊、政治経済などについて細部の記述がなされているが、全体的色調としては第一章「人間の権利と義務の宣言」の冒頭に見られるような、楽天的な性善説の思想に貫かれている。この冒頭の文章のうちに、「欲することをなせ」という規則しか持たないラブレーのユートピア、「テレームの僧院」(第一之書、第五七章)との共鳴現象を指摘しても、あながちこじつけとは言えないようだ。

上昇艦隊と国営株式会社　フーリエ以前のフーリエ主義者ランジュ〈II〉

一七八四年一月一九日、リヨンの町は沸きに沸いていた。というのも、前年ジョフロワ・ダバンがソーヌ川で蒸汽船を遡行《そこう》させる快挙をやってのけた興奮もさめやらぬうちに、エチエンヌとジョゼフのモンゴルフィエ兄弟が気球の上昇実験に挑もうとしていたからだ。もっとも、同じ実験が前年末にパリでピラートル・ド・ロジエによって試みられたばかりであったが、こんどはリヨンの町で実験しようというのだから、話は別である。地方総監ジャック・ド・フレーセルは四カ月前から三六〇枚の切符を一枚一二リーヴルで発売させていた。ピラートルの気球は二〇分ないし二五分間に八〇〇メートル余り上昇したというが、モンゴルフィエ兄弟の場合はどうであろうか。高さ一二六フィート、直径一〇〇フィートの気球は、地方総監にちなんでフレーセル号と命名された。フレーセルと言えば、五年後に勃発する大革命とともに、パリ司法長官として最初の血祭にあげられる運命にあるのだが、この日は気球上昇実験の主役の一人として見物人を睥睨《へいげい》していた。ついに気球は上昇しはじめ、一〇万人の観衆が一斉にどよめく。人々は手を打ち鳴らし、叫び、涙を流し、なかには失神する者まで出たという。気球は約一〇〇〇メートルほど上昇し、一五分後に牧場に降下した。このときの熱狂的観衆のなかに、ランジュも混じっていたのである。

フレーセルはこの実験のあと、リヨンのアカデミーに懸賞論文をつのらせた。テーマは「飛行船を随意に操縦する、もっとも安全な、もっとも経費のかからない、もっとも効果的な方法」であった。賞金はフレーセルが負担することになっていた。だが、ランジュの論文を含めて懸賞に応じた一〇一篇の論文はいずれも落選の憂目を見ている。ランジュの応募論文は「高度航空の操縦法提要」と題され、八五年に印刷されたらしい。その概要はのちに『万能薬』の最後に、「万国の人民を救済するための空の武器《アルム・セレスト》の提案」なる表題のもとに改めて紹介されている。

ランジュの主張は要するにこうである。モンゴルフィエ兄弟の発明は感嘆に値するが、彼らが達成した上昇運動をさらに飛行運動にまで完成させなければならない。そしてこれの完成こそ、「祖国の危機を救う、もっとも経済的な、もっとも当を得た、またもっとも確実な方法」である。「空の武器《アルム・セレスト》の効果は、千の飛行船をもってすれば、一人のフランス人にもかすり傷すら負わせずに、一〇万の奴隷軍団を粉砕することができるということである」。「もし上昇艦隊《フロット・アサンダント》を最初に地球の上に浮かばせるならば、フランス人民は苦もなく世界の主人となり、また万国の人民の救済者となるにちがいない」。一方に飛行技術への、他方にそれの「空の武器」化への関心、また一方に万国の人民救済への、他方に世界支配への願望、つまりランジュというユートピストには、博愛主義的理想家と愛国的現実主義者がみごとに共存しているのである。

ランジュが生まれたというイール＝ド＝カンプは、ルートラによれば、一九世紀に行なわれたライン河の河川工事以前に存在したドイツ国境近くの島であったらしい。裁判記録は、ランジュがそこで一七四三年に生まれ、一四歳までミュンスターで過ごしたことを教えている。彼の家庭については、両親が息子を一七五七年から五八年までパリの無月謝美術学校で織物図案を学ばせる程度の生活を送っていたことしか分からない。ルートラは、ランジュがリヨンに住みついた時期を六八年頃と推定している。美術学校を出て長い年月の修業のあと、絹製造工場《ファブリック》に職を求め、図案技工として働きはじめる。

ジョレスいらいランジュの思想は、三つの時期に分けて考えられているようだ。第一の時期は七九年から九〇年までで、立憲国民議会の「人権宣言」と差別的な選挙制度との矛盾に批判を感じたランジュが、所有権の問題に関心を示す時期にあたる（ただし、イオアニシアンが一九六六年の『ロベスピエール研究協会誌』に発表した、一七八九年一一月一〇日付のランジュによる立憲議会宛の「手紙」は、三年後に著されるランジュの改革案の輪郭が早い時期にすでにでき上がっていたばかりでなく、リヨンの《大きな絹製造工場》の労働者の窮乏に彼が少なからぬ関心を払っていたことを示している）。

ランジュは、一七八九年に小冊子『総三身分会議に関する疑わしい観念』を発表し、百人組《サンチユリ》による投票制度を提案したあと、翌年には『法令上の能動的市民に対する法令上の受動的市民の苦情と抗議』と題した小冊子を発表する。この時期のランジュは選挙権をもたない受動的市民だった。彼は選挙制度の不当性の原因を、富と一切の農産物が非所有者の労働によって生み出されているにもかかわらず、それが懶惰《らんだ》な所有者に属している状態に求めている。彼は「政治体における資本家は身体における潰瘍に等しい」ときめつけ、「労働するわれわれが共有者であり、一切の収益の唯一の原因だとするなら、われわれの生活物資を制限し、剰余物を奪う権利は、強盗の権利である」と結論づける。この批判はプルードンの「所有とは盗みである」には及ばないにしても、「懶惰な所有とは盗みである」（ジョレス）と要約することができるであろう。

ランジュの思想の第二の時期は、九二年春の食糧危機に触発されている。四月二〇日の宣戦布告、革命精神の高揚、アッシニア紙幣の暴落、食糧危機を背景に、パリでは民衆運動を組織してジャック・ルーが買い占め人への死罪を要求し、ピエール・ドリヴィエはエタンプ街の暴動を弁護し、公会に陳情していた。これに呼応するかのように、ランジュはリヨンで、六月九日に「農産物とパンの正当な価格を固定する簡明にして容易な方策」を、ついで八月二六日には「この方策に対してなされた反論への回答」を発表する。

ランジュが「フランス国営株式会社」論を公けにするのは、これらの小冊子においてである。それは、商品価格が所有者や商人の要求にもとづいてでなく、消費者の、いいかえれば国民の能力にもとづいて決められることを前提にした大規模な予約制度であり、消費者の総体が、一定の条件で、所有者と商人の総体から、収穫物の総体を買い取る制度である。そのために国営株式会社が設立される。この会社は一八億リーヴルの資本金を持ち、おのおのが一〇〇〇リーヴルの株券六〇枚を持つ平等な三万の部分に分割される。「この六〇枚の株券は小麦、小麦粉、野菜を一〇〇家族に二年間供給する基金として役立つ。一〇〇家族は共有の農産物倉庫《グルニエ・ダポンダンス》を持つ」。フランス全国に三万の食糧倉庫が設けられ、「国民食糧供給者」によって管理されるというわけである。

ランジュはこの奇抜な提案を、その思想の第三期に属する『万能薬』でいっそう整理している。百人組《サンチュリ》（一〇〇家族）、小群《カントン》、コミューヌ、地区《ディストリクト》、群《アロンディスマン》、の経済単位は、同時に国民議会《アサンブレ・ナショナル》へいたる政治機構でもある。「このときこそ、所有は正しく管理され、……要するに、遠からずしてわれわれはフランスが地上の楽園となる日を見ることだろう」。しかし、『万能薬』はリヨン総評議会の事務所に放置され、ランジュ自身は断頭台で、彼の理想など考えも及ばない人々によって、命を絶たれた。

墓からの手紙　レチフ〔I〕

レチフのユートピア思想について語る場合、批評家は一般になぜか最晩年の作品『墓からの手紙』をほとんど取り上げない。この作品が入手しにくいためであるのか、この幻想小説の奇想天外な展開が厳格な思想史家の好みに合わないためであるのか、理由は分からない。けれども、レチフが、同工異曲の感がなくもない同時代の他のユートピア作品に比べて奇抜な想像力に富んだ作品を残した作家であることを証するためにも、また『アンドログラフ』『南半球の発見』で表明されたユートピア思想が、大革命とバブーフら平等派の挫折のあとどのように変貌したかを見るためにも、『墓からの手紙』は欠かせない作品なのである。

作品の題名は正確には『死後に出された手紙《レ・ポスチューム》』であるが、レチフは当初『墓からの手紙《レ・レットル・デュ・トンボー》』と題するつもりだったらしい。「夫の死後に、夫がなおフィレンツェで生きていると信じる妻が受け取る手紙」という副題から察せられるように、これはある夫から妻へ宛てた手紙で構成された小説である。男は外交上の使命をおびてフランスからフィレンツェへ赴くが、自分の死期が近いことを知っている。そこで彼は、自分の死を知ったときの妻の精神的打撃を最少限にくい止めるために、予測された死の日から毎日一通ずつ手紙が妻のもとへ届くようにあらかじめ手はずをととのえる。こうすれば、妻は夫の死を知らずに一年間を過ごすことができるばかりか、その間に毎日届けられる三六六通の手紙を読むにつれて来るべき夫の死への心構えもできてこようというのである。作品の「解説」によれば、スタール夫人（一八一七年没）の母親であるネッケル夫人も夫に対して同じ心遣いを示したのだという。

ところで、刊行者（レチフ）の第一の「緒言」にはつぎのように述べられている。「神秘家《イリユミネ》については大いに語られてきたし、現にいまも、人々はそれが何たるかをあまり知らないままに毎日語っているが、この作品の作者は神秘家の原理に従って書いている。フォンレートがその妻に話すことは、実際にカゾットが考えていたことなのだ」。表題の裏に印刷された「註」はいっそうあからさまにそれについて断定している。「この作品の作者であるカゾットがこれを出版する気になっていたとき、血に飢えた法廷が彼の命を奪い去った。わたしたちは、ボーアルネ伯爵夫人邸で週に二度、その後は十日に二度、一緒に夜食を食べていたので、一七八六年いらい顔馴染みの間柄だった。彼はわたしを愛し、わたしの作品を愛し、何ごとにつけてわたしの気持ちを察してくれた。彼は逮捕される不安にとらわれたとき、わたしにこの作品を手渡した。彼はそのときにはそれが成功をもたらし、迫害を避ける一助にもなろうかと考えて、わたしの名で出版するようわたしに任せたのだった。これら二つの理由はもはや存在しない。わたしの名声は失墜し、カゾットは判事たちとも死刑執行人たちとも和解している」。

　カゾットが逮捕され断頭台で処刑される直前にこの作品を託したという話は、もちろんレチフ一流の韜晦であり、世間の目を惹くためのフィクションである。ポール・ラクロワやライヴズ・チャイルズによれば、この作品は警察に押収され、一部書き直しを余儀なくされたと思われるから、そのあたりにも韜晦を必要とする事情がひそんでいたのかもしれない。もっとも、『南半球の発見』がビュフォンの思想を導入していたように、『墓からの手紙』がカゾットと神秘家《イリュミネ》の影響を濃厚にこうむっていることは否定できない。レチフは一七八七年から翌年にかけて、のちにナポレオンの妻となるジョゼフィーヌの伯母ボーアルネ伯爵夫人のサロンの常連だった。彼は、このサロンで伯爵夫人自身から作品の着想を得たものと思われる（ちなみに、『墓からの手紙』に補遺として含まれていた「生き直し《ルヴィイ》」と「囲い地と鳥《ランクロ・エ・レ・ゾワゾー》」のうち、前者はカゾットの示唆によって書かれたものであるらしい。また後者は、印刷されないまま幻の作品となっていたが、今世紀初頭にピエール・ルイスが偶然にその草稿を発見している）。レチフは一七八六年からこの作品を書き始め、九六年に加筆したのち、一八〇二年に出版した。死の四年前である。

　四巻からなる手紙体の幻想小説のあらましは、こうである。フォントレートは死後の生の問題を哲学的に議論するために、妻オルタンスに、「愛によってやさしくがんじらがめにされた身体から、何らかの仕方で分離した二つの魂を支配する誠実な結合」について、二人の恋人を例にとって話し始める。手紙の主フォントレート（Fonthlète）の名は、作品の銘句《エピグラフ》 Lhetum non omnia finit（死は一切を終わるにあらず――プロペルティウス）にちなんだ「死の泉」を意味する。話は、イギリス人イフラシーとクラレンドンが床入りの日に地震に遭ってあえなく死ぬことから始まる。だが二人は、非肉体化の新たな状態を利用して地球上をめぐり歩く。そのうちに、アダム、ソロモン、ホメロスといった太古の人間の魂に会うことを思いつき探し回るが、一向に見つからない。肉体を離れた純粋な魂が一〇〇年後にふたたび別な肉体に宿ることに、彼らがようやく気づくのはかなりの時間が経ってからである。そうして注意深く観察してみると、たとえば、アンリ四世の魂が立派な村の司祭の肉体に入り込んでいることや、ラ・フォンテーヌがロバの馭者となっていることなどが分かる。ジャンヌ゠ダルクは、イギリス人が存在しなくなるまで非肉体化の状態にとどまることができるのだという。

こうしてイフラシーとクラレンドンは、このジャンヌを利用して、同時代や前世紀の代表的人物が前世においてだれであったかを次々に見出していく。レチフが目の敵にしていた批評家ラ・アルプは、前世においては教師の門番のしがない使い走り、ギーズ公の小姓ロンサールの下僕でしかなかった。フランクリンは古代ローマ時代に政治家のカトーだった。今はシェークスピアの翻訳者デュシとなっているコルネイユは、その前には船商人だった。といった具合である。したがって、肉体を離脱した魂の物語（巻の一）で意図されていることは、一種の輪廻思想を説くことによって、「キリスト教が三倍にした、いや、百倍にもした無益な死の恐怖から、人間を癒すこと」であると言えよう。ただ巻の一は全篇から独立した、いわば序章でしかない。霊魂を肉体から分離し、秘薬によって寿命を延ばし、透明人間をつくる秘法を会得した超人ミュルティプリアンドルの話は、巻の二以下に描かれる。しかも、宇宙生成論《コスモゴニー》や神秘学と奇妙に混合して、財産共同体にもとづく人類社会改革案が提示されるのだ。

絶望の果ての回路　レチフ〔II〕

『墓からの手紙』は、「巻の二」以下も、人を食った幻想的場面に充ちている。フォントレートは機械翼を操って飛行する術を学び取り、冒険を重ねていくうちに、クロムウェルの再生した存在であるミュルティプリアンドルに出会う。彼は、その名の示す通り、一種の超人である。まず、「超自然をいささかも必要としない努力によって」自分の魂を肉体から分離し、それを他人の肉体に押し込めるすべを会得している。つぎにカリョストロとその奇蹟の噂を伝え聞き、ついに長寿の秘訣を伝授される。「わたしのすべての処方箋のうちもっとも貴重なものは、〔……〕極上の小麦粉または米のクリームと、一六、七歳の三〇人の若者たちの喜悦の束とから構成されている。揮発性の液体をすぐさま不揮発にし、そのなかに、わたしの意図する効き目に応じて、牛もしくは別の動物の脳漿か脊髄を混ぜ合わせ、煮こごりを合成する。毎日一八時間、繰り返し取り出される動物の生殖液とともに、これを六年ないし一〇年間摂取すれば、人間は六〇年から一五年寿命を延ばすことができる」。

ミュルティプリアンドルはまた、不思議な男から不可視人間の秘訣を教わる。「わたしの知らない秘密、わたしを驚嘆させた秘密！　男は、白粉箱のように作られた一箇の箱をポケットから取り出し、それを強く揺った。白粉のようなものが空中に拡がるにつれて、彼の姿が見えなくなっていった。結局、二分間で彼はもう見えなかった」。この秘法の処方箋は次のようなものである。「それは、陰と陽とのさまざまな化学調合であった。陽の調合は、さきに見たような粉末でなく、空色の液体を造り出した。陰の調合は、肉体が光線を少しも受けなくさせた。わたしはラヴォワジエに問い合わせて首尾よく調製をすることができた」。

こうして次々に不思議な能力を身につけたミュルティプリアンドルは、地球から不幸な政治を根絶するために作戦を練り始める。「わたしの企ては、現にわたしがそうであるように、できるかぎり長く幸福でありつづけることだ。しかし、神以外に永遠なものは存在しない以上、他の人々の幸福のために全力をあげて専心するだろう。わたしはそのために、あらゆる君主、あらゆる大臣、地位のあるあらゆる人々の肉体に次々に入り込み、奇蹟を行なう。わたしの頭にはいくつかの改革案があるから、全地球の表面を変えることだけを考えよう」。ミュルティプリアンドルはまず、国王の肉体に入り込むと、君主の魂を活力のない羊の肉体に押し込め、できるだけ賢明な大臣を選ぶ。だれかが計画を立てると、すぐさま彼は立案者の肉体に入り込み、その視野のあらゆる拡がりを得させる。そして、人間の魂をヨーロッパでもっとも有能な人物の肉体に入れ、計画を吟味させ、充実させ、その後に計画を国王に提示させる。かつてレチフの『アンドログラフ』に示されたユートピアは、ミュルティプリアンドルの努力によって実現される。要するに、彼は「全地球を完全に改革し、いたるところに理性にもとづく賢明な政府を確立し、祖先信仰を復活させ」、幸福な財産共同体を築き上げるのである。

後半の「巻の三」「巻の四」は、肉体を離れたミュルティプリアンドルの霊魂がさまざまな天体を駆けめぐる話である。彼は月の住人ロンダンの肉体に入り込む。このロンダンは、その名の通り「歩くかわりに転がるのだった」。彼はまた火星でニュフュフュミュと呼ばれる生物と合体する。これは翼をもつ河馬のような生物であった。ミュルティプリアンドルの霊魂は木星へ飛ぶ。そこの生物は飛行する四角いたらいに似ていた。ついで彼は、木星より進化した四つの衛星や土星や、天王星のかなたの一二の惑星を見たのち、彗星に立ち寄る。彼がそこで発見する巨大なノミは、驚くべきことに、地球上のいかなる天才より天才的であった。信じられないことだが、このノミ族は二四ないし四八音綴の詩をつくることもできるのだ。さらに、もっとも進化した金星の生物は、第六感つまりテレパシーを自由にすることができるといった具合である（この辺の描写は、大胆かつ辛辣な諷刺によって、ヴォルテールの『ミクロメガス』やスウィフトの『ガリヴァー』としばしば比較される）。

それにしても、『墓からの手紙』の特色は、レチフのユートピア思想とその特異な宇宙生成論《コスモゴニー》との合流にあると言える。

彼のユートピアは、遠い追憶の中で純化された始祖の地の共同体へのたえざる幻想に根差している。二人のジャンセニストの異母兄の厳しい視線を意識し、心の純真を弁明する必要にたえず駆り立てられていた彼にとって、始祖の地の理想化された共同体こそは、彼の良心のあかしでありえた。大革命は彼を熱狂させるが、やがて深い失望を味わわせる。民衆の未成熟な統治能力と流血の惨事に不信を抱いたからである。しかも、バブーフらの「陰謀」の挫折と処刑がその思想に暗い影を落としたことも否めない。レチフが「陰謀」の主謀者の一人、詩人のシルヴァン・マレシャルと親交があったことは、彼の日記から推察される。おそらくレチフは、財産共同体の理想の実現を断念したにちがいない。だが、もともと彼にとって重要なことは、理想実現の具体的可能性の有無よりは終局の理想そのものにあった。こうして『墓からの手紙』にいたって、シャトーブリアンが世に迎え入れられる時代に、彼の共同体幻想はユートピックな、あまりにユートピックな色合いをおびざるをえない。

一方、レチフの宇宙生成論《コスモゴニー》は、輪廻の思想を拠りどころにもしている。神は一切の精神と一切の物質の源である。一瞬たりとも自己と同一化の状態にとどまりえない神は、ただ一つの方向、すなわちいくつもの太陽の形成、太陽による彗＝惑星の形成、彗＝惑星による動植物の形成に向かって進む。太陽も月も惑星も星雲も、あらゆる天体は、それが軸として回転する天体から養分を吸収する、生きた存在にほかならない。自然界ではすべては、活動する、生命を与えられた、変化する物質である。「精神はエーテルや熱や太陽光線以上に純化した流動体であり、電気的＝磁気的＝神的精神流動体と名づけることもできる」。オーギュスト・ヴィアットは、神秘家《イリユミネ》が宇宙を精神化しようとするのに対してレチフは神を物質化しようとする、と彼の宇宙生成論《コスモゴニー》を特徴づけた。明らかなことは、レチフの宇宙生成論《コスモゴニー》が、ジャンセニスト的地獄への恐怖や不条理な死や生への嫌悪といったようなものに対して異議を申し立て、ロマン派のイリュミニスムへ道を拓きつつ、生への愛を主張していることである。

『墓からの手紙』は、社会的地平における共和国幻想を横の軸とし、無限の生への渇望を縦の軸とした、後世への「かたみの作品」なのである。

註記　近年刊行された十八世紀フランスのユートピア作品の日本語訳に、次の二種類のシリーズがある。

㈠　野沢協・植田祐次監修『啓蒙のユートピア』（全三巻中第一、第二巻既刊）、法政大学出版局、一九九六－九七年。

㈡　中川久定他編『ユートピア旅行記叢書』（全十五巻）、岩波書店、一九九六－二〇〇一年。

7 ユートピア小説『南半球の発見』

地下哲学の書『テリアメド』のこと

幻のユートピア小説

「この作者の作品の中でもとりわけ稀覯本の一つに数えられる作品」、愛書家ジャコブこと碩学の書誌学者ポール・ラクロワが、レチフのユートピア小説についてこう述べたのは一九世紀末のことである。[1]ラクロワの業績を継いだライヴス・チャイルズは、「レチフが書いたもっとも風変わりなものの一つである本書は、たんにレチフ研究家ばかりでなく、ユートピアや飛行術に関する書物の収集家によっても熱心に求められている」[2]と指摘している。『南半球の発見』はフランスのユートピア作品を見るうえで欠かせないが、テクストそのものの入手が困難であったため、久しく幻のユートピア小説でありつづけた。しかし、一九七七年にラカリエール版[3]が、またその二年後にヴェルニエール版[4]が相次いで刊行されるにいたり、この作品もようやく幻の小説でなくなった。一七八一年に発表されてから実にほぼ二百年経って、はじめて近代版が出現したことになる。

後にふれるように、本書は、小説のいわば本体のほかに付録の小品四篇を含んでいるが、小品の激しい社会批判は印刷後ただちに検閲官テラソン神父からの厳しい注文と草稿の一部の削除命令を招き、そのため作者は付録の小品の一篇「猿の手紙」を大幅に改変し、他の三篇を割愛せざるをえなかったという事情がある。同じ版でありながら、検閲後の厚表紙本と印刷直後の完本とがまったく異なるテクストとなったのはそのためである。

本書の幻のユートピア小説としての声価をいっそう高める要因の一つとなったのは、二三枚の挿絵であろう。なかでも口絵の「飛翔するヴィクトラン」は、フランスばかりでなくわが国のユートピアや飛行術関係の単行本や雑誌に、しばしば説明抜きで〝無断掲載〟されることがあるほどで、私はその例を友人たちから幾度となく教えられた。レチフの作品の大半を担当した挿絵家はビネであるが、本書にかぎり挿絵はビネの手によるものではない。

本書の「序文」では、この作品のフィクションの枠組みとでも言うべきものが設定されている。それによると、序章部分を構成している第一部冒頭の「奇妙な対話者」は、〝ニコラの大将〟を自称する「私」すなわちデュリスが、レチフならぬフチレの名で、得体の知れぬ男との出会いを描いたものである。それ以降は（最後の数行「フチレの結論」を除いて）、得体の知れぬ男、つまりは南半球人によるユートピア建設物語の話であり、デュリスがそれを書き取り、随所に註の形で自らの感想を記したうえ、一篇の草稿にまとめて友人チモテ・ジョリに託する。「私」が草稿の序章部分で「私は生涯、沈黙を守るつもりでいるし、この物語は私の死後にしか刊行されないことになっている」と述べているように、彼の死後ジョリが作品を刊行する、という設定なのである。ジョリは草稿にさらに彼自身の註を付け加えたことになっているので、本書の原註は、デュリスと友人ジョリがそれぞれの立場から残した註記で構成されている。

同じようなことが「序文」についても言える。「序文」は友人ジョリの文章で始まり、デュリスの草稿の真の意図を理解するのに時間と根気が必要であったこと、しかしメガパタゴニー国の描写を読んではじめてそれを完全に理解できたこと、などが述べられる。その後おもむろにデュリス自身の「序文」が引用されるという、やや手の込んだ仕組みになっている。デュリスはまず、航海者キャプテン・クックの名を挙げ、植民者スペイン人に比べて、クック船長の動機には貪欲な支配欲などいささかも窺われない哲学者の純粋さが認められることを強調し、称賛の言葉を惜しまない(ここで図らずも、本来の作者レチフが本書を執筆するに際してクックの世界周航に触発された事実を明かすことになる)。次いで、当代の偉大な哲学者(自然誌学者)ビュフォンが引き合いに出され、ビュフォンと対置される形でメガパタゴニー人の哲学(実は『テリアメド』の宇宙生成論と生物起源論)が説明され、その哲学を真に理解しうるのはビュフォンをおいてほかにいないと力説される。物語が作り話でもアレゴリーでもないことを繰り返してデュリスの序文が終わったところで、刊行者ジョリはふたたび序文をつづけ、「私は『南半球の発見』をフィクションだと思う」と断定し、デュリスの作品の根底を支える思想が『テリアメド』であることを指摘して、序文を閉じる。

一人が作り話でないと言い、もう一人がフィクションであると述べているこの奇妙な「序文」を、ユートピア本来のまぼろし性と断ずることもできよう。しかし、幻が一瞬、現実と鋭く交錯して閃光を発することもある。周知のように、フランス革命期に人民投票によって成立したものの、平和が訪れるまで実施を延期され、ついに実施されることのなかったいわゆる「(一七)九三年憲法」は、後の共和主義者の理想とも福音書とも仰がれた。この「九三年憲法」の序文にあたる人権宣言の第六条と本書のメガパタゴニー人の法の冒頭とは、驚くほど酷似している。これを、奇想天外な妄想の中の一片の現実と見るべきか、あるいは現実の「九三年憲法」そのもののまぼろし性と見るべきか。ちなみに、本書の重要なテーマが植民者による支配・抑圧を批判し、奴隷制を厳しく非難していることは一読して強く印象づけられる。ところで、共和暦二年雨月一五日(一七九四年二月三日)、市民権が膚色、人種、宗教に基づく差別によって制限されてはならないことを前提に、国民公会は黒人べレーと白人と黒人の混血児ミリスをサント・ドミンゴの代表として、議員資格を認める。そしてその翌日、公会は植民地における奴隷制廃止を法令化した。本書が刊行されてわずか一三年後のことである。

それにしても、作者デュリス(フチレ)の死後に友人の手で出版されるという、生を死に裏返したフィクションは、自らの長篇詩に「遺言」の名を冠した中世の泥棒大詩人フランソワ・ヴィヨンを思い出させる。反対に、現実のルソーの死を架空の死とする「奇妙な対話者」の挿話は、死を生に裏返してみせる戯れと言ってよい。レチフは本書以外にもいくつかの作品を死後出版の形で刊行しているが、フィクションによる生と死の反転は、彼にとって、束の間の生の空しさに抗するための真剣な戯れであったのだ。

『テリアメド』について

本書には『テリアメド』[5]が色濃く影を落としているので、ひと言ふれておく。『テリアメド』の著者ブノワ・ド・マイエ（Benoit de Maillet）は一六五九年に生まれ、一七三八年に没している。ビュフォンよりはむしろフォントネル（一六五七―一七五七）の同時代人である。一六九二年から一七〇八年にかけてエジプト総領事を務めていたあいだに、『テリアメド』を構想したらしい。しかし、生物固定説《フィクシスム》に対して生物変移説《トランスフォルミスム》の普及に貢献したこの書が刊行されたのは彼の死後一〇年が過ぎてからで、ビュフォンの『自然誌』に一年先立つ一七四八年のことであった。初期の未開人種がほとんど禽獣と区別されないほどであったこと、また、人間の種族が実に多様であったことを変移説の観点から論じたこの書は、人間が他の動物に対して持つと信じられる優位性の仮面を一枚ずつ剝ぎ取り、人間は豚より醜いとすら述べたモンテーニュの『エッセー』を彷彿させる。いや、それ以上に、ディドロの対話篇『ダランベールの夢』との親近性すら感じさせる。ディドロの作品に登場するレスピナス嬢が『テリアメド』を読んでいたことは、ディドロ研究家によって指摘されている。三部からなる難解な『ダランベールの夢』の最後の対話篇は、従来、充分に論じられたことがないように見受けられるが、『テリアメド』を媒介にするときはじめて第三の対話が最初の二篇の対話と照応し合うのではないかと、ひそかに推測したくなるほどである。

『テリアメド』を読んでいたのはレスピナス嬢に限らない。その草稿は印刷されるまでの一〇年間、秘密裡に回し読みされていたという。『テリアメド』は地下哲学の書の一つだったのである。無神論の司祭ジャン・メリエの『遺言書』圧縮版を流布させたヴォルテールも、『テリアメド』を愛読していたという。諷刺小説『カンディード』の黄金郷エルドラードの描写の前に、主人公カンディードとカカンボが、猿に追われて悲鳴を上げながら逃げていく人間の娘たちを目撃する場面がある。カンディードはとっさに猿を銃で撃ち殺すが、娘の一人は猿の遺骸を掻き抱いて悲しむ。猿と思われたのは人間と猿の混血で、実は娘の恋人だったというのである。この挿話は、『テリアメド』の直接の影響とは言えないまでも、同質の世界を表しているものと考えられよう。

インドの哲学者とフランス人宣教師との対話形式になっている『テリアメド』は、六篇の対話から構成されている。まず地球論から始まり、地球上のすべての大陸はかつて水に覆われていたという仮説が証明される。しかしもっとも重要な部分は、最後の二つの対話である。第五の対話は、地球を含むすべての天体がこうむる変移を説明する。それによると、あらゆる天体は不透明な球体からもろもろの燃焼する太陽へと交互に移行し、次いで燃焼しつくして火が消え、やがてふたたび燃え上がる、といったように永久にその運動を繰り返すことになる。第六の対話では、炎によって焼きつくされた直後の天体、すなわち太陽でなくなった天体に、いかにして生命が再生しうるかが論じられる。灰と化して軽くなったこの天体は、太陽の光によって渦動の最尖端にまで押し上げられる。そのとき、その天体は、いま太陽である天体が他の不透明な天体からたえず奪い去る埃《ほこり》と水の分子を噴きつけられる。このような湿った環境の中で、燃焼を終わった太陽であるその天体の遺骸はやがてふたたび泥土と水に覆われ、そのために重さを増し、また渦動の中心へと下降していく。熱が増すにつれて、水は他の天体へ蒸発し始める。したがって、もし地球自身もこれと同じ現象をこうむったことがあるとすれば、また完全に水に覆われたことがあるとすれば、地球上の生命はまず海中に発生したと考えるべきであり、同時にまた、これまでに知られている地上および気中の生物の種類は、海中の種類から派生したと考えられる。このように、ド・マイエの生物起源説は、海中の場から気中の場への移行という考えに立脚したものである。「この移行説は、一般に考えられているよりはるかに自然である。なぜなら、空気と水は現実には同一物でしかなく、水面すれすれのところでは両者は容易に混じり合うからである」。

陸棲および気中動物の起源は、水棲動物とのアナロジーから証明される。形状、色彩の類似ばかりか、性質も類似している。たとえば、オウムと同様に色鮮やかで配色もオウムと同じ魚が存在する。ド・マイエは、魚と鳥の類似を指摘して、海中から気中への移行をこと細かに説明する。四足動物については説明がやや粗っぽくなり、猿、ライオン、馬、牛……は海中に同類を持っているのであるから、陸棲動物は類似した水棲動物から派生したにちがいないと推定される。各々の水棲動物は個別的に気中の環境に適応し、適応に必要とされるだけ変移していく。したがって、陸棲人間が存在するからには、水棲人間が実在してもおかしくない。では、すべての陸棲生物と気中生物が水棲生物から派生したとするならば、水棲生物はそもそもどこから生じたのか。精液からである、とド・マイエは答える。宇宙、大気、天体間の空間、水、食物にさえも精液が充満している。通常の生殖作用はこの精液によって行なわれる。精液はそれぞれの種族のオスの大人に定着して、精液動物となる。では、その精液はどこから生じたのか。ド・マイエによれば、精液の存在は永遠である。精液が永遠であるのは、物質もまた永遠であるからである。「物質と運動が始源の時間を持つという考え方は、理性に背くものである」。聖書自体も、それを正しく解釈するならば、「物質の先在性」を前提としているではないか。

当然のことながら、ド・マイエはニュートン、ライプニッツ、ロックを知らず、また彼の変移説には環境の影響がほとんど考慮されていない。それにもかかわらず、『テリアメド』は、キリスト教に敵対する作品である限りにおいて、一七世紀の自由思想家《リベルタン》と一八世紀中葉の哲学者《フィロゾフ》をみごとに繋ぐ役割を果たし、『人間機械論』（一七四七年）の著者ラ・メトリをすでに予告しているとさえ言ってよい。天体を燃やし、次いで熱を弱めながら中心から渦動の周辺へ導くという、天体変移のたえざる循環は、地球からその特権的地位を剝奪する。物質の永遠性は天地創造の観念を打ち砕く。人間海洋起源説、初期の未開人種の禽獣状態、人間の種類の多様性などは、人間が神に似せてつくられたという観念と真っ向から対立するものであった。そして、ユートピア小説を構想するのにこの『テリアメド』の宇宙生成説と生物起源説に深く共鳴したレチフもまた、正統キリスト教ないしカトリシズムから大きく逸脱していたことは当然だった。

『テリアメド』(Telliamed) なる表題は、著者ド・マイエの名を逆に綴ったものである。『南半球の発見』の最後に見出される理想郷メガパタゴニー国の賢者は、その名をフォンビュとゲンラという。ビュフォンはともかく、ランゲは、転倒してはじめてユートピアの賢者となれるのである。

（1） Paul Lacroix, *La bibliographie et iconographie de tous les ouvrages de Rétif de la Bretonne*, 1875 (Franklin, 1971).

（2） Rives Childs, *Rétif de la Bretonne, témoignages et jugements. Bibliographie*, Briffaut, 1948.

（3） *La Découverte australe*, Préface de Jacques Lacarrière, France Adel, 1977.

（4） *La Découverte australe*, texte intégral, Présentation de Paul Vernière, la Collection Ressources, Slatkine, 1979.

（5） Benoit de Maillet, *Telliamed, ou Entretien d'un philosophe indien avec un missionnaire français*, 1748.

複数文化の媒介

青表紙本

ロベール・マンドルーは、トロアの青表紙本《ビブリオテク・ブルー》を分析した労作『一七世紀および一八世紀における民衆文化論』(1)の中で興味ある分析を行なっている。マンドルーによれば、アンシャン・レジーム下の民衆社会の研究は、経済構造と社会・政治の次元においては目ざましく進歩したが、民衆社会のメンタリティや感性についてはまだほとんど知られていないという。マンドルーは、アンシャン・レジーム下のフランスにおける民衆社会の文化を、《彼らの創造活動が何であれ、民衆が糧としている文化》と広義に規定した上で、ブルジョワ文化あるいは貴族文化に対する民衆文化の一件書類の提示を試みている。言いかえれば、それは幾世紀にもわたって民衆社会に受け容れられ、消化され、同化されてきた文化であり、同時に歴史家によって無視され、閑却されてきた文化でもある。というのも、「われわれが一七、八世紀のフランス文化について語るとき、暗々裡に諒解されているのは支配的グループの文化にほかならない」(2)からである。コルネイユからボーマルシェ、ロンサールからルソー、モンテーニュからパスカル、ヴォルテールまで、知の文化の声はつねにフランス文化全体の声と見なされてきた。だが、それは一つの文化の声なのである、とマンドルーは言う。といっても、著者は啓蒙の世紀や古典主義時代の作品の光彩を否認したり、その威信に異論を唱えているのではない。その目的はもう一つの文化の存在を確認し、現存する稀な資料から不完全ながらも当時の民衆社会のメンタリティを測定しようというもので、そのための重要な資産目録がトロアの青表紙本なのである。こうしてマンドルーは、青表紙本で扱われている主要なテーマ、その目録のなかに何が扱われていて何が扱われていないかを吟味した結果、青表紙本が完全に民衆階層のために書かれたものであることを確認し、この行商の文学がいかなる点においても当時の知の文化を反映していないと結論づけている。デカルトもベールも哲学者《フィロゾフ》たちも、さらにフレシエ、アルノ、ボシュエ、マションらの信仰の書も、この目録には欠如しているからである（ただし、わずかにコルネイユ、ラ・フォンテーヌ、ペローが例外とされているが、概して行商の文学は、一七世紀においても一八世紀においても、同時代の《知の》著作から何かを汲み取っている形跡がまったく見られない）。「したがって、民衆の信仰と思想の主題は、当時の思想および芸術の動向の外にあるのである」(3)。

マンドルーは、一七、八世紀のフランス人がこの文化的差異を充分に意識していた例証として、一八世紀に再刊された青表紙本の刊行者の第一巻への序文（一七八三年）を紹介している。「二世紀以上ものあいだ、民衆に委ねられてきた作品をいま改めて再刊することは、あるいは奇異に見えるかもしれない。いかに無教養なブルジョワでも、読んだといって自慢する気になれない類の小説、といっても、それは文体や語法のせいではない。そうではなくて、まさしくそれらの小説がもっとも卑しい下層民を楽しませていたからである」(4)。この序文の一節は、上流階級が民衆に対して抱いていた侮蔑とともに、民衆の側にも他の世界への帰属意識、上流社会の専有物である知的文化に参加していないという意識があったことを濃厚に感じ取らせる。二つの文化の異質性を小間使いすら感じ、意識していたことは、同じ序文の次のような挿話からも察せられる。「N……夫人は鈴を鳴らして小間使いを呼び、ピエール・ド・プロヴァンスの物語を持ってくるよう頼んだ。驚いた小間使いは女主人に三度までもその命令を繰り返させた末、この気まぐれな申し付けに蔑みを示しつつ同意した。とにかく、命令に従わないわけにはいかなかったから。小間使いは台所に降りて行き、顔を赤らめながら小冊子を持ってきた」[5]。

　青表紙本は一七世紀初頭に、トロワのある出版者兼書店主が、仔牛の革で製本された金の背表紙本とともに、行商人を当て込んで出版したもので、一二折判または三二折判のわずか数頁の小冊子だった。行商人はトロワなどでそれを仕入れ、旅の長い道筋を鳴り物入りで宣伝しながら、ひも、針、糸、ピン、小さな手鏡などといった小間物と並べて、町や村を売り歩いていたのである。お義理にも白いとは言えず、表面がぶつぶつしてインクが滲む質の悪い紙に印刷された小冊子、一本の糸で粗綴じされて、表題もなければ背表紙もない一枚の青い紙に覆われた小冊子、それが行商人が売り歩く本だった。トロワで作られ、フランスの大都市で模倣され、剽窃《ひょうせつ》され、作りつづけられた青表紙本は、作者を持たず、書物と見なされなかったために当局の検閲を恐れる必要もなかった。それは、死後の遺産目録に書き記されることなど決してなかったし、書斎の本棚に並べられるに値するものでもなかった。一冊一、二スウの廉価本だったので、庶民のどこの家にも転がっていたと思われる。だが、青表紙本は民衆のあいだで、とりわけ農民のあいだで広く読まれていた。読まれていたというのは正確ではない。一七八〇年頃においてすら識字率は人口の四〇パーセント程度であったのだから、それは目で読まれるというよりは、家族の夜の集いなどで大声で朗読され聞かされるものであった。女は糸を紡ぎ、男は農具を修理しながら、青表紙本の朗読に聞き入っていたのだ。

　マンドルーは青表紙本に扱われている主題を五つに分類している。一つは妖精神話、異教的驚異で、妖精民話の魔法の世界やガルガンチュア、スカラムーシュ、フォルトゥナトゥスといった伝説を物語ったもの。第二は世界に関する知識。これには暦や歳時記風の暦、科学技術の解説、神秘学、妖術などが含まれる。第三は聖者伝や信仰の書の類で、キリスト教的教訓や聖歌が扱われている。第四は民衆芸術や感性に関するもので、滑稽物、俗謡、芝居、犯罪、愛、死などといったジャンルのもの。第五は社会を表現したもので、職業、遊び、教育、言い伝え、貴族社会に関する記述などがこれに入る。

同時代の思想や芸術の動きの外にあって独自の文化を形づくっていた、青表紙本に代表される民衆文化について、知的文化の側から興味を示していたことは、青表紙本の再刊などの事実からも推測することができる。少なくとも、一八世紀においては、印刷業者や教養ある知識人は関心を抱いていたようだ。一方、生まれた子供を里子に出す習慣から、乳母たちは預かった子供たちに、行商の文学の資産を構成する話を語り聞かせたにちがいない。しかし民衆文化に深く入り込み、しかもそれを知の文化と結合させたレチフのような例はきわめて珍しい。レチフは一二歳までブルゴーニュの父の家で暮らしていた時期に、この民衆文化の影響を深くこうむっている。そのことをもっとも雄弁に説明しているのが、彼の『ムッシュー・ニコラ』の第一期の最後の箇所である。

青表紙本と『南半球の発見』の着想

レチフが青表紙本の世界を摂取する仕方は当時の民衆文化の伝播の場合と同じで、読書よりはおおむね牧童の話や夜の集いから得られたものであった。つまり、読まれたものではなく、耳から入ったものであった。

レチフはフランス語より先にラテン語を学んでいる。四歳の終わりから彼は姉のマルゴとともに村の、ジャック・ペロー先生のもとに通い、ラテン語を教わっているが、フランス語の読み書きを覚えるのは一一歳の頃であるからだ。(6) 彼はまず四折判の『イエス・キリストの生涯』から読み始め、次いで『聖書』を読んでいる。『聖書』を「創世記」から「黙示録」まで読むと聖者伝に移り、殉教者の伝記に熱中している。このような文字による知識の摂取と並行して、耳からの知識の吸収があった。それは、知識というよりは感性の刺戟とも言うべきものである。

青表紙本の世界をレチフ少年に語り伝え、彼の感じやすい魂に深い刻印を残したのは、彼の父親エドムとその牧童たちであった。夕食後の家族の夜の集いで父親が聖書を朗読し、それを家族が貪《むさぼ》るように聞き入る情景は、『ムッシュー・ニコラ』のほかにも、『父の生涯』や、『父親学校』などでしばしば熱っぽく描写されている。(7)「父の家には抜粋本ではない完全な聖書があった。それはやや、古いフランス語で書かれたものだったが、まさにそのために書物の中でもっとも古い書物に含まれたみごとな真実を、その本はいっそう素朴でいっそう感動的な仕方で述べていた」(『父の生涯』)。ここで語られている聖書は一五五一年版であるようだ。(8) 父親のエドムが好んで朗読していたのは「創世記」であったが、時には『クリスマス聖歌集』のいくつかを歌って聞かせたり、青表紙本の中の面白い話を語ってくれることもあった。

「私には、まだどうしても満足させたい二つの興味の的が残っていた。〔……〕もう一つの興味の的は『青表紙本』だった。父は私たちの気持ちを読書へ向かわせるために、そんなお伽噺を巧みに褒めそやした。それはたとえば『ジャン・ド・パリス』とか『悪魔のロベール』とかいったものだったが、とりわけ小さな帽子を被った『フォルトゥナトゥス』の話が私にはいちばん素晴らしく思えた。私は父の口もとに視線を注ぎ、口を半ば開けて父の話を食い入るように聞く必要があり、喜びのあまり体を震わせるのでなければ、身じろぎ一つしなかった。話を聞きたいという強い欲求のために、父が寝床に就いてからも、私はかならず夜の集いに居残った。泥棒や幽霊の話を聞くためだったが、その話は私にたいそう強い印象を与えたので、そのあとでは一人で寝床まで行けないほどだった。そんな物語のせいで食べ物の消化が悪くなり、それから夢を見た、いや、むしろ怖ろしい幻を見たと言ったほうがよい(9)」。

父親のエドムはごく真面目で几帳面な農夫だったので、夜なべの途中で引き退ることが多かったのかもしれない。そのあとレチフが話を聞いたのは、兄姉のほか牧童や作男たちからであったのだろう。それにしても、右の『ムッシュー・ニコラ』の一節は、青表紙本の話が幼いレチフに夜の集いの席で語られていること、しかも彼の心に強い影響力をもって働きかけていたことを雄弁に物語っている。レチフがここでもっとも興味をもって聞き入ったと語っている『フォルトゥナトゥス』の物語は、マンドルーの分類によれば第一のグループに属するものである(10)。青表紙本の物語の中で人気の高かった『フォルトゥナトゥス』にレチフ少年が何よりも興味を覚えていたことは、彼が民衆のメンタリティを幼い頃に自然な形で共有していたことを意味している。

レチフに青表紙本の世界を最初に教えたのは、夜の集いの場の父親エドムであるが、父親と同様に、いやそれ以上にレチフの感性と想像力に無視できない影響を及ぼすのが、フランソワとピエールのクールクー兄弟であったように思われる。レチフ家のこの二人の牧童は、おそらく字が読めなかったにちがいない。だが、おそろしくたくさんの話を聞き知っていて、それらの話を彼らの卑しい想像力で変形しつつ、幼いレチフの欲求に応じて語り聞かせていた。クールクー兄弟の話の源も、やはり青表紙本、もしくは民衆の口承文学の類のものであった(11)。

レチフ家の牧童でレチフが最初に知ったのは、ジャコの愛称で親しまれていた温厚なジャック・ゲローであり、レチフは心からこの若者を愛していた。だが、このジャコが巡礼に出かけたために、家畜の番人がいなくなり、一時期レチフ少年が羊飼いの役を買って出る。彼が一〇歳の頃に味わった自然や家畜との孤独で親密な交わりは、『ムッシュー・ニコラ』の中でももっとも美しく魅力ある部分であろう。その頃まだ狼が徘徊していたという危険な森の牧草地で、一〇歳の少年一人に家畜の番をさせておくのが危険であることを悟った両親は、隣村のニトリからフランソワ・クールクーを牧童として雇う。レチフ少年は、最初の日から牧草地の案内役となってフランソワに付き添って出かけ、早速、この新しい牧童に話を知っているかどうか尋ねる。こうして、彼の牧童生活の体験とともにもう一つの生き生きとした体験を伝えているのが、クールクー兄弟によって話された幻想的な物語なのである。レチフは、感嘆と同時に反撥と嫌悪をおぼえながら、彼らの話の世界に引き込まれていく。

「ああ、知ってますとも、ムッシュー・ニコラ」、フランソワは不気味な笑みを浮かべながらそう答える。「いろんな話を知ってますよ、それも面白いやつをね！　魔法使いの話、幽霊の話、悪魔との契約の話、獣に姿を変えられて悪魔の皮をかぶり、人を食う破門僧の話、人殺しをしたり、娘たちを洞窟の中に連れ込んでは手ごめにしたあと、娘たちが身重の体になって肉が柔らかくなると喉を切って食べてしまう泥棒の話、魔法を使う牧人の話、人工翼を作って大鷹のように飛び、町のパン屋の店から盗んだ白パンや平原で捕えた獲物や、いろんな鳥だけを食べて暮らす男の話、その男が食べる鳥は、たとえば雁とか、アヒルとか、山鴫《やましぎ》やら田鳧《たげり》やら椋鳥《むくどり》、それに山鶉《やまうずら》やカラスといったようなもので、それで美味しいスープを作って、いや、そのほかに村で盗んだ牝鶏を食べたりもするんですぜ。さあ、どの話をお望みですか」。レチフ少年はどの話も聞きたくて戸惑ってしまう。だが、思案する時間が惜しいので、《空飛ぶ人間》の話に決める。「私は《空飛ぶ人間》の話を選ぶと言った。もしフランソワがグレロという渾名で語ってくれたものとほぼ同じ内容の『南半球の発見』のヴィクトラン物語を私が書き上げていなかったならば、ここでひとくさりこの物語をするところである(12)」。

われわれはこの『ムッシュー・ニコラ』の一節から、『飛行人間による南半球の発見』の着想が牧童フランソワの話に由来すると推察することができる。少なくとも、フランソワの話が作者レチフに重要な暗示を与えたことは確かである。それにしても、フランソワとその弟ピエールは、父親の死後、乞食同然の状態に身を落とし、母親の叱責などどこ吹く風と聞き流す一五、六歳から一七歳くらいの反抗的な、手のつけられない悪童として描かれている。「貧困が彼らに世の人間への妬み心を生じさせ、勇気を失わせ、彼らを邪悪にしてしまっていた」と語られるこの兄弟は、当時の下層民が貧窮のゆえに染まりがちなあらゆる野卑と悪徳を身につけていた。してみると、レチフは、野卑や卑猥のまじったいわば底辺の民衆文化の中の奇抜な想像力から小説の着想の暗示を得て、その着想から出発して二つの文化を結合することを試みていることになる。レチフが『南半球の発見』で、青表紙本の世界から得た着想をいかにして《知の文化》に結合したかを見る前に、一二歳までのレチフの体験が小説『南半球の発見』に残している痕跡について簡単にふれておく。

フランソワと並んでレチフを青表紙本の幻想的世界、というより暗い神秘の世界へ誘った者に、この牧童の弟のピエールを挙げなければならない。牧童の義務を怠ったために追い出された兄に代わって羊飼いとなったピエールは、その兄以上に悪賢く、しかも腹黒さを巧みに隠すだけの才覚と要領を心得ていて、レチフの両親に取り入ってしまう。しかも彼は、兄のフランソワよりはるかに話上手だった。彼の話では妖術と卑猥が交互に語られたようだ。『ムッシュー・ニコラ』には、ピエールが話した物語のうち、「悪魔との対決――ひたすら勇敢であるべし」、「クリスチーヌ」、「悪魔と差し向かいで話すために、羊飼いはどんなふうに悪魔を喚び出すか」の三つの話が紹介されている。悪魔との契約や降霊術の儀式の実行にまで及ぶピエールの話は、幼いレチフの心を完全に魅了した。「クリスチーヌ」は、ピエールが経験した田舎娘との情事を粉飾した彼自身による作り話である。少年の心を捉えるピエールやフランソワの話し方には、同時に胸くそが悪くなるようなところがあり、幼いレチフに嫌悪感を抱かせた。レチフは、このクールクー兄弟と対照的な話をしてくれたジャコとジャン・ヴジニエを思い出す。「実にお人好しで、話すために話していたジャコ、あるいはジャン・ヴジニエと比べて、話し方になんという相違があったろう！　ヴジニエの風変わりな想像力は、ケベドの『幻想』の類の物語だけを楽しんでいたというのに」。このヴジニエなる人物について、レチフは次のような註を付している。「私はこのジャン・ヴジニエについて何ひとつ語らなかったが、生まれつき機械いじりがうまかった彼は、ピーズ（その年に生まれた雌の雛鶏）のように飛ぶために、人工翼を作る話をしてくれた最初の人だった。死人族《モラ》、つまり彼が納屋の中で話をしてくれた死んだ母親から生まれた幼児たちの話（私が五歳の頃に聞いたのだが）は、奇想天外なものだった！　子供たちの母親である死んだ女が、スープや粥の代わりに、土のシチューと泥をこねたパンを子供に与えるというものだった[13]」。

　ヴジニエが人工翼についてレチフに語った最初の人物であり、その後フランソワがグレロという名の

《空飛ぶ人間》の物語を教えたようだ。レチフは人工翼によって空を飛び、理想郷を建設する彼のユートピア小説に、幼い頃に聞いた話をそっくり利用した。そればかりか、牧童たちの話はレチフのこの小説の人物の名前にすら痕跡をとどめている。主人公ヴィクトランに機械の知識の手ほどきをして、人工翼の完成間際に事故死する有能な召使いの名はジャン・ヴジニエであり、ヴィクトランの恋人で、彼が変わらぬ愛を捧げる女性はクリスチーヌなのである。クリスチーヌは、クールクー兄弟のピエールの作り話に出てくる女主人公の名にほかならない(14)。

けれども、一八世紀に《知の文化》のほかに青表紙本に代表される独自の民衆文化が存在したこと、当時の教養人のあいだにこの種の文化に対する関心がなかったわけではないこと、そしてレチフは一二歳まで過ごしたブルゴーニュの夜の集いと牧童との交わりから民衆文化の洗礼を充分に受けていること、彼の小説『南半球の発見』はこの時の牧童の話から着想を得ていること、以上の点が明らかだとしても、もしレチフが牧童の話を巧みになぞって再現したにすぎないとすれば、彼の小説も、民衆文化の一部のたんなる代弁でしかない。レチフが人工翼による飛行人間の着想から出発して《知の文化》との接合を試みたことが明らかになるとき、『南半球の発見』を二つの異質な文化の結節として位置づけることができるはずである。そのためには、この小説の制作過程と構造を眺めてみなければならない。

制作過程と作品構造

レチフがいつ頃、どのような意図をもって『南半球の発見』を書き始めたかについては、彼自身の二つの文章が残されている。レチフが『堕落百姓』に付した「著者の作品紹介」によれば、『南半球の発見』

執筆は一七七九年三月である。「この作品（『南半球の発見』）は、私が病床にあった時期の一七七九年の三月に書き始められたもので、部分的には床の中で作られた[15]」。さらに、『ムッシュー・ニコラ』の中の「私の作品」では、その間の事情がもう少し詳しく説明されている。

「この作品を書き始めたとき、私は憔悴のあまり病床にあった。それは、『当世女』に着手する前、『父の呪い』の印刷中のことだった。私は朝、床の中で楽しみながらヴィクトランの小説《ロマン》を書いた。草稿を仕上げると、一七七八年以来いくつかを書き上げていた〃ヌーヴェル〃（『当世女』）に取りかかった。周知のように、『南半球の発見』は自然学に関する小説である。ただし、健全な真実を提示するために設定されたヴィクトランの物語は別で、それはちょうど、あまりに甘やかされて我儘になってしまった病気の子供に、縁に蜜を塗った器に入れて薬を与えるのに似ている[16]」。

作者自身のこの二つの文章から、『南半球の発見』制作についていくつかのことが推定される。レチフはこの作品を一七七九年三月に書き始めているが、それはかつて少年時代に牧童フランソワ・クールクーが語ってくれた物語であったこと、言いかえれば、ドフィネ地方の峻険山に幸福な共同体を建設する空飛ぶ人間ヴィクトランの物語がそれであること、しかもこの話をレチフは病床の気晴らしのために書き始めていること、などなど。

ところで、この小説の表題と副題は『飛行人間すなわちフランスのダイダロスによる南半球の発見、きわめて哲学的な物語《ヌーヴェル》』である。レチフは『当世女』等に関連してヌーヴェルの語について、「最近の、確かな（ロマネクスでない）、通常この一〇年間に起こった物語」と定義している。このレチフ自身の定義からすれば、『南半球の発見』の副題のヌーヴェルなる語は奇異な印象を与える。というのも、彼のいわゆるヌーヴェルがコントの語の使用を避けて用いられた、比較的短い物語を意味しているのに対して、『南半球の発見』は一二折判四部の大部の作品であるからである。したがって、当初この作品は、主人公のヴィクトランが人工翼によって峻険山に共同体を築くまでの物語であったのであり、レチフはこの作品の表題に躊躇なくヌーヴェルなる語を採用したのではないか、その後に作品が膨脹して最初に考えられた題名が副題に変わったのではないか、そう推理しても少しも不自然ではない。ピエール・テスチュは、そのような観点から一つの仮説を提出している。(17)

テスチュは、『南半球の発見』にレチフが着手した時期が『当世女』執筆の時期と重なることに注目し、もともと『南半球の発見』は『当世女』の一篇として気晴らしに書かれたコントであったと推測している。先に引用したレチフ自身の文章から察すると、一七七九年三月に病床にあった作者は気晴らしから、『当世女』のために、フランソワ・クールクーから聞いた空飛ぶ人間の物語「フランスのダイダロス――きわめて哲学的なヌーヴェル」を書いた。だが、幻想的な性格のために、作者は『当世女』に収めるにふさわしくないと判断し、近く別な作品に利用するためにその草稿を保存することにした。このときの草稿ではまだ《南半球の発見》は問題になっていない。

《ヴィクトランの物語》には、なるほど有徳で幸福な国の建設や平等な財産共同体が描かれてはいるが、物語の主たる興味ではなく付随的要素でしかない。中心はやはり《空飛ぶ人間》の冒険である。

気晴らしのために書かれた《ヴィクトラン――フランスのダイダロスの物語》を、さらに宇宙生成とユートピアの世界へ発展させる動機をレチフに与えたものは、一七八〇年前後に彼が読みあさった読書による刺戟ではないか。『父親学校』(一七七六年)と『新アベラール』(一七七八年)は、『南半球の発見』

（一七八一年）にやや先んじて書かれ、しかも宇宙生成論を取り上げている作品であるが、作中に引用されている書物から察するかぎり、その関心の度合いと参照文献量は比較にならない。『南半球の発見』でもっとも尊重されている文献は、先に触れたようにド・マイエの『テリアメド』である。この書物の刊行年は一七四八年であるから、レチフが一七八〇年以前にこれを知っていたことも充分に考えられる。だが、『父親学校』ではこの作品の題名が引用されているのみであり、『新アベラール』では、一、二ページ紹介されているにすぎない。したがって、レチフはおそらく一七七九年から八〇年にかけて『テリアメド』を熟読したものと思われる。

『当世女』に収めることを断念して脇に放置していた《フランスのダイダロス物語》を、動物の起源に関する当時の科学書や旅行記の読書がふたたびレチフに取り上げさせ、《娯楽》のための物語を《有益なもの》のための小説へと発展させる刺戟剤になったのではないか、とテスチュは推測する。この仮説は、レチフ自身のテクストの検討を経ているだけに説得力がある。その仮説に従うと、当初『当世女』のために気晴らしに書かれた《フランスのダイダロス物語》から、宇宙生成とユートピアへと進化する制作過程におけるこの小説の変貌は、まさしく民衆文化の世界から知の文化への移行と考えられる。

けれども、この《移行》は、前者すなわち青表紙本の世界を切り捨てて、後者すなわち知の文化へ到達しているのではない。両者はともに支え合っているのである。空飛ぶ人間の冒険という小説的外被と、宇宙生成（生物起源）と平等社会におけるあらゆる人種の人間の友愛という主題は、人工翼を発明した主人公による対蹠地への旅によって結合されるからである。主人公ヴィクトランはクリスチーヌ島から出発してさまざまな南方の島々を訪れ、ついに孫をして理想国メガパタゴニーを発見せしめる。それは小型のフランスであると同時に、不平等社会フランスの対蹠地にある平等社会であり、主人公はそこではじめて真実を発見する。このメガパタゴニーへの訪問こそ、《南半球の発見》における最後にして最重要な発見となる。

事実、青表紙本の世界から汲み取られた《空飛ぶ人間の冒険譚》という小説的外被は、完成された『南半球の発見』の作品構造においても充分に尊重されているように思われる。一見すると、この小説の構造はきわめて風変わりであり、変則的でさえある。全四部から成るこの作品は、いわば本体とそれを補足する付録的小品とから構成されている。空飛ぶ人間ヴィクトランが峻険山を出て南方のクリスチーヌ島に共同体を築く部分（第一部）と、次々に二五の島々を発見し探険する部分（第二部）、最後に理想国メガパタゴニーを発見し（第二部の終わりから第三部の半ばまで）、第三部の後半においてクリスチーヌ島国は共和政体に移行する。これが作品の小説的本体である。この本体に、いくつかの小品が補足されて第四部を構成する。付録的小品は四篇ある。それらの小品は本体の枠外に置かれてはいるが、必ずしも本体と無関係ではない。

付録的小品の第一は「宇宙生成論あるいは古代人および近代人による宇宙形成論」と題されていて、老メガパタゴニー人の話の資料的補足となっている。とりわけ「一般的友誼」という最後の節が小説的本体の道徳思想を説明するものとして提示されているだけに、この小品は本体の完全な一部にほかならない。これを本体の中に挿入することも、あるいは脚註に含めることもできたかもしれないが、おそらく作者はあまりにも本体が膨脹することを恐れて付録に回したものと思われる。第二の付録は「同類の動物へ宛てた猿の手紙、および哲学的註解」と題されたものである。この小品も、最初の付録と同様に本体から独立しているわけではない。というのも、この猿は人間の女と狒々《ひひ》から生まれた雑種であり、クリスチーヌ島の住人から「私」（ニコラの大将）がもらい受けたことになっているからである。猿の手紙は本体の二つの基本的なテーマ、すなわち、あらゆる人種の人間のあいだに必要な平等と彼らの友愛を展開する。それは主題を再度取り上げていながら、猿の手紙という奇抜さにより繰り返しの弊害を免れている。「獣人論」と題された第三の小品は、主人公による幻想的発見の博学な補足として、直接《南半球の発見》に結びついている。この小品が、歴史的科学的な観点からさまざまな種類の獣人を詳細に検討しているからである。最後の小品「道楽女の館における会食」は、人間のさまざまな種類について考察され、巨人族と小人族の場合が比較されて生物起源論を展開する。

このように見てみると、小説的本体で暗示的に素描された、宇宙生成と平等社会に関するテーマが腑分けされ、個別的にいっそう詳しく補足されていることが分かる。宇宙生成と生物起源の描写と理論は、つまるところ、この地上に多様な形態の人種が存在しうる可能性を暗示して、そのすべてが平等と友愛の共同体に生きてはじめて幸福になりうるという、ユートピアへと収斂していく。人工翼を発明した主人公の冒険譚、さまざまな人種の人間の存在、そして幸福な財産共同体の発見という作品の本体は、四篇の補足的小品によって照射されているのである。したがって、一見すると不調和に思える作品の構造も、実は豊かさのしるしにほかならず、テスチュのいわゆる《娯楽的なもの》から《有益なもの》への、言いかえれば、民衆文化の領域から知の文化の領域への延長もしくは拡大を意味する一つの全体性へ向かっていることになる。フランスのダイダロスの冒険譚がメガパタゴニーの発見によって意味を獲得する一方で、前者は後者を導くための出発点となり、基礎となる。このように、青表紙本の物語とユートピア思想とのいずれか一方のみの選択を拒み、二つの世界を結合させることによって、レチフは二つの文化の媒介を試みたのである。

（1） Robert Mandrou, *De la Culture populaire aux 17e et 18e siècles*, Editions Stock, 1964, 1975.（青表紙本〈Bibliothèque bleue〉は、現在、フランスでテーマ別に編集しなおされて刊行されつつある。これがはたして、マンドルーの言うように、真の民衆文化であると断定しうるかどうかをめぐって議論のあることは長谷川輝夫氏よりご教示を得たが、レチフの記述を尊重して、あえてマンドルーを援用した）。

（2） Ibid., p. 14.

（3） Ibid., p. 17.

（4） Ibid., p. 15.

（5） Ibid., p. 15.

（6） Rétif, *Monsieur Nicolas*, Editions Pauvert, t. 1, p. 23.

（7） *L'Ecole des pères*, II, p. 184; La Vie de mon père, Edition Rouger, p. 29.

（8） Charles Porter, *Restif's Novels*, Yale University Press, 1967, p. 152.

（9） *Monsieur Nicolas*, I, p. 93-4.

（10） このグループに分類されている他の物語がいくぶんか反社会的な色合いを帯びているのに対して、『フォルトゥナトゥス』は、妖精から授かった魔法の帽子と財布によって主人公とその子孫が幸福な生活を送るという他愛ない娯楽的な物語である。しかし、その帽子を被った者はどんな願いも叶えられ、その財布には金貨が絶えないという奇想天外な魔法の世界が、その語り口の面白さとともに当時の民衆を魅了したのである。

（11） 少年のレチフはピエールに教えられて姉のマルゴから『羊飼いの本』を借りる。その本には、「ヨハネ福音書」に続いて悪魔を喚び出す《降霊術》が記されていたというのである（*Monsieur Nicolas*, I, p. 154.）。『羊飼いの本』は青表紙本の一つである。この挿話は、クールクー兄弟の知識の源を説明している。

（12）*Monsieur Nicolas*, I, p. 123.
（13）Ibid., I, p. 137.
（14）この事実についてはまだ指摘されたことがないようだが、牧童たちによるレチフ少年の《教育》に青表紙本の影響を考えるなら、この痕跡は影響の深さの具体的な例証と見なすことができる。
（15）*La Paysanne pervertie*, revue des ouvrages de l'auteur, vol. IV, p. ccxxxiv.
（16）*Monsieur Nicolas*, VI, p. 586.
（17）Pierre Testud, *Rétif de la Bretonne et la création littéraire*, Droz, 1977, p. 213-19.

信仰者の唯物論

封建的外被

一八世紀フランスはしばしばユートピアの黄金時代と呼ばれる。思想史の観点から眺めるならば、ユートピアを除外して一八世紀を語ることはできないかのようである。ヴォルテールによって『遺言書』の名の圧縮版が流布されたメリエ神父の『ジャン・メリエの思想と見解の覚書』、モレリ『バジリアード』、ドン・デシャン『真の体系』、マブリ『フォシオンの対話』、ラオンタン『未開人との対話』、ランジュ『万能薬』などといった、いわば地下哲学の書は、モンテスキュー『ペルシャ人の手紙』の一挿話「トログロディット族」、ヴォルテール『カンディード』の「エルドラード」、ルソー『新エロイーズ』の「クララン共同体」、ディドロ『ブーガンヴィル航海記補遺』、セバスチャン＝メルシエ『西暦二四四〇年』などの文学的表現に多かれ少なかれ反響し、たがいに微妙に共鳴しあっている。レチフも例外ではない。

彼は実に、少なくとも二〇篇の作品で改革思想ないしユートピアについて言及しているからである。(1)

レチフのユートピアについて具体的、包括的に評価した最初の研究は、アンドレ・リシュタンベルジェの『十八世紀社会主義』(一八九五年)である。(2)著者はこの学位論文の第七章「ルソーの弟子たち」で、約一五ページにわたってレチフのユートピアを詳細に検討している。リシュタンベルジェは、『堕落百姓』末尾に付せられた「ウーダン共同体法規」、『父親学校』、『当世女』の一挿話「二〇人の仲間の二人の妻」、『南半球の発見』、『アンドログラフ』、『テスモグラフ』の六篇を順次、紹介し批評を加えているが、これは一九世紀末に二〇代の青年によって書かれたとは信じがたいほどの仕事である。リシュタンベルジェはレチフのユートピアをルソーの思想の枠内で捉え、また大革命以後のレチフの思想の変化の軌跡を同書の性質上、対象から外しているものの、レチフのテクストそのものの吟味に支えられたその価値は今日もまだ失われていない。著者はレチフが注目される理由の三つ目に、「あらゆる点から見て先駆者であること」を挙げている。「レチフは腐敗解体の作家と言われたが、間違いもはなはだしい。むしろ始源に位置する作家である。〔……〕一九世紀初頭の宇宙発生理論や或る意味ではダーウィンの先駆者であり、多くの社会的・政治的改革の先駆者であり、そして何よりも近代の社会主義者の先駆者である」。(3)日本語版の訳註七八および一二一では、レチフとフーリエの宇宙発生論の類似をめぐって、『ムッシュー・ニコラ』の最後を構成する「ムッシュー・ニコラの哲学」と『万有統一理論』とのそれぞれの一節が対比的に引用され、両者が「ともに宇宙を一つの生きものと考えており、宇宙の発生を生殖によって説明している」(4)こと、また原初に多様であった人間の種が徐々に進化(退化)して現在の人間になったという一種の進化論も両者に共通していることが指摘されている。原著を補って余りある訳註といえよう。

リシュタンベルジェは、レチフの社会理論や宇宙発生論がとくにフーリエのそれとの類似性に注目されながらも、今日（一九世紀末）まで高い評価が与えられなかった理由を二つ挙げている。それは第一に、レチフには革命前にすら民衆への不信がうかがえることであり、第二にレチフの思想にはほぼ例外なしに君主制とカトリシスムが温存されていることである、という。これらの理由を、民衆の統治能力への不信と族長性と言いかえるなら、リシュタンベルジェの指摘は反転して重要な意味を帯びてくる。というのも、レチフのユートピアにあっては、とくに族長主義《パトリアルカリスム》は社会的ヒエラルキーの厳格な保持、女性の社会的地位の軽視などとともに不可欠の要素を構成しているからであり、逆説的に言えば、それらのいわば封建的外被をレチフがそのユートピア思想に必要とした理由を探るとき、はじめてその近代的な性格も明らかになるからである。しかし、実を言えば、レチフのユートピア思想におけるこの「封建的外被」の意味するものがリシュタンベルジェの問題提起以後、系統的に解明されたのはごく近年になってからで、ピエール・サージュの『フランス文学における善良な聖職者』や、とりわけデヴィッド・カワードの『レチフのユートピスム』などをまたなければならなかった(5)。

たとえば、『ユートピアとユートピアの諸相』の著者レーモン・リュイエは、レチフが二〇世紀の偉大なユートピアの真の先駆者であることを認めながらも、『アンドログラフ』に言及するとき、レチフの「封建的外被」に当惑するかのように立ち止まっている。「この改革（案）はきわめて大胆であると同時に、奇妙にも保守的であり反動的である。そのことによってレチフは、プルードンを思わせる。ちなみに、プルードンはレチフから着想を得ているのである。レチフはカトリックで、君主制支持者でもある。彼はアンチ・フェミニストである」[6]。あるいは、レーモン・トルーソンは、「ロマン派的イリュミニスムを予告する」宇宙発生論を、気まぐれな空想として評価を避け、むしろ「ウーダン共同体法規」と「二十人の仲間の二人の妻」にレチフのユートピア思想を限定して、「おそらくレチフこそは、少なくともこれらの小ユートピアにおいて、ほぼ社会的な土台にのみ基づいて構築する唯一の人であろう」と結論づける。言いかえれば、「彼とともに、民衆は抽象的実体とは異なった仕方で、ユートピアに入り込んでくる。ここには、一九世紀の社会主義的ユートピアにはじめて認められるような、新しい日常的レアリスムへの配慮がある」[7]というのである。トルーソンはレチフのユートピアの道徳性を批判しながら、一方でそれの「封建的外被」については故意に言及を避けている。

ユートピアの中の非ユートピア

そもそも主人公のヴィクトランが人工翼を利用して峻険山に最初のユートピアを築いたとき、ラカリエールが指摘しているように、もろもろの必要な人間や家畜や必需品とともに、はたして彼は自らの偏見をも山頂に運び込んだのではないか。[8]『南半球の発見』におけるユートピアの中の非（反）ユートピア的要素はまず、リシュタンベルジェが指摘するように、民衆に対する不信であり、第二に、君主制というよりは濃厚な家長的もしくは族長的ヒエラルキーであろう。レチフのユートピア小説では、飛行手段がたんにユートピアの発見に利用されているだけではなく、ユートピアの建設そのものに役立てられていることが、他のユートピア作品と区別される点であるが、まさにその飛行手段＝人工翼が、一方において、民衆不信の象徴として最後まで存続するのである。主人公ヴィクトランは人工翼を発明し、恋人をはじめ必要な人間を次々に山頂に運び、能力に応じた仕事を課し、娯楽の機会を与え、結婚させ、幸福にする。つまり、「市民は法によって利益を保証されるが、その法を拒む権利を持たない[9]」のである。作者レチフは、ユートピアの契約から選択の要素を除外する。法は、直接の利害関係を持たない第三者の手で与えられるのでもなければ、全員の意志の一致によって採択されるのでもない。開明専制君主ヴィクトランは彼の人民に共同体生活を押しつけ、幸福を強いるのである。「彼は命令し、強制し、その結果、この友愛の新世界の住民は幸福を知る。そしてこの幸福こそ、族長的専制君主への彼ら住民の自由の移譲を完全に正当化する[10]」。説得によらず強制によって押しつけられる幸福な共同体社会のその強制力は、人工翼によって保証される。つまり、人工翼によってヴィクトランはいわば超人となり、他者への支配力と優越性を獲得する。したがって、人工翼はたんにユートピア建設の手段であるばかりでなく、権力の道具ともなっている。徳高く、博愛精神に富んだヴィクトランとその家族も、クリスチーヌ島の共同社会の平等が飛行術を共有するところまで徹底することは容認できない。人工翼の管理と使用がもっぱらヴィクトランとその家族にのみ委ねられる事実は、君主制の廃止が宣言される最後の法令においてすら、次のように明記される。

「君主はもはや存在しないであろう。われわれ王および女王は、本勅書によって主権を放棄し、社会にこれを返還するものとする。われわれは社会が、選挙された為政官により将来にわたって統治されることを希望する。しかしながら、全国民に承認された基本法によって、われわれの血族である王子らが人工翼を装備しうる特権的、世襲的権利を依然として保持し、この権利を行使することを妨げられないものとする。ただし、この世襲に基づく権利を国家のために使用することを王子らに命ずる。王子らのうちこの権利を濫用して前記国家を裏切る者は、死刑に処せられるものとする」（第一六条）。ラカリエールはこの点について次のように説明している。もし幸福のための改革をさらに徹底して推し進めようとする臣下が出現して、この対蹠地の中に反クリスチーヌ島を築こうとすれば、どうなるか。ヴィクトランたちはそう考えたにちがいない。「然り。――ユートピアのみならず若干の歴史上の舞台においても――われわれのために考え、また生き始めるだれかがいなければ、幸福はありえない。強いられる幸福の鉄の首輪がなければ、幸福はありえない。言いかえれば、城壁、牢獄、鉄条網、幸福による再教育キャンプがないかぎり、幸福はありえないのである。このことをレチフは教えている。不幸にして、われわれはすでにこのことを知っていた」[11]。ラカリエールの文章は、ヴィクトランの行為を、権力の座についた人間の権力維持への執着の観点から説明しようとしているように思われる。

これに対してカワードは、一七八〇年当時のレチフの孤立した精神状態に注目する。レチフの改革熱《レフォルモマニー》は根強かったが、彼の改革案はしばしばエゴイスムの立場にある者たちから反撃をこうむってきた。しかも大衆は無関心であった。一七八〇年頃、王国検閲官でありレチフの親友でもあったピダンサ・ド・メロベールの突然の自殺は、彼を意気阻喪させる。一方、四五歳でコケットな小娘サラ・ドベに最後の恋をしたレチフは、小娘とその母に手玉にとられて憔悴する。彼には、これから生きる時間よりはすでに生きてきた生をたどり直す歳月のほうが多い。大衆の無関心は彼の目には敵意と映る。出版業者にたぶらかされ、ジャーナリズムの攻撃を受けた彼は、ごく身近な者たちだけを友人と考え、通りで出会う見知らぬ人々の中に自分を迫害する同数の敵を見出す。彼の楽天主義は消え、人間は自らすすんで変わることがないと結論するにいたる。彼は悲観的解決策を採用し、人間は幸福であるべく強いられなければならないと考える。──カワードは、『南半球の発見』執筆当時のレチフの精神状態をこのように説明している。(12) ラカリエールは作品に即して現代の政治的寓意を読み取り、カワードは精神的に孤立した作者のペシミスムを見ていることになる。いずれにせよ、権力維持の手段としての人工翼を特権的に保持しようとすることが、民衆不信を表していると考えられなくもない。

もとより、民衆不信はレチフにのみ見られる態度ではなく、むしろ一八世紀の哲学者《フィロゾフ》たちにも、多かれ少なかれ認められる現象である。開明専制君主へのフィロゾフの幻想、大革命期におけるジャコバン独裁などは、民衆への不信、より正確には民衆の統治能力への不信の裏返しであったと考えられる。けれども、レチフの場合を、このような一八世紀のフィロゾフに共通した態度一般に還元することもできない。というのも、それは、レチフのユートピアにおける隠れた常数とでもいうべき族長政治と密接に関連していると思われるからである。『南半球の発見』に描かれている四つのユートピアの中の最後には、財産共同体の設立や君主制の廃止とともに、法令の第一五条で長老政治が法文化されている(これは、三つ目のユートピアであるメガパタゴニーの社会に触発されて採用されたものである)。法令では、四〇歳未満とそれ以上とに分けられ、年少者は年長者に服従し、年長者を敬わなければならない。行政に参加し主権を行使できるのは四〇歳以上の男性に限られ、四〇歳未満の者は国の保護下に置かれる。四〇歳から七〇歳まで、地位と顕職が段階的に定められ、七〇歳に達すると国の司祭となって、万物の源である至高存在に国の敬意を捧げる役目を引き受ける。レチフは『ムッシュー・ニコラの哲学』のなかでさまざまな統治形態の比較を試み、その一つに家長政治《パテルナリスム》を挙げ、さらに緩和された家長政治として元老政治《セナチムス》あるいは長老政治《ヴィエイアルディスム》を挙げている。(13)『南半球の発見』の最後に法令化された統治形態は、緩和された家長政治としての長老政治であるといってよい。そこで、『南半球の発見』の翌年に発表された『アンドログラフ』にいたるまでのレチフのユートピア作品ないし挿話を、カワードに拠りながらたどり、その常数を一瞥してみる。

レチフのユートピアの常数

レチフの処女作『有徳な家庭』は、すでにユートピア的な傾向の挿話を含んでいる。それはカリフォルニア移住と植民の挿話である。主人公リースは血気盛んな青年時代を過ごしたあと、結婚して身を落ち着け、よき父親、よき領主の手本となって一種の共同体を築く。彼とともに、横暴な両親や非情な恋人の犠牲となった二〇〇人の少女たちがフランスを去ってカリフォルニアに移住し、共同生活を営んで知識を学び、才能を磨いてそれぞれにふさわしい幸福な結婚をする。このカリフォルニア移住の挿話には、レチフの後のユートピア作品に共通する価値（有用性、社会的美徳、家族など）が含まれ、それらの価値が尺度となって、責任と栄誉のヒエラルキーが生み出される。さらに、作者自身の父親や故郷の村の司祭がモデルとされるなど、作者の過去の影を理想化する傾向がすでにうかがわれる。この挿話はユートピア的であるとともに、多分に異国趣味の色合いが強い。作中人物はいずれも文明社会の悪習を免れ、自然の健全な道徳を実践する。レチフはプリミティヴィスムに惹かれているといえよう。

『女性の三態』も、移住生活を扱っている[14]。主人公コルテは一二の家族を率いてフランスを去る。カナダに着くと、一五〇人の奴隷を買い取り、各家族に分配する。家族はまたそれぞれに土地を受け取り、白人は黒人奴隷とともに耕作に没頭する。対等に扱われる黒人と寛大な白人とのあいだには、やがて友愛が生まれる。「この黒人たちを私たちと同じような植民者、つまり自由な農夫にし、彼らに耕作可能な土地を分配し、この私は使用料だけで満足すること、それが私の変わらぬ計画だった」と、コルテは語る。「こうして、新世界の片隅におごそかな質朴さとともに、家長的習俗が再生する」。レチフがこの作品で、奴隷問題に解決法を提示し、真の植民政策を示そうとしていることは明らかである。異国趣味、反奴隷制、スペイン人やフランス人による植民地争奪（パラグアイなど）への反論といったようなテーマは当時の流行であったが、レチフはたんに流行に便乗するのではなく、これを彼のユートピアの基本的テーマとしていく。こうして、一群の奴隷が植民者と合流し、友愛と神聖な労働に基づく質朴な社会が形成される。そこでは、開明的指導者の手で公正に分配される小土地が平等を保証する。家長主義《パテルナリスム》の雰囲気のもとで、平等、農本、質朴、小土地所有の原則に基づく共同体が実現する。明らかに、権力のヒエラルキー、権威、私的所有はレチフのユートピアから排除されていないのである。

レチフの出世作『堕落百姓』の最後で、都会の危険から主人公の家族を守るために設立されるウーダン村は、小スパルタの様相を呈している。左右に対をなす四本の通りの周囲に一〇〇戸の家を建築する計画が、S村（レチフの生地サシ村）に隣接する農地に用意される。そこには教会と村民共有の建物――大食堂、穀物倉、かまど、馬屋などがある。司祭と教師は村民全員の同意によって任命され、各家族の年長者は「共通の父親《ペール・コマン》」と呼ばれる。村の地所は、一戸当たり一区画の割合で、平等な一〇〇の区画の土地からなっている。おのおのの家の仕事は家長が責任を負い、食事は共同、収穫は村有の穀物倉に納められ、家畜も村の共有とされる。こうして、一日たりとも無為に過ごされる日はない。家庭裁判所はたまに持ち上がる係争の決まりをつける。一年ごとに決められる二人の監督官は耕作の状態に注意を払い、家畜の安全に気を配る。勤勉な者には褒賞が与えられ、子供は、財産、教育に関して平等な権利を持つ。教育は共同で、かつ実用に即して行なわれ、教育計画にはビュフォンの博物学や農耕理論や天文学が記載されている。娯楽は質朴で無邪気なものである。生産物の売り上げから得られる利益は、村民全員の財産として利用される。

このように、「ウーダン共同体」によって植民と家族のテーマが合流してユートピアを形成し、さらにこの二つの原理はノスタルジーという第三の原理によって強化される。というのも、村の指導者はレチフの父に似た徳を備え、司祭と教師もサシ村の司祭フードリアと教師ベルチエをモデルとしているからである。これ以後、共同の食事、揃《そろ》いの衣服、実用教育、質朴な娯楽、農業経済、親切な家族主義、たがいに知り合っている人々のあいだの真の友愛などといったレチフのユートピアの情景は、もはやほとんど変わらない。「ウーダン共同体」以後、「レチフにとって、ユートピアは固定的な顔を持つ。それはにこやかな、親しげな、親密な顔である。〔……〕彼は、さまざまなあらゆる共同体のなかで、自らの過去を改作する。したがって、レチフのユートピアは、彼が未来に住み込ませる抽象物ではなくなる。それは、哀惜と憧憬が混じる非現実的時間への、美化された過去の一括移送である。ユートピスト・レチフは失われた時を求めていく[15]」。

こうして、レチフのユートピアにはウーダン＝サシ村のイメージが固定化される。その典型的な例が『父親学校』に見出される。この作品で、S伯爵は領地内での狩猟を認め、農民を啓発し、彼らに軽い気晴らしを与えることを務めと考える善良な領主として登場する。伯爵が設立する「有益な居留地《エタブリスマン》は、おのおのの村を一個の家族としている。すべての仕事は配分され、……子供たちは遊び、若者は学び、壮年は労働する」[16]。したがって、レチフはここで、おびただしい数のウーダン風の村を夢見ていることになる。伯爵は一〇〇組の農民を結婚させ、彼らを領地内に居住させて一〇のグループに分割する。そして、それぞれのグループがいわば一つの家庭のようなものをつくる。子供たちは共同のものと見なされ、一切の仕事が共同で行なわれる。ここまではウーダンの場合に似ている。だが、レチフはさらに事態を進める。一〇世帯からなるそれぞれの共同体は、一〇〇家族とそのすべての分家とを結合する「総合共同体」の一部となる。総指揮者《シェフ・ジェネラル》は行政当局と教会とに対して、分割された集団の仕事について責任を負う。二人の巡察官は、善行を奨励し怠惰を非難して、健全な道徳に注意を払うとともに、共同体の利益の平等な分配を保証する。不毛の土地のせいで不利益をこうむるグループがあれば、他のグループが援助し、繁栄が全体のものになるように配慮される。伯爵の領地内の農民は、いつの日にかこの幸福な居留地に吸収されるであろうと予想される。大規模化される日にそなえて、S（サシ）村はすべての共同体の全組織網の主要地として想定され、必要な技芸や科学について特別の能力を持つすべての人々は、彼らの村を去ってサシ村へと赴く。こうして、サシ村はいまや行政と知性の中心となる。都市と村との均衡は巧みに配慮されるから、労働は当然のことながらいたるところで継続され、しかも過重な負担とはならない。

『父親学校』のこの挿話は、「理想化された都市の描写ではなく、集団化された一地方全体の描写であり、そのうえ、レチフは計画としてこれを語っているのではなく、すでに実現された事態として語っている。時間は永遠の現在なのである」[17]。

レチフは一種の連邦主義哲学を採用することによって、小規模の農村共同体を、際限のない組織体に肥大化させていく。その場合、共同体を支える平等、友愛、尊敬などといった原理によって損われることなく、家族観念は執拗に存続する。したがって、ウーダン共同体は無限に再生産可能な農村の細胞組織を表していることになる。この点で、レチフの政治は彼の科学と合流する。レチフの村は自然界の個体の分子に似ているのである。立法者は自然と同様に、もろもろの原子を集めて賢明な組み合わせを作りさえすればよい。レチフは社会のなかに組織体《オルガニザシオン》を見るばかりでなく、生物の有機体《オルガニスム》をも見ているといえる。生気論がユートピアのなかに入り込んでいることになる。社会の細胞組織は生物学的作用と同次元で捉えられ、際限なく増殖させられる。検閲官にお百度まいりしてようやく『父親学校』を出版した一七七六年、カワードの言葉を借りれば、レチフはブルゴーニュの一角をサシ村化（Sacifier）していたといえよう。彼は自らの科学的原理によって、いつの日にかフランス全土を、世界中を、いや宇宙さえをもサシ村化できると信じていたのである。

レチフの改革案のなかで、もっとも詳細かつ包括的な作品は『アンドログラフ』である。彼は「今日の風俗は根本的に汚染されているために、こまごました救済手段や部分的な改革を講じようとすることは時間のむだであり、何もしないことである」と考え、「悪への一時しのぎの策でなく、絶対的な改革を」[18] 提示しようとする。彼はこの作品によって、指針とすべき道を模索していた新生アメリカ合衆国に合図を送るつもりでもあった。レチフは、万人によって同意された万人の法を想像する。だが、その法によって実現される理想社会は、きわめてニュアンスに富む平等社会である。というのも、そこでは政治的従属関係を土台として市民的平等が確立されるからである。農村では、農地均分法が公正に通用され、勤勉な家は小土地の耕作権を保証され、ウーダン共同体のようなものが組織される。都市では、同業者組合を細胞として経済活動が行なわれる。各同業者組合は生産者に一次原料を供給し、製造された生産物を倉庫に運び、それを、顧客つまり他の同業者組合員に分配する。たとえば、パン屋は同業者組合から提供された粉でパンを作り、作られたパンは管理所を通じて他の同業者組合に分配されるが、分配を受けた同業者組合はそれと交換に、パン製造組合の需要に応じて長靴や葡萄酒を供給する、といった具合である。こうして、レチフは小売り制度と貨幣制度を廃止し、生産と分配の手段を共同化する。すべての人々が知力に応じて働き、必要に応じて消費するのである。

しかし、このような経済生活における市民的平等は、明確なヒエラルキーを持つ権力機構に支えられている。それは、賢明な長老で構成された元老院を頂点とするヒエラルキーである。行政的には、日常の事柄についてオートノミーを持つ各共同体が連邦化され、村は主要都市に結びつけられ、主要都市は地方の各首都の、各首都はパリの管轄下に置かれる。レチフは市民的自由については多くを語らない。反対に、権威の鉄鎖への服従にこそ幸福が存在すると説く。こういった小土地を所有する農民と職人の世界には、もはや貴族も労働者も存在しない。活力、神聖な労働、能力、秩序への服従などというブルジョワ的価値が一般化され、それらの価値が家長的状態の土台を形づくる。小規模な村から同業者組合あるいは国にいたるまで、すべては家族と化してしまうのだ。市民意識《シヴィスム》は二義的な本能でしかない。

このように、レチフのユートピアをたどりなおすと、彼に固有ないくつかの特徴が明らかになる。一方においては、植民地のテーマ（公正な植民政策によって、植民者と原住民あるいは奴隷とのあいだに友愛関係が樹立されるなど）、市民的平等すなわち小土地所有の原則に基づく共同体、しかも生産と分配を共同化し、公共の穀物倉をそなえているような平等社会であり、他方においては、平等社会を指導する開明的立法者の存在、権力のヒエラルキーを支える家長主義《パテルナリスム》と族長政治《パトリアルカリスム》、それゆえに父権社会（ユートピア的な女性とは、妻と母親という二つの役割を果たせる女性であり、結婚生活すなわち家庭の枠外でなんらかの生活を営むことは女性には認められず、家庭内では女性は男性に従属する）、共同社会に色濃く影を落としているレチフ自身の過去へのノスタルジー、そのようなノスタルジーに基づいて世界をサシ村化しようとする努力――である。前者を同時代のユートピアと共有する表の顔だとするならば、後者はレチフのユートピアに固有の裏の顔と言ってもよい。二つの顔を持つ奇妙なユートピア。

自己の存在拡張の試み

家長主義と族長政治にもとづくヒエラルキー化された父権社会は、自然の法則によって正当化される。レチフの共同社会は、彼の細胞理論と完全に合致する幾何学的な構造をそなえている。レチフによれば、自然界の一切のものは、生命の原理である中心をめぐる生きた部分の集合であり、全体は一個の「渦《トゥールビヨン》」を構成する。太陽の中の太陽である神に依存する無数の連続的太陽系からなる宇宙をモデルとして、個々の渦は多数の中心を持ち、それらの中心はすべて完璧に連鎖している。地球は、一つの中心をなすわれわれの太陽の周りを回転している。その太陽と惑星はいっそう完全な第二の太陽の周りを回転し、その第二の太陽は第三の太陽の軌道運動をする、といった具合につづく。地球は無数の中間的中心の干渉にもかかわらず、直接、宇宙の原理に参画する。レチフは、ニュートン力学の引力理論に代置するかのように円環性《シルキュラリテ》の理論あるいは螺旋性《スピラリテ》の理論を政治に適用しようとする。それというのもレチフは、社会の有機体は自然の構造に従うべきだと考えていたからである。

したがって、市民は国に対して地球の役割を演じる「渦」にほかならない。市民は、段階的中心である監督官、青年、壮年、長老に順を追って従属し、それらの段階的中心を通じて市民的原理である最終的中心に結びつけられる。行政的には、市民は村、地区、郡、地方などといった「渦」の中心の周りに参画し、最終的には国という中心のなかの中心に参画する。段階的な同業者組合はもう一つの中心体系を表し、その中心体系が市民を経済原理に結びつける。要するに、活力ある天体はヒエラルキーの連鎖のなかで調和をもって配置された衛星であり、そのヒエラルキーの連鎖が、個人を社会の原理そのものとじかに関係させるのである。カワードは、このようなレチフの哲学を「信仰者の唯物論《マテリアリスム・クロワイアン》」と形容しているが、これはすでに幾何学的ないしは合理主義的精神を超越し、神秘主義の領域へ入り込んでいるといってよい。

ディドロは『百科全書』の「折衷主義《エクレクティスム》」の項の冒頭にこう書いている。「折衷主義者とは、次のような哲学者のことである。すなわち偏見、伝統、古さ、普遍的合意、権威、つまりひとくちに言って、多くの精神を抑え込んでいるあらゆるものを踏みにじることによって、自分自身で考え、もっとも明白な一般的原理に立ち返ってそれを検討し議論し、また、自分の体験と理性の警告にもとづくもの以外は認めない、といったようなことを敢行する者のことである。そしてまた、彼は、特別の顧慮や不公正さもなく分析したあらゆる哲学から、一つの個人的な、また自家用の、自分のものである哲学をあえてつくるのである」[19]（傍点筆者）。

レチフのユートピア思想は、ディドロの語る折衷主義といってよいかもしれない。それは、ディドロが「折衷主義という一見曖昧な語感を〔……〕むしろ利用し、《哲学者》たちの尖鋭な批判主義擁護のための一種隠れ蓑の効果をあげている」[20]とすれば、レチフは折衷主義を、自らの記憶にあるバス＝ブルゴーニュの過去の幸福な生活の情景を正当化するための一種の隠れみのとして利用した、という意味においてである。テスチュはレチフの折衷主義的所説に、ド・マイエの『テリアメド』における変移説、ロックの感覚論的心理学、ビュフォンのたとえば『ビーバーの歴史』、ブーリエ『動物の霊魂に関する自然学的理論』、ドラシャンブル『動物認識論』などのほかに、キャプテン・クック『航海記』、ルコント師『シナ回想記』、ピエール・コルブ『喜望峰活写』、コルネイユ・ル・ブリュアン『エジプト旅行記』などが参照されたと指摘している（もっともこれは、『南半球の発見』執筆のために一七七九年から八〇年にかけて読まれたものに限られている）[21]が、『南半球の発見』の最後の挿話にはヴォルテール流の宗教的寛容思想も認められる。もちろん、レチフの折衷主義の対象にはルソーをも数えなければならない。ルソーのユートピア思想は、レチフがその折衷主義を形成するにあたって参照したものの一つ、重要ではあるがもろもろの思想の一つ、と考えるべきであろう。[22]さらにレチフは、彼のユートピアを構築するにあたって、一七七〇年頃からさまざまな共同体のモデルに注目している。たとえば、古代のスパルタ人やアテナイ人、クエーカー教徒、モラヴィア人、オーヴェルニュに残存していた黙契共同体《コミュノテ・テジーブル》、ベネズエラのオレノコ河畔に集団的に居住する土着民のオトマコス人などがそれである。

このように、レチフのユートピアに描かれる共同社会は、さまざまな読書と実在する共同体によって補足され、「信仰者の唯物論」によって武装されてはいるが、族長政治ないし家長主義にもとづく父権社会のヒエラルキーを前提にした「平等社会」を常数としている。そしてその常数は、『ムッシュー・ニコラ』や、とりわけ伝記小説『父の生涯』第四部に描かれているような、レチフ自身の過去のノスタルジーにほかならない。[23]『南半球の発見』の、フランス・アデル版の編者ラカリエールは、その「序文」の中で、この作品に描かれている峻険山とクリスチーヌ島の二つの楽園を読むと、作者レチフが少年時代に未耕の自然を前にして感動を味わったときの正確な場所を思わずにいられないと述べている[24](ラカリエールはレチフと同郷の人である)。さらに、主人公ヴィクトランには、レチフ自身と、『父の生涯』の有徳な農夫エドムとの面影が色濃く映し出されている。レチフのユートピアにとって「一つの個人的な、また自家用の、自分のものである哲学」は、ノスタルジーに依拠している以上、二つの顔を持たざるをえないのである。レチフは、ユートピアを非現実的な時間に位置づけるために想像力を用いる。それはどこにもない場所であると同時に、彼の心に実在するある場所、つまり過去なのである。人間の束の間の生、自我のもろさについて意識していたレチフにとって、共同社会のテーマは、彼自身の存在が束の間の生の片隅に刻印されることを拒否しようとする欲求に対応している。[25] レチフのユートピアを、死すべき人間の条件に逆らってなされた自己の存在拡張の試み(世界と宇宙のサシ村化のような)と理解するとき、それはきわめてエゴサントリックな意味を帯び、封建的外被をバネとした強烈な近代的自我意識の光芒を放ち始める。

(1) デヴィッド・カワードの論文(後出)に若干の補足を加え、出版年次順に並べると、つぎのようになる。
(1) *La Famille vertueuse*, 1767, II 38-40; 219-38; IV 82-132; 135-6; 293-4; 330-67. (Les Pretty-Girls, épisode californien.) (2) *Le Mimographe*, 1770. (3) *Le Nouvel Emile*, 1770-6; I 41-2; 454-76; 472-4 (*L'Ecole des pères*, I 41-2; IV 454-76.) (4) *Les Femmes dans les Trois Etats*, 1773, III 124-8; 146-7. (5) *Le Paysan perverti*, 1775, Le Bourg d'Oudun. (6) *Le Pornographe*, 1776. (7) *Les Gynographes*, 1777. (8) *Le Nouvel Abeilard*, 1778, V 335-407. (9) *Les Contemporaines*,

1780-85, 2e *Contemporaines, les Vingt Epouses des vingt associés.* (10) *La Découverte australe*, 1781. (11) *L'Andrographe*, 1782. (12) *Les Veillées du Marais*, 1785, I 144以下; II 429-82. (13) *L'An Deux Mille*, 1788, (14) *Les Nuits de Paris*, 1778, 1790, 1794. (15) *Le Plus fort des pamphlets, L'Ordre des Paysans aux Etats généraux*, 1789(fév.). (16) *Le Tesmographe*, 1789. (17) *L'Année des Dames nationales*, 1791-94. 2258-59. (18) *La Philosophie de Monsieur Nicolas*, 1796. (19) *Les Posthumes*, 1802, III 97-8. (20) *L'Enclos et les Oiseaux.*

（2） André Lichtenberger: *Le socialisme au 18e siècle*, 1895.（日本語版、野沢協訳『十八世紀社会主義』法政大学出版局、一九八一年、一七九－九〇ページ）。

（3） 同上日本語版、一七九ページ。

（4） 同上日本語版、五二三ページ。

（5） Pierre Sage, *Le «Bon Prétre» dans la littérature française, d'Amadis de Gaule au Génie du christianisme*, Droz, 1951, p. 344-60; David Coward, *L'utopisme de Restif,* Actes du colloque international, modèles et moyens de la Réflexion politique au XVIIIe siècle, 1973, t. 2.

（6） Raymond Ruyer, *L'utopie et les utopies*, P.U.F., 1950, p. 203-05.

（7） Raymond Trousson: *Voyages aux pays de nulle part*, Ed. de I'Université de Bruxelles, 1975, p. 155-60.

（8） Jacques Lacarrière, op. cit., p. 16.

（9） David Coward, op. cit., p.123.

（10） Ibid., p.123-24.

（11） Jacques Lacarrière, op. cit., p. 19.

（12） David Coward, op. cit., p. 124-25.

（13） *La Philosophie de Monsieur Nicolas*, Ed. J.-J. Pauvert, VI 254-57.

（14） *Les Femme dans les Trois Etats*, III 124-28.（D・カワードによる）

（15） David Coward, op. cit., p. 118-19.

（16） *L'Ecole des Pères*, I 41-42.

（17）David Coward, op. cit., p. 120.

（18）*L'Andrographe*, p. 11-3.

（19）『ディドロ著作集』（小場瀬卓三・平岡昇監修）、法政大学出版局、一九八〇年、第二巻、七ページ、大友浩訳。

（20）同上、平岡昇「監修者のことば」IVページ。

（21）Pierre Testud, op. cit., p. 214-15.

（22）たとえば、ポール・ヴェルニエールは『南半球の発見』（スラトキン版）への「序文」で、レチフのユートピアをルソーの思想系譜において捉えているように思われる。しかし、従来行なわれてきたこのような捉え方には、再検討の余地があろう。Paul Vernière, *la Présentation à la Découverte australe*, texte intégral, Slatkine Reprints, 1979.

（23）筆者は以前に『父の生涯』について、このような観点からささやかな検討を試みたことがある（雑誌『銅鑼』二七号、拙論「『父の生涯』とアリアドネの糸」、一九七四年）。なお、最近、レチフのこの伝記小説について歴史学の立場から発表された論文は、貴重な示唆に富むきわめて注目すべき論考であろう（雑誌『社会史研究』第三号、一九八三年、二宮宏之「ある農村家族の肖像」）。

（24）Jacques Lacarrière, op. cit., p. 10-1.

（25）Pierre Testud, op. cit., p. 438-39; p. 441.

8

内蔵された二つの語り（1）

レチフのユートピア作品の第一作『ポルノグラフ、または売春論』には、一見するとたがいに係わりのない二つの語りが含まれている。遊蕩児であった主人公ダルザンの恋物語と、同じ主人公が提示して見せる売春論とがそれである。一つの作品に内蔵された二つの語りはどのように関係しあって、作品全体の統一を保証しているのか、それがこの作品を一読した読者に浮かび上がる当然の疑問であるにちがいない。たしかに、主人公の恋物語は、作品の本体である売春論を読みやすくするため作者が添えた香辛料、苦い良薬を幼児に飲ませるときにコップの縁に塗る甘い蜜と考えることもできる。しかし、実は二つの語りにはそれぞれの展開がうかがわれ、しかもそれらがたがいに支え合い、一つの新しい地平を照射し合っているのである。二つの語りがたどる道程は、いずれも自己否定による新たな段階への昇華とでも要約することができる。

1

二つの語りの並行を可能にしているのは、作品が書簡体形式で構成されているためである。ダルザンとティアンジュは親しい間柄の貴族青年であるが、新婚早々にティアンジュは愛妻をパリに残してポワチエの町へ出向いている。彼の旅の目的は不幸な孤児たちを救済する慈善活動であったことが、やがて明らかになる。一方、従来とかく素行について芳しくない噂の絶えなかったダルザンは、親友の不在の間、夫人の無聊《ぶりよう》を慰めながらポワチエに手紙を書く。時期は、一七六〇年代の四月から六月までの約二カ月間と設定されている。作品を構成する手紙は、ダルザンがポワチエ滞在のティアンジュに宛てた八通が主たるものだが、ティアンジュからダルザンへの返信を除き、ティアンジュ夫人から夫へ宛てた手紙とダルザンの叔父からティアンジュへ宛てた手紙を加えると、全篇一一通の手紙のうち、一〇通が徳高いティアンジュに宛てて書かれていることになる。要するに、八通のダルザンの手紙を軸に二つの語りがからみ合いながら展開されてゆく。聞き手は徳高い青年貴族ティアンジュである。

ティアンジュ夫妻は社会の恥部である売春と対極にあって、たぐい稀な夫婦の貞節を表象する理想の人物として描かれる。「お上品な昨今の風俗は、世の夫たちの名誉をひどく傷つける。われわれは偏見の足かせを払いのけてしまったから、夫婦の貞節なんてわれわれの祖母のころの美徳ではもはやなくなってしまった。それがしきたりだからというので、だれもがまるで新年のあいさつでもするように結婚する。しかし実際には、昔よりたがいに愛着をおぼえているかというと、そうではないと言ってよい。

これ以上に都合のよいこともないものだ。世の中は楽に渡れるようになった、と認めないわけにいかない。半世紀後には、……そう、半世紀も経てば、さぞかし奇妙な光景が眺められることだろう！……美しいアデライドと君は、そんなふうには結婚しなかった」（第二の手紙）。

「人間が大勢集まると、それに比例してますます富は不平等になり、必然の結果として或る者たちの間では風俗はいっそうだらけ、軟弱化し、無軌道になり、他の者たちの間では下劣かつ卑屈になって、いっそうたやすく堕落させられるようになる」（第二の手紙）。そうした時代にあって、ティアンジュ夫妻は理想の夫婦像を表している。作中で手紙の受取人が、一通を除いてティアンジュに集中していることは理由のないことではない。ダルザンからティアンジュへ宛てて書かれる八通の手紙は、悔悛した遊蕩児がほとんどありうべからざる理想の夫婦像へ昇華しようとする願望の運動なのである。

一方、ダルザンの所業がふしだらであったことは、まずティアンジュ夫人が夫に書き送る手紙で暗示される。「……ええ、あの方にはすこぶる満足していますわ。私の生徒は試練にみごとに耐えていますもの。あの方の心の中で、悪行の習慣に対して信義が勝ちを占めたのです」（第一の手紙）。ティアンジュは孤児たちのもめごとを解決し、彼らの権利を守る慈善活動のためにポワチエへ発つ折、ただ一人の社交の相手としてダルザンを妻に勧めておいた。それは、過去に悪行の習慣があったとはいえ、いまは悔悛している親友への信頼から出た行為であると同時に、行く行くは妻の妹ユルシュールをダルザンと結婚させる計らいがあったからでもあった。そんな事情から、夫人はポワチエにいるティアンジュにダルザンの素行をもれなく報告する。「当初こそふしだらな所業がありましたが、それが招いた不都合な結果には嫌気がさしたのでしょう。少なくとも、ああいった素行があの方をおびえさせたことは確かですわ」(第一の手紙)。

ダルザンが早くに両親と死別していらい、彼の父親代わりとなったのは叔父のロンジュピエールだった。その叔父もダルザンに結婚話を切り出すとき、甥の過去の素行について釘を刺すことを忘れない。「そう、おまえも二五歳になるな。そろそろ生涯の伴侶を選ぶ時期だ。おまえの年頃では、もううぶではない。世間を知り、避けなければならない悪癖を知り、同じように身につけなければならない社会の徳もわきまえている。うぶな気持ちでどこかの女につかまるだけの愚か者でないと信じている。思慮分別をそなえているから、妻選びには安定した利点を求めずにはいられないと思う」(第九の手紙)。そう言いながら、叔父はダルザンの過去の所業をたしなめる。「結婚するとなれば、変わらぬ約束を取り交わすことになる。その約束は、おまえが方々で経験したたわいもない情事とは似ても似つかぬものだ(叔父はぼくがこれまでねんごろになった愛人の名を長々と列挙し、まったく驚いたことに最後にはD＊＊＊夫人の名を挙げた)。紳士たる者は妻を愛し、妻だけを愛さなければならない」(第九の手紙)。

ダルザンは親友ティアンジュの妻アデライドと会ううちに感化され、アデライドの妹ユルシュールを一目見るなり恋に落ち、過去のふしだらな振る舞いを後悔する。「君が勧めてくれたとおりに、ぼくたちは始終といってもよいほど一緒にいる。ひんぱんに交わす二人の語らいからぼくが得た成果は、この世にはあがめるにふさわしい女性が存在するという事実をついに確信したことだ。真に尊敬すべき女性がいるなんて信じていなかったこのぼくが、そう確信したのだよ。あれはぼくの恥じ入る不当な偏見だったから、君がしたようにぼくも配偶者を選んで、これまでの偏見の償いをしたいと思う」(第二の手紙)。ダルザンは、いまや崇拝するユルシュールが自分に無関心なのではないかという不安に苦しめられる。

そんな思いに打ちひしがれたとき、彼の脳裡によみがえるのはそれまでの遊蕩である。彼はティアンジュに告白する。「ティアンジュ君、ぼくには打つ手がない。いま君があの浮気者で軽薄なダルザンの姿を見たら、女性を崇拝する資格もないくせに女性をあざけり、こきおろし、嘲弄し、軽蔑し、自分が通いつめる娼婦と自分自身のふしだらな暮らしだけにもとづいて女性を判断していたダルザンが、辱めを受け、涙を流しているざまを君が見たら、果たしてどう思うだろう」（第五の手紙）。

ところで、ダルザンの過去は完全に清算されていたわけではなかった。数々の彼の情事のうち最後のものがまだくすぶっていたからである。たしかに、彼は貞節で魅力あるユルシュールと出会っていらい、D＊＊＊夫人とは会ってはいない。しかし、夫人のほうでは相変わらずダルザンに執着し、仮面舞踏会では彼につきまとって離れない。夫人との不幸な情事は次第に彼の心に重くのしかかってくる。「ユルシュールとは週に三度、会っている。ぼくの愛と尊敬は募るばかりだ。ぼくをティアンジュ夫人に近づける幸運がもっと早く訪れていたら、ぼくはなんと多くの過ちを避けられたことだろう！　たとえば、D＊＊＊夫人との不幸な情事をいまも背負い込むようなこともないにちがいない」（第八の手紙）。

ダルザンがユルシュールを知るまでつづけていたD＊＊＊夫人との情事を、もしティアンジュ夫人とその妹（ユルシュール）が知れば事態はどうなるか。いや、そればかりではない。D＊＊＊夫人は、ダルザンが彼女を捨てていまは貞淑なユルシュールに愛を捧げ、結婚を望んでいると知れば、そのままおとなしく引き退るわけがない。ダルザンの不安には根拠があった。D＊＊＊夫人は「急に熱を上げて男に近づいては、同じようにいけ図々しくおさらばする慎みのない女」（第八の手紙）であるから、なんの気遣いも無用だが、娼婦やオペラ座の踊り子よりも危険な女なのである。「途方もなくばかげた中傷をし、無礼きわまる噂話を言い触らすかもしれない」（第八の手紙）。D＊＊＊夫人は、ダルザンが以前には自分のために割いていた時間をいまではユルシュールとティアンジュの館で過ごしていると気づいたら、彼がユルシュールに限りない愛情を誓った後も自分との逢瀬を楽しんだなどと吹聴しかねない女である。そして、事実、ダルザンの不安は的中する。

ダルザンに捨てられたと知ったD＊＊＊夫人は逆上し、ティアンジュ夫人を訪ね、ダルザンから受け取った幾通もの手紙を見せ、最後の手紙の日付が前日のものであることを示す。

叔父ロンジュピエールに付き添われてティアンジュ夫人と会い、ユルシュールとの結婚の取り決めについて話し合うことになっていた当日の朝、ダルザンはティアンジュ夫人から絶縁状を送り付けられる。彼は釈明に夫人のもとへ駆けつけるが、門前払いを食わせられる。ティアンジュ夫人の絶縁状はすこぶる手厳しい。

「私にとってあなたは不可解なお方です。あなたは、ご自分の叔父さまと親友の父を介して、妹ユルシュールの意向を麗々しく探らせておられます。この私に対しては、妹への世にも激しい愛情を表明しておられます。そうしたあらゆる奔走をなさっていながら、その一方では罪深い恥ずべき情事を通じて或る女とねんごろになっておられます。……その女の名を申しましょうか、それはD＊＊＊夫人です。身持ちの悪いくせに、怪しまれると憤慨してみせるような女が相手なのですね。ああ、ダルザンさま！このアデライドは、よもやあなたが二重人格者の悪党で、そのうえ女たらしだとは考えも及ばなかったことでしょう。あなたのことは気弱で、軽薄で、当世風に軟弱化しただけだと思っていましたのに……」（第九の手紙）。

ダルザンがどのような状態に陥ったかは、彼の叔父がティアンジュ宛の手紙で説明する。「そのとき目にした甥の状態は私を驚かせました。彼はすごすごと家に戻るところでした。いましがたティアンジュ夫人に門前払いを食ったからです。甥の目には錯乱状態がはっきりと現れていました。……彼は私の見分けもつきませんでした。私の姿など目に入らなかったのです！　それに加えて、ひどい熱、嗚咽、深い溜め息。そのときの甥の状態はそんな有様です。私も手を貸して彼をベッドに運びました」(第一〇の手紙)。高熱としばしば襲う痙攣のため、医者はダルザンの命を保証できかねると言う。

本篇に内蔵された二つの語りのうち、主人公ダルザンの恋物語をめぐる小説仕立ての語りは以上のようなものである。ダルザンは結局、一命を取り止め、身の潔白を証明してユルシュールとめでたく結婚して終わるが、全体の三分の一ほどの分量を占めるこの物語はもう一つの売春論とどのように係わっているのか。

2

主人公ダルザンが美貌で貞淑な娘に恋をしたことから、過去の不品行を悔い改め、一時は情事の相手の性悪女の策略で苦境に陥りながらも身の潔白を証明し、晴れて結婚にこぎつけるという話自体は、取り立ててなんの変哲もないメロドラマである。しかし、この小説風の語りでは、主人公の過去の不行跡がたえず取り上げられるところに力点が置かれている。ティアンジュ夫人によって語られ、叔父ロンジュピエールによって指摘され、当の本人によって繰り返し反省される過去のふしだらな素行は、いつしか過去にとどまらず今後も犯されるかもしれない過失、特定の人間に限らずとかく青年に認められがちな過失の性質を帯びてくる。

たとえば、ティアンジュ夫人は妹ユルシュールに、ダルザンの愛を確かめるため試練にかけるよう勧める。夫人は、ダルザンが「立派なお人」であることを認める。また、彼に「感じのよい魅力と数々の才能を宿した長所」も認めている。しかし、「ある種の女たちのせいで性格がふやけた殿方も見受けられ」るから、「どんな恋人も疑ってかからなければならない」のである。「あなたの恋人は信義に厚いお人です。でも、……あの方は浮気者だわ」(第六の手紙)。だから、「本心を偽らないまでも本心を隠す賢明な手を用いなければならない」。なぜなら、「あの方の愛情が、結婚に耐えられないような盲目的な愛や束の間の興味でないという、確かなあかしを手に入れたい」からだという。ダルザンの過去の過失は、青年の愛にとかく認められる束の間の興味や気まぐれの証左となっているかのようである。実は、ダルザンの恋物語の語りで執拗に言及される過去の悪所通い、次々に愛人を取り替えて束の間の愛を求める所業は、たんに主人公に特有の素行というよりも青年が陥りやすい素行の一例として描かれている。そして、ダルザンの過去の素行は、作中のもう一つの語りすなわち売春改革論の現実主義的な出発点と照応しているのである。

それにしても、作品冒頭の「刊行者の緒言」も奇異な印象を与える。ダルザンが親友ティアンジュに書き送る売春改革の法規案は、イギリス人ルイス・ムーアなる人物の英文の手稿のフランス語版であると言うのだ。「本書はフランス人によって着想されたものではない。数人のロンドンっ子の目に留まった英文の手稿が、今回の出版に際して底本とされたと推測すべきである。そもそも著者はルイス・ムー

ア と名乗る人物であった」(刊行者の緒言)。

ムーアは裕福で容姿端麗なイギリス青年だった。彼は教養を身につけようと世界を旅する。パリは評判をはるかに超えているように思われた。富裕な人間には天国であったからだ。五年間、彼はパリに滞在するうちに、巨額な収入もいつしか底をつく。出費の四分の三を占めていた愛人の贅沢三昧の暮らしを清算し、気まぐれな女と手を切った。「それから、その犠牲が彼の心にぽっかり残す空虚さを、安上がりで安直な、さまざまな快楽で埋め合わせようと努めた。それが彼の命取りになった」(刊行者の緒言)。彼は性病に苦しめられ、三〇歳で早くも体力が衰え、故国に戻っておのれの過ちを嘆くことになった。自ら享受できるはずもない改革案を物しようと試みたのは、そんな時期だった。

ムーアの改革案には、次のような「まえがき」が添えられている。「私は放蕩者だったが、いまはもはやそうではない。私は人生の半ばに辛うじてさしかかったにすぎないのに、人生の終幕がすでに見える有様である。ごく短い間の快楽の後にやってきたのは、長期の残酷な病だった。私はさまざまな解毒剤や、太陽にもっとも近い惑星の名をもつ強力な無機物や、やぶ医者に頼ってみたが、いかんせん!無駄だった。自分自身のためにはもはや打つ手だてがないと知った私は、ある病状の弊害を減少させる方法について自分の考えを開陳し、他人のために役立とうと決心した。その病状たるや、自然の憤激を買いながら、それでいて根絶不能と分かる代物なのである。なんらかの有用な施設を作り出すことによって害毒をその根源において抑え、遠からず私を黄泉の国へ連れ去る有害な毒からわが国の若い市民を効果的に守れますように! ここに私は表明する、私の考えを実現しようと決断する人士が現れるならば、私財の半分を投じてその事業に寄与するものである、と」(刊行者の緒言)。

要するに、ムーアもダルザンも「放蕩者だったが、いまはもはやそうではない」。しかし、ムーアは「人生の半ばに辛うじてさしかかったにすぎないのに、人生の終幕」をすでに見ている。ダルザンはユルシュールとの出会いによって真の愛に目覚めるが、過去にムーアと同じ過ちを共有している。ムーアの悲劇的な運命は、ダルザンがたどることになったかもしれない運命でもある。言ってみれば、二人は運命の楯の両面なのである。作者は悔悟した放蕩者の恋物語を語るために、あえて改革論者を二分化したと考えられる。「黄泉の国へ連れ去る有害な毒」に冒されたムーアを、恋物語の主人公にすることはできないからである。ムーアは、彼を現に冒している有害な毒から若い市民を守るために改革案を構想する。一方、ダルザンは、彼自身がたどることになったかもしれない害毒から若者を守るために、同じ改革案を友人に書き送る。青年が犯しがちな過ちの弊害を予防する改革案が、現実的な枠組から出発していることは明らかである。

悔い改めた放蕩者の恋物語という小説仕立ての語りと並行して展開されるもう一つの語り、すなわち売春改革のための法規案について、刊行者は「緒言」で次のように要約している。「一一通の書簡からなる本書は、五つの部分すなわち五章に分かれている。第一章では、王国の首都とその他の大都市で娼婦の存在を許容する必要が認められる」（第四の手紙）。

まず、改革論者ダルザンは用語の説明から始める。当今の風俗は慎みを忘れたものとなりかねず、きわめて堕落している。首都や大都会で市民に混じって暮らしている娼婦や妾の生活ぶりは、そうした風俗の直接原因となっている。彼は友人ティアンジュにポルノニョモニーを整理する必要を説く。「理解してもらえるのに必要な範囲で、ぼくのポルノニョモニーを整理するよう努めることにしよう……」（第三の手紙)。ポルノニョモニーとは、風俗営業地帯に関する法規を意味するギリシア語である。「君が苦笑しているのが目に浮かぶ。やや慣用に反するポルノグラフなる名詞を、君は口元で言い淀んでいるのだね。おやおや、ぼくはいっこうにたじろがないよ。改革されようとしている悪弊について語るのがどうして恥となるだろう」。新造語ポルノグラフは、売春を論じる作家を意味する。

改革案は、売春を根絶する立場でなく売春を必要悪とする立場を前提としている。世界を荒廃させている恥ずべき感染の原因は、クリストファー・コロンブスによってハイチ島からヨーロッパに持ち込まれた病気である。売春は感染を増殖させ、感染の溜め池となった。たしかに、責めを負うべき者は獣的快楽の恐るべき結果によって罰される。また、売春は刑罰を伴う裁きによって処罰されうる。しかし、売春がつねに人類にとって大きな害毒となる勢いを止めることはできないにちがいない。それはちょうど、おいしい料理や上質のリキュール酒が口の肥えた味覚を快くくすぐるかぎり、大酒飲みや享楽主義者が絶えないのと同じである。したがって、法はあさましい現状を根絶すべきでない。それは法が存在するかぎりありつづけるだろう。そうではなくて、その不都合と危険を減少させなければならない。改革論者ダルザンは売春を避けられないものと考える。「ぼくの意図するところは、売春を、正しく統御された国家において絶対に容認できないものと見なさせることではない。それどころか、売春は、大都会とりわけパリやロンドンやローマなどといった世界の縮図においては、遺憾ながらどうしても避けられないと思う」(第三の手紙)。

ダルザンによれば、売春は現実には多くの誘惑、誘拐、暴行を予防しているのであるから、「いっそう大きな悪を避けさせる悪である」。したがって、実現不可能だとは言わないまでも、困難な道を選び、男女間の交渉がほぼ完全に止むほどに風俗を改変したら、「その結果、なにが生まれるだろう。さらに大きな悪だ。いまわしい稚児が破廉恥な仕方で法と自然に刃向かうにちがいない。子供たちは、野獣の情熱のあらゆる下劣な行為の危険にさらされるだろう」(第四の手紙)。

一方において売春を根絶することが不可能であり、それがいっそう大きな悪を防ぐ必要悪となっており、他方において売春が危険な感染源となっているとすれば、いかなる手だてをとるべきか。ダルザンは、「悪が行なわれた以上、その治癒策を見出すことこそ肝要だ」と言う。世上で提示されている打開策は二つある。まず、感染した者たちすべてを、ちょうどかつてのハンセン病患者のように社会から隔離することである。しかし、その方策は、ハイチの病原体がヨーロッパに到来した時期にのみ実行可能だった。もう一つの打開策は、すべての娼婦を、彼女らについて責任をもちうる場所に収容することである。その方策は害悪を根源において除去することになるにちがいない。こうしてダルザンは、売春改革を娼婦の隔離によって実現される法規案にまとめる。法規案では、娼婦の営業はそれ以前に比べて快適に保たれ、しかも安全が保証され、「自然を侮辱することにもならないように」留意される。娼婦稼業は廃止されないが、彼女らが他の職業に近づく余地も残される。「そのような法規こそ病原体の根絶に不可欠な効果を上げ、思いがけない他の利点をもきっともたらすことだろう」(第三の手紙)。要するに、「放縦の場所も、良き秩序に従わせるなら、現実的な利点を引き出すことができるだろう」(第四の手紙)というのである。

レチフの『ポルノグラフ、または売春論』の刊行年一七六九年に先立つおよそ二〇〇年間は、売春の禁止と事実上の容認の繰り返しであったが、いずれの施策もなんら実効が得られなかった。(2) 一五六〇年の勅令は、すべての悪所の全面閉鎖を布告した。売春宿の廃止は反抗を招いただけで、実際にはいささかも改善されなかった。それは廃止の措置がとられるたびに確認される現象だった。娼婦の数はいっこうに減らず、性病は猛威をふるった。性病に対する医学的、衛生上の措置がとられるどころか、警察による鎮圧と道徳上の抑圧だけが行なわれた。

一七世紀に入ると、一六八四年四月二〇日の王令によって、娼婦を収容する施設が創設され、娼婦に対する懲治収容刑が布告される。「身持ちが悪く、公然とひんしゅくを買う売春を行なう女は、勅令によって連行された場合、もしくはそのたぐいの理由によりシャトレ裁判所で警視総監補佐から申し渡された判決にもとづいて連行された場合、サルペトリエール獄にその用に設けられた特別の場所に収監されるものとする」。しかし、売春抑止法の対象は主として娼婦であって、売春宿の主人ではなかった。それればかりか、王令は警察の自由裁量の余地を大幅に認めていた。その悪弊を法律家が非難したのも当然であった。高等法院は、密告が証拠として採用される手続上の不備を非難した。

一七一三年七月二六日の王令で、ルイ一四世は手続上の法規を詳しく定めざるをえなくなった。「年々おびただしく進行しているかに見える風紀上の放埒と堕落の取締りは、パリ警察吏の主要な監視の対象の一つではあるが、処罰すべき風紀の乱れの確かな証拠を入手するためには、とるべき手続上の形式を規定することもやはり必要である」。一八世紀初頭には、警察は公衆の無秩序や近隣の住民の訴えがある場合にのみ介入し、さもなければ目をつぶっていた。警察は事実上、売春を黙認していたが、その後になって唐突に手入れをしては裁判をはぶいて娼婦たちを新大陸の植民地へ送った。監獄や収監所に収容されていた娼婦はすべて、マノン・レスコーの場合のようにミシシッピーへ送られていた。一七一三年の王令は個人の自由を保証する点で注目すべき法令であったが、煩雑すぎると考えられ、正しく適用されず、ほとんど実行されなかった。警察の自由裁量がまたしても横行するようになったのである。レチフが本書を執筆していた当時、つまりルイ一五世治下には、売春はほぼ公然と行なわれていた。娼婦の数はパリだけでも三万二〇〇〇人にのぼると警察の資料に記録されていた。一七七八年一一月一六日、警視総監補佐ルノワールは、旧制度下における最後の売春抑止法を発布することになる。

先に指摘したように、主人公ダルザンの立脚点は売春の根治不能を前提としている。改革案の語りの現実主義的な前提は、作品に内蔵されたもう一つの語りである放蕩者の恋物語によって傍証されていることになる。イギリス人ルイス・ムーアの若き日の過ち、ユルシュールに出会うまでのダルザンの放埒がそれである。だが、一見すると無縁に思われる二つの語りがもっともよく照応し合うのは、それぞれの語りの後半と結末の展開なのである。そこには、恥ずべき現実を脱却し、いわば自己を否定することによってユートピアへ飛翔しようとする運動が認められる。

3

ダルザンの改革案は、四五条からなる法規の形式で表現される。正確には、「政府保護下におかれるパルテニオン設立に対応した、娼婦に関する法規案」である。彼は、古代ギリシアのポルノボスケイオン（娼家）や古代ローマ人のルパナル（遊女屋）やフランスのブロデル（売春宿）といった語を用いては、繊細な人びとの耳に不快に響くことを恐れて、公許の売春施設をあえてパルテニオンと命名する。このギリシア語は、「処女スナワチ少女ノ住ミカ」を意味する。

パルテニオンの施設の建物は、周囲に人家のない地域に設立される。フランス国内のあらゆる年齢層の娼婦は、違反すれば体罰を受けるものとしてかならずパリもしくはいくつかの地方都市のパルテニオンに入らなければならない（第一条）。各地の施設は、一二名の誠実な市民で構成される管理評議会によって運営される。評議員はいずれもパリやトゥールーズの参事会会員職や他の都市の筆頭官吏職といった名誉ある地位についた者たちであり、輩下に数名のお目付け役の婦人を従える。

パルテニオンは不可侵の保護施設であり、安住の地でもある。両親といえども、「娘たち」の意に反して「娘たち」を引き取ることはできない。この施設に入居する娘は、家族に関する一切の情報を与える必要がない。施設は娘たちの身元調査をしてはならない（第六条）。お目付け役の婦人は娘たちに対して思いやりと気配りと親切心をもって接する。娘たちが過ちを犯しても、お目付け役の婦人はいかなる処罰をも科することができない（第八条）。

「娘たち」の拘束時間は一日八時間である。午前一一時から午後一時まで、四時から七時まで、八時半から夜食の時間となる一一時半までの八時間、彼女らは共同部屋に集まり、「静かに座って、好みに応じて読書や勉学にいそしむ」（第二二条）。彼女らは遅くとも九時に起床し、朝食をとり、一一時までに身繕いをし、一時に昼食、二時から四時までは音楽とダンス、七時に軽食、八時半まで楽器のレッスン。午前一時には残らず寝につく（第二三条）。

法規案では「娘たち」の生活は細部にわたって規定されているが、八時間のみの拘束と八時間の睡眠が保証されていることになる。彼女らにはまた、「客選び」の自由も保証される。施設を訪れる客は共同部屋の娘たちを品定めして、選んだ娘をお目付け役の婦人に告げる。一方、選ばれた娘も自分を所望した客と同じ権限を行使することができる（第一三条）。娘たちに使用されるベッドと下着は清潔で仕立てがよく、選りすぐられたものである。食卓の料理は上品に味付けされている。衣服は各人が気に入った、趣味のよいものが着用される（第二九条）。娘たちはまた「公認の恋人」をもつこともできる。「公認の恋人」をもつ娘は、共同部屋に詰めるには及ばない。彼女は恋人と結婚することができる。

入浴の習慣はとりわけ奨励される。施設内には温水の浴場と冷水の浴場があり、娘たちは年間を通じて二日に一度、入浴する（第三一条）。パルテニオンは、「娘たち」を恐るべき病気から守るために最大の注意を払う。診察婦は客の健康状態を確認した後、入館を認め、同様に毎日欠かさず「娘たち」を診察する（第三四条）。

パルテニオンで大罪と見なされるのは、「胎内に宿した子宝を殺す」ことである。その罪を犯せば、「まる一年間、牢獄に監禁され、パンと水しか与えられない」。もし堕胎をすすめた者がいたとすれば、その者は通常の法に従って処罰される（第九条）。娘たちに妊娠初期の徴候が現れると、妊婦は特別の注意を払われ、出産後その子供は里子に出される。子供が施設に戻ったときには、母親は週に一度、子供と面会することができる。「公認の恋人」をもつ娘が妊娠し出産した場合には、養育の仕方は「公認の恋人」の裁量に任され、子供を遺産相続人に指定するのは彼の自由である（第二〇、二一条）。

ところで、パルテニオンが設立され、一定の歳月が過ぎ、「女年寄り」の階級に属する「娘たち」が高齢化した場合、彼女らの境遇はどうなるのか。彼女らの生計費は施設によってまかなわれるから、彼女らは老後を安楽に暮らすことができる（第三三条）。パルテニオンは安全な保護施設であるばかりでなく、自立し自足した小社会なのである。では、施設で生まれた子供たちの境遇はどのようなものとなるのか。この点こそ、法規案のもっとも興味深い内容である。

パルテニオンで生まれた子供たちは、「誕生時から本施設の扶養を受けなくなる年齢まで、手厚く面倒を見られる」（第三八条）。子供たちのうち男子は、両親に認知されていない場合、国の子供と見なされ、かかる者として将来は国に奉仕する。私生児のように身寄りのない者は、他の人間に比べて国家に奉仕するのにいっそう適しているはずである。なぜなら、「彼は他の者たちが自分の父親や家族や国家に分け与えるものを、一身に集められるからである。それゆえ、そうした実直な人間にふさわしくない職は一つとしてなく、彼らに任せられない請負仕事もないはずである。彼らの誠実さは不動のものであり、彼らの勇気はなににも勝る」。

すべての男子は八歳で最初の選抜を受け、体格のよい子供は幼年期から訓練される軍隊に入る。その軍隊は、王国のあらゆる慈善施設に収容されている多数の孤児とともに、農民義勇軍を補完する。それらの若い兵士には、読み書き、算数、幾何学、築城学、砲火術が教授される。彼らの教育は、王立アカデミーから選ばれた教師が当たる。公共の利益に寄与する熱意にあふれた教師たちは、栄誉以外の動機をもたず、すすんで教育に身をささげる。

パルテニオンの男子は一六歳から六年間、義勇軍部隊で兵役につき、二二歳で二度目の選抜を受ける。優秀な者は王国選抜連隊を構成する。将来はその連隊がパルテニオンの住民のみで編成されることも考えられる。彼らは二八歳まで連隊にとどまった後、三度目の選抜を受け、素行と知力と勇気に優れた者は昇進し、精鋭部隊と呼ばれる軍隊の構成員となる。その部隊からさらに優秀な者たちが選ばれ、さらに六年の兵役で能力を試された後、あらゆる連隊に配属され、こんどは彼らが兵士に戦術を教授する。彼らの中でとくに優れた者は、高貴な使命を帯び、「君主の神聖な」身辺で「外国人警備隊」に取って代わる。その地位に達した者は所属する司令官の許可を得て、自由に結婚することができる。

けれども、君主の身辺警護や戦術学教師や精鋭部隊への入隊といった地位を得られるのは、ごく少数でしかない。古参兵となった他の多くの王国選抜兵は、能力に応じて報奨が与えられる。たとえば、彼らは連隊を除隊すると結婚することができるばかりでなく、自ら生活し家族を扶養するのに、元兵士だけが従事する王国内のさまざまな職を割り当てられる。パリの町の公安衛兵や近衛騎兵隊などは、彼らで構成される。知力の不足、またはなんらかの過失のせいで義勇軍内に留め置かれた者たちは、彼らが兵役につくことができるかぎり、義勇軍にとどまる。彼らから要望があれば、他の軍隊や地方の連隊に編入されることもある。虚弱体質であったり、貧弱な体格であったり、あまりに小柄である若者には、彼らの力に見合った職業が与えられ、苛酷でなく簡単な仕事が用意される。彼らはパルテニオン専用の仕立屋、靴屋、絹または綿の織工となる。パルテニオンは彼らが余分に供給してくれるものを売りさばいて、施設の利益とする。頑強な者は、庭師の仕事や施設内の他の必要な作業のような力仕事につかせられる。ただし、才能ある者はその能力を伸ばす機会が与えられる。

このように、パルテニオンで生まれた男子は、まず体力と知力に応じて教育が施される。彼らは将来、フランス王国の軍隊の中枢をになうことになる。虚弱児や知力の劣る者には、彼らにふさわしい職が与えられるから、失業者は生まれない。パルテニオンは安全な保護施設であり、自立し自足する安住の地であるだけでなく、フランス王国の安全を保証する組織の有能な人材をも提供する。隔離された社会の恥部は、社会の存立を可能にするエネルギー源に転化するのである。

パルテニオンで生まれた女子の境遇について、改革案は次のように述べている。施設内で生まれた女子は、一〇歳で選抜を受ける。容姿に恵まれた娘たちは、まず注意深く教育される。彼女らにはデッサン、絵画、ダンス、音楽、服飾などに関してさまざまな知識が授けられる。将来の職業の選択は、娘たち自身によって行なわれる。パルテニオンは娘たちに母親の職業を選ぶよう勧めてはならない。それどころか、娘たちに授けられるまっとうな教育は、彼女らに母親の職業への嫌悪感を抱かせるはずである。娘たちが施設の外で生きる決心をした場合、彼女らの希望の職業が斡旋され、一〇〇〇エキュの持参金付きの結婚があらかじめ定められる。

体格が貧弱であったり、美貌に恵まれなかったすべての女子は、手職を教えられる。彼女らの仕事は施設のために行なわれるものであるから、仕事に必要な一切のものが提供される。彼女らは、施設の娘たちが用いるドレスや服飾のお針子となる。したがって、パルテニオンを維持するためには、男女を問わずいっさいの部外者の雇用は必要でなくなる。施設内の必要な仕事は、自給自足の原則に従って遂行されるはずである。

ところで、パルテニオンで生まれた女子の生き方、職業の選択の仕方は、まさにパルテニオン自体の存在を否定するものである。娘たちは将来の職業を選ぶ権利を保証されている。女子に特有の教育内容を別にすれば、彼女らに充分な教育が施されるのであるから、彼女らに母親の職業を継ぐ可能性は皆無に等しい。しかも、パルテニオンは娘たちに母親の職業を選ぶよう勧める行為を自ら禁じているのである。パルテニオンの自己否定への志向は、施設内で生まれた女子に限られない。第四三条は、施設に入居した娘（娼婦）たちが教育を受けて自らの生き方を変えたいと願う場合の事例について記述している。「本施設への入居後、まじめに稽古事に励むうちに精神が向上し、これからは貞潔な娘として生きようと思う若い娘が現れるならば、管理評議会は彼女を励まして天晴れなその決意の後押しをするものとする。管理評議会は娘の親代わりとなる。（……）要するに、その娘のためには理性と人間性の命じるあらゆる世話を惜しまない」。

もともとダルザンの風俗改革のための法規案は、悲観的な現実主義から出発していた。社会の現状では売春は根治不能であって、廃止がいっそう深刻な悪をもたらすことは過去の歴史からも明らかである。したがって、危険な性病を根絶するには売春の場所を隔離したうえでそれを許容し、被害を防ぐ道しかないというものであった。法規の形式で構想されるパルテニオンの小社会は、ダルザンの意識の中でいつしか売春を否定する教育施設へと変貌する。現実的な改革案がユートピアへ昇華したのである。隔離された公許の売春施設は堕落した社会が再生すべき見取図となり、売春が否定される教育的共同体が実現される。

パルテニオンはまた、ユートピア的福祉共同体でもある。先に少し触れたように、「女年寄り」という名の「娘たち」は時間の経過とともに高齢化する。第四一条は彼女らの境遇について言及している。それによると、彼女らは施設内に設けられた場所で平穏な余生を楽しむことになる。彼女らはダンス、音楽、楽器の演奏を「娘たち」に教えることもできる。その場合、彼女らはパルテニオンの施設に雇用され、能力に応じた尊敬をかち得る。その他の女たちはなにごとかに熱中して時を過ごすように勧めるが、強要してはならない。パルテニオンの共同体は、能力に応じて働き、失業や老後の不安のないユートピア的小社会なのである。

風俗改革の法規案の語りに見られる現実からユートピアへの軌跡は、もう一つの内蔵された語りであるダルザンの恋物語の展開に対応している。放埒な生活を送っていたダルザンはユルシュールに恋をし、彼女との結婚を願うが、叔父の計らいで二人の結婚が話し合われる当日、彼はティアンジュ夫人から絶縁状を受け取り、追い返される。ティアンジュ夫人は、ダルザンが妹ユルシュールを知った後もD＊＊＊夫人との情事をつづけていると誤解したのである。ダルザンはその衝撃が原因で生死の境をさまようが、辛うじて身の潔白を証明する。彼はティアンジュ夫人の強い勧めを容れて、病室で晴れてユルシュールと結婚する。刊行者は、作品の最後でティアンジュの帰還と彼がダルザンの幸福を確かめたことを伝える。「彼（ティアンジュ）はいまもなお、親友が美徳の細道をたどり、つねに変わらず妻を愛し、幸福を得るに値する生活を送っているのを眺めている」。

ダルザンがたどる「美徳の細道」は、親友ティアンジュ夫妻が示している理想の生活である。それは、改革案が繰り返し指摘しているように、当時の堕落した社会にあってはありえない理想の姿にほかならない。悔悟した遊蕩児が愛のユートピストへ飛翔する再生の語りと、現実的な風俗改革案からユートピア的共同体への昇華の語りは、いみじくも照応しているように思われる。

（1）　小論では当初、別のテクストを対象とするはずであったが、ジュネット、グレマス流の物語分析に食傷したため、レチフのユートピア作品を今回は取り上げることにした。Rétif de la Bretonne, *Le Pornographe, ou idées d'un honnête-homme sur un projet de règlement pour les prostituées, avec des Notes historiques et justificatives*, 1769 (Slatkine Reprints, Genève-Paris, 1988).

レチフの一連のユートピア作品に関しては、デイヴィド・カワードの九〇〇ページに及ぶ浩瀚な研究がある。David Coward, *The Philosophy of Restif de la Bretonne*, The Voltaire Foundation, Oxford, 1991. しかし、そこではレチフのユートピア作品の第一作に内蔵された二つの語りについてはとくに触れられていない。カワードの分析はもっぱら改革論の語りに注がれている。レチフ研究に画期的な寄与をなしたピエール・テステュの『レチフ・ド・ラ・ブルトンヌと文学創造』(*Rétif de la Bretonne et la création littéraire*, Droz, 1977) では、レチフの五篇からなる『奇想大全』(ユートピア作品) に見られる二つの語りの存在が指摘されている。テステュは『奇想大全』に教育的色彩が濃く見られることから、レチフの一連のユートピア作品が一八世紀文学の教育志向の潮流に含まれることを明らかにしている。そこには、「楽しませつつ教育する」という特徴が共通にうかがえるという。しかし、レチフがその両者の結びつきを充分に実現しえたかについては疑問を呈している (同書、一九五ページ)。そこで、二つの語りがもっとも明確な形で現れた『奇想大全』第一作品に限り、両者の結びつきを検討しようというのがこの小論のささやかな狙いである。

(2) この箇所の記述については、Béatrice Didier, Préface au *Pornographe*, Régine Deforges, 1977 および Alfred Fierro, *Histoire et dictionnaire de Paris*, Robert Laffont, 1996 を参考にした。ディディエによれば、当時の風俗改革の論議の中で、性病の危険性の観点から論じた者はレチフ以外に見当たらないという。
ヴォルテールは、哲学コント『カンディード』(一七五九) と『四十エキュの男』(一七六八) で、梅毒が社会にはびこっているさまを諷刺している。

9

作家の常数と変数

――レチフ・ド・ラ・ブルトンヌの場合

旧制度末期に書かれた作家の文章を読んでいると、時にフランス革命を予言していると錯覚させかねない文章にぶつかることがある。しばしば引用されるのは、たとえば、啓蒙思想期を代表する二、三の作家の文章の一節である。「われわれは危機的状態と革命の世紀に近づいている」（ルソー『エミール』第三篇）。「私が目にする一切は、革命の種を伸ばしています。革命はかならず起こるでしょうが、私はそれを目撃する喜びを味わえますまい」（ヴォルテール、一七六四年四月二日付のショーヴラン侯爵宛の手紙）。「私たちは、奴隷状態か自由のいずれかに達するような危機に近づいています」（ディドロ、一七七一年四月三日付のダスコフ大公妃宛の手紙）。この種のいわば予言的文章は、セバスチャン・メルシエの未来小説『西暦二四四〇年』（一七七〇年刊）にも見出される。「いくつかの国家では、必然化するある時期、すなわち恐るべき血なまぐさい時期ではあるが、自由のしるしがあるものだ。私が語っているのは内乱についてである」。さらに、レチフの『パリの夜』のつぎの一節をこれに加えることもできる。「不吉な革命が準備されつつある。反抗的気分は広がり、伝染している。最下層階級の中でこそ、不吉な革命はひそかに発酵しているのである」（第一四二夜）。こうした文章の「予言性」をにわかに信じるわけにいかないが、深まる危機についての意識と漠たる不安の表明と考えることはできる。しかし、当時、共和主義を標榜する者は皆無に等しかったし、ましてや彼らのだれ一人として国王処刑へいたる革命の意外な展開を予想しなかったことだろう。ヴォルテールが「革命を目撃する喜びを味わえ」なかったのは、彼にとって不幸と言うべきか、幸いであったと言うべきか。

ジャコバン独裁期に国民公会でのある演説でいみじくもサン＝ジュストが表現した「状況の勢い《フォルス・デ・ショーズ》」が同時代人にとっていかに想像を超えたものであったかは、革命期の少なからぬ作家や思想家たちの生き方に、ある意味では如実に現れている。『箴言集』を残したシャンフォールは、恐怖政治下の血なまぐさい政治をあからさまに批判し、告発と投獄と釈放と自宅監視のあと、再逮捕を予感して前例を見ない凄絶な自殺を企てる。あるいはまた、二〇歳年上の工業視察官と結婚した貞淑な妻、夫の大臣就任とともに革命派のサロンを主宰し、ジロンド派に影響力をふるった影の実力者、夫への貞節に背くことに悩みながらもジロンド派公会議員ビュゾを深く愛し、獄中で『回想録』を書き残した女流作家ロラン夫人は、自らの処刑場（革命広場）に建つ自由の女神の彫像の前で会釈し、忘れがたい言葉を発したと伝えられている。「おお、自由よ、汝の名においていかに多くの罪が犯されることか！」。九カ月間の逃亡生活のあいだ隠れ家で死の恐怖と隣り合わせながら、『人間精神進歩の歴史的場景の素描』を書きつづけた最後の啓蒙思想家コンドルセ。あるいは、マラーを暗殺したうら若い娘の処刑を知って激烈な詩篇を発表し、その一年後に自らも断頭台の露と消えた世紀最大の詩人アンドレ・シェニエ。けれども、死にいたらないまでも革命の渦中にあった作家や思想家をも含めたさまざまな生の軌跡から、それらすべてを呑みこもうとするフォルス・デ・ショーズのすさまじさと同時に、未曾有の状況に臨んだ彼らの必死の対応をうかがうこともできる。

社会的激変に遭遇した作家が、フォルス・デ・ショーズへの対応に迫られたために、何らかの軌道修正を余儀なくされたであろうことは容易に想像できる。その一方で、個々の作家があくまで保持しようとする固有のものもある。仮に前者を文学的変数と呼び後者を常数と呼ぶなら、革命と文学との出会いは、作品の内部にはからずも現れる常数と変数のせめぎ合いの中に認められると言っても、過言ではない。常数と変数の現れ方の度合いは、もとより作家によって異なる。それに、変数の多い作家の作品が文学的に価値が劣るというわけでもない。常数を頑なに維持しようとした作家が、かえって前例のない社会現象に翻弄され自らの位置を見失うこともありうる。変数はたんなる豹変である場合もあり、フォルス・デ・ショーズへの真剣な対応である場合もあるはずである。その限りで、常数と変数は革命期の作家を考える一応の目安となると考えても、あながち的はずれでないように思われる。ジャン゠ルイ・ラヤの戯曲『法の味方』がこうむる相次ぐ改変の運命は文学的変数の極端な例であり、ラヤの対極にあるのはおそらくサド侯爵であろう。レチフの場合はその中間にあって、常数と変数の例を典型的な仕方で呈示する。レチフは革命との緊張関係の痕跡を作品の深部に明瞭に残していると言えるかもしれない。そんなわけで、革命期におけるレチフの文学的変数と常数を二つの例に限って取り上げてみたい。一つは小説作品の創作過程に露呈する語りの枠組みの変更であり、もう一つはすぐれて時事的な題材を扱った短篇に、いわば逆説的な形で現れる彼の文学的常数である。

語りの枠組みの軌道修正

『パリの夜』はレチフの作品の中でも従来もっとも言及されることの多い、近代版にも恵まれてきたものの一つに数えられる。(1) 青いマントをまとった語り手が夜のパリの町々を徘徊しつつ、自ら目撃し観察した民衆にまつわる出来事を語るという設定は、当時の読者の好奇心をそそる着想であったにちがいない。現代の読者がこの小説に抱く興味は、それが大革命直前から渦中にかけて書かれていることにもよる。事実、三部からなる『パリの夜』の第一部は、一七八八年から八九年にかけて刊行され、続篇の第二部と第三部はそれぞれ九〇年と九四年に出版されている。作中で扱われている時期も、第一部では革命前の二〇年が対象とされ、続篇ではジャコバン独裁期の九三年八月までの「歴史」が含まれる。文字通り大革命前夜から渦中にかけて書き継がれ、またその時期を題材にしたこの作品が、社会的激変によっていかなる変数を露わにするか、それがまずさしあたりこの小論の主題となる。

作品の表題が示すように、作者の関心はもっぱら夜のパリに向けられている。というのも、昼のパリは華やかさに比例して虚偽に充ちた世界であるからであり、人間の真実が見えにくいからである。これに反して、夜のパリは赤裸々な人間をさらけ出す。語り手は、夜の散策を通して大都会の裏面に蠢《うごめ》く民衆の姿をあばいてみせると言う。語り手は「序文」で「見たことだけを描いてみせる」と断って、自ら体験した事柄より目撃し観察したことを伝える中性的証人を装う。周知のように、一八世紀の代表的な小説は三〇年代の小説論争をへて、対話、書簡、回想などといった一人称体におおむね依拠しつつ、冒頭で物語の事実性を強調したあとは、自由に想像と虚構を展開する傾向を強めてきた。(2)『パリの夜』も例外ではない。いや、むしろ、「私は見た」、「私は目撃した」という繰り返される事実性の確言によって、虚構に充ちた作品に現実性の幻想を生じさせ、読者にフィクションの不在を錯覚させる。したがって、『パリの夜』は形式上自由な小説がいかに多様な題材を扱いうるかの可能性を極限にまで追求した試みと見なすこともできる。

第一部では、語り手が革命前の二〇年間に目撃したと称する想定のもとに、虚構化された作者の自伝的挿話や夢想、あるいはユートピア的論議がひんぱんに挿入される。また過去の出来事はかならずしも時間を追って再現されず、過去と現在がきわめて見分けにくい仕方で混在する。多様な題材と曖昧な時間性といったこの合切袋は、語り手である「私」が夜ごと観察した出来事を侯爵夫人に報告すると設定された語りの枠組みによって、その統一を保証される。言いかえれば、夢想と観察、想像と現実が不分明な仕方で交錯する第一部の統一を語りの次元で保証しているのが、作中の侯爵夫人の存在なのである。その侯爵夫人の誕生、第一部の語りの枠組みで夫人が果たすべき役割は、第二夜「気ふさぎ夫人」と第三夜「続気ふさぎ夫人」で、語り手と夫人の夢幻的な出会いの挿話として語られる。

おそらく一七六〇年代も終わりのある秋の日、「真夜中を告げる鐘が鳴っていた。私はサントンジュ通りから戻るところで、マレ地区の人気のない通りを横切っていた。(……)いつしかパイエンヌ通りにさしかかっていた。一軒の新築の館が月明かりに映えてくっきりと浮かび上がっていた。ふと目を上げると、まだ美貌の名残りをとどめている一人の婦人が窓ぎわで四角いクッションに腰をかけ、顔と片腕をバルコニーの手すりから外に出しているのが見えた。私は足をとめる。心の奥深いところからもれるような、呻《うめ》きに似たかすかな声が耳を打つ」。語り手である「私」はその不幸な婦人に声をかける。「不幸な婦人は顔を上げた。腕を引っこめ、バルコニーに身をもたせかけながら、低い声で私に言った。『どなたですの』『夜の人間です』」。こうして二人の間に、さながら妖精物語の語り口を思わせるような対話が始まる。婦人は身分もあり裕福でもありながら、「退屈し、何ごとにも飽き、もう何にも感じなくなっている。「富は、緩慢に人を殺す毒のようなもの、（……）富は最大の悪ですわ」と、彼女はつぶやく。彼女は読書の習慣すら失っている気ふさぎ夫人だった。小説のたぐいは、所詮、作り話でしかないからだ。一方、語り手は貧しい暮らしをしていながら、「空気のように自由」に生きていると言う。気ふさぎ夫人は考える。この男には「楽しみがあり、苦労がある。この男は生きている、幸せでいる。それに引きかえ、この私は鬱気の病につかれ、無為に日を送っている」。婦人は語り手「私」のうちに社交界に見受けられる類型的な人間と異なるタイプを見出し、「私」の話に作り話でない何かを感じ取る。「こんどはあなたが書いてください。あなたが届けてくださるものを、毎日読むことにいたしましょう」。

二日目の真夜中に私は婦人から手紙を受け取る。手紙には婦人の身の上話がしたためられてある。娘時代に恋した相手の青年の愚かさを知っていらい、彼女は世のすべての男性を嫌悪するようになった。彼女は親のすすめるままに愛のない結婚をし、M侯爵夫人となる。何ごとも望みのままだった。欲望の気配さえいち早く察知され、満足させられた。自分が賞賛にも軽蔑にも不感症になるのが分かった。何一つとして彼女を感動させるものがなかった。「こんな有様は時には耐えがたいものでした。もしそうした気持ちすらなくなっていたら、それは嗜眠《しみん》に近い状態だったでしょう」。しかし侯爵夫人は、民衆出身の作家である「私」との出会いによって、はじめて生きる意欲を取り戻す。一方、語り手の「私」

は、侯爵夫人との対話を通じて、夜の散策の目的が「世の悪習を観察し、さまざまな事実を収集する」ことにあると自覚する。彼は「夜の散策のあと、毎夜この婦人に会おうと決める」。こうして、第三夜以降で読者に語られることは、あらかじめ侯爵夫人に語られたものであることがほのめかされる。

ややこまごまと「気ふさぎ夫人」の挿話を紹介したのは、この挿話の中に、『パリの夜』第一部の語りの枠組みと侯爵夫人が演ずることになる役割とが呈示されているからである。

侯爵夫人はまず、第一部が構想される際に語り手に霊感を吹きこむミューズとして描かれている。「そもそも私の夜の散策の目的は、最初は自らをかえりみて思いをこらすことでしかなかった」。作中で語り手が夜のパリの悪習の観察者となることを思いつくのは、気ふさぎ夫人と知り合ったときである。M侯爵夫人とは何者であるのか。この女性について読者はほとんど情報を与えられない。彼女の住む館がパイエンヌ通りにあるというほかは、その身体的特徴さえ定かでない。レチフの日記には、M夫人との出会いについて記された箇所がある。それは、スワソンの地方総監で、のちに司法総監ともなるル・ペルチエ・ド・モルフォンテーヌに招かれて晩餐会に出席した一七八四年の記述である(3)。レチフがM侯爵夫人に会うのはこのときが最初で最後であったようだ。しかも、作中の気ふさぎ夫人の挿話は、一七八八年の時点から二〇年さかのぼると考えられるから、夫人のモデルを穿鑿《せんさく》しても意味がないことになる。レチフは『ムッシュー・ニコラ』で述べている。「この魅力的な女性はたえず私の心を占めていた。だが、あくまでも彼女が私に暗示してくれた夢想としてであった。彼女について私が作り上げた空中楼閣は『パリの夜』で実現された(4)」。してみると、作中の侯爵夫人は、現実の女性というより、一度しか会っていないモンタランベール侯爵夫人に触発された作者が、想像力をふくらませて作り上げた架空の存在と見てよい。『パリの夜』第一部の夫人は、ほとんど肉体をもたない虚構の存在なのである。

かつてモーリス・エーヌは、レチフの作品創造にはミューズが不可欠であると指摘した。[5] ピエール・テスチュは、レチフが初期の短篇『ファンシェットの足』を書き上げたあと、この小説のミューズであった女性をはじめて間近に見て、意外にもそのあまりの醜さに驚いたという挿話を紹介し、この挿話に注目している。「[レチフにとって]ミューズは知己というより幻想なのである。ミューズは近くにいて、しかも遠くにいるのでなければならない」[6]。『パリの夜』第一部では、侯爵夫人は肉体をもたぬかげろうのような存在で充分だった。夫人は、近くにいてしかも遠いミューズにほかならないからである。

つぎに、侯爵夫人は語り手の信頼すべき聞き手、いわばコンフィダントとして、第一部の語りの統一に寄与する。第三夜で、身の上話をしたためた手紙を語り手に渡した気ふさぎ夫人は、「こんどはあなたが書いてください」と催促する。彼女は、それ以後、語り手の忠実なコンフィダントの役を引き受けることにすすんで同意しているかのようである。第三夜以降、読者に語られることは、あらかじめ侯爵夫人に語られたものであることがほのめかされている。夫人はときに質問を発することがあるが、個々の挿話に描かれた出来事や事件の筋には関与しない。語り手が風俗の頽廃を嘆き、改革すべきさまざまな問題を提起すると、彼女は語り手の見方に賛意を表し、激励を惜しまない。語り手の社会風俗批判と改革の対象は、広範な都市問題にまで及ぶ。夫人は語り手のそうした意図のよき理解者として振る舞う。それればかりか、フェライユ河岸の徴募兵に身を任せる不幸な娘を救おうとする語り手の善行の後ろ楯となって、屋敷に娘を引き取る。けれども、作中における夫人の役割は、基本的にはあくまでも忠実な聞き手、コンフィダントとしてとどまり、挿話の筋に関与しない。夫人が語り手＝観察者に伴われて夜の散策に出かけることは決してないのである。

第三に、侯爵夫人はまた、昼のパリ、奢侈《しゃし》と栄光のパリを表象する上流社会の読者であり、かつまた語り手の理想的な読者でもある。先にあらましを紹介した「気ふさぎ夫人」では、嗜眠《しみん》に近い状態に陥っていた一人の貴婦人が、民衆出身の作家である語り手との出会いをきっかけに、未知の世界の存在を知ってふさぎの虫から解放される。言いかえれば、語り手にとっての理想的な読者の誕生の挿話が、ふさぎの虫に取りつかれて生きる意欲と感動を忘れかけていた社交界の夫人の蘇生物語として語られていることになる。

夫人は「何ごとも望みのまま」であるゆえに、「退屈し、何ごとにも飽き」、無感覚な日々を送っていた。裕福で華やかな毎日が虚偽の生活であることを覚った夫人の目には、小説のたぐいの本は作り話でしかないと映る。しかし、語り手の話に改めて偽りのない生を実感する。民衆から遠く懸け離れた世界に住む侯爵夫人にとって、語り手が話す未知の民衆の生態は、習慣や風俗や言葉を異にする異国の生活に劣らず物珍しい。語り手が啓蒙の対象として語る民衆の生活は、夫人のある種の異国趣味を満足させる。それは夫人を未知の環境へ導くことである。夫人は語り手の話にすすんで耳を傾け、語り手が語りたがっている題材を先回りして催促する。

このように、『パリの夜』第一部の語りの枠組みには、二つの機軸が相互に作用しあっている。まず、語られることが語り手によって目撃されているという前提がある。同時に、語られることはあらかじめ架空の読者に語られているという想定がある。その限りにおいて、語り手は侯爵夫人という理想の読者を介して、一般読者に語りかけていることになる。

この架空の読者の存在は、いかなるモデルに示唆されているのか。ピエール・テスチュは、レチフの小説に認められる民衆文学の刻印を論じた一文で、おおよそつぎのような結論を導いている。(7) レチフのいくつかの短篇集には、民衆文学の伝達の場のごときものへの渇望がうかがえる。それは、農村の夜の集いの席で、声高に、日々規則的に行なわれる民衆文学の朗読の場である。といっても、レチフが民衆文学そのものを書こうとしていたというのではない。彼はただ、口承性、読者の熱意、語り手と聞き手との直接的、具体的な関係を、自作について期待していたにすぎない。彼の読者はもとより目前には存在しない。この不在を補うかのように、レチフはそのテクストの中に架空の読者を登場させる。架空の読者は語り手の目前に存在し、即座に、生き生きと反応する。その反応は、暗黙のうちに現実の読者に手本を示していることになる。つまるところ、レチフは、知の文化圏の教養ある読者を対象に書かれた文学であると同時に、教養ある読者から民衆的手順に従って受容されるような文学でもあるものを渇望していたのである。

テスチュは直接『パリの夜』第一部の侯爵夫人には言及していないが、レチフと民衆文学の刻印に関するこの指摘は、侯爵夫人の役割にも当てはまると考えてよい。なるほど、夜の集いは「民衆特有の社会慣行(8)」であった。それに反して作中の侯爵夫人は、教養あるエリート層に属する。しかし、レチフが企図したのは民衆文学の再現ではなかった。民衆の大多数が読み書きできなかった当時、彼が民衆を読者とすることは不可能に近かった。彼が読者として対象に選ぶのは教養あるブルジョワや貴族である。そういうわけで、彼は民衆文学の伝達の場に認められる語り手と聞き手との直接的、具体的な関係を、侯爵夫人という、現実にありうべき、しかしあくまでも架空の読者に託したと考えられる。

侯爵夫人はまず、『パリの夜』第一部で語り手に不思議な霊感を与えるミューズとして現れたあと、語り手の忠実なコンフィダントとなってその役割を演じる。彼女は個々の挿話で筋に関与しないばかりか、語り手＝観察者の夜の散策に加わることもしない。彼女は、教養あるエリート層に属する架空の読者として、かつまた語り手の目前にいて、即座に、生き生きと反応する理想の読者を表象しつつ、夜の集いに認められる語り手と聞き手のあいだの直接的、具体的な関係を保証する。語り手によって観察されたことは、読者以前に侯爵夫人に語られている。あえて繰り返しを承知で言うならば、語り手は架空の読者を介して一般読者に語る。侯爵夫人を介したこの内輪な語りの枠組みによって、語り手は作中の挿話の主人公たりえているのである。

しかし、第一部の終わり近く（第三七七夜）で、侯爵夫人の病状の悪化と死の挿話が突如として挿入される。夫人が挿話の筋に係わらない忠実なコンフィダントであった以上、その病死の情景は唐突な印象を免れない。「取り返しのつかない損失」と題されたこの挿話で、語り手は侯爵夫人の病状の悪化を聞き知り狼狽し、夫人の臨終に立ち会ったあと、虚脱感に襲われる。侯爵夫人はなにゆえ突如として死なねばならないのか。『パリの夜』第一部は一七八六年一二月二二日から八八年一月二〇日にかけて執筆され、その後八八年八月と一〇月初旬に新たに一四夜が加えられたと推定される。(9) 作中で侯爵夫人の死は八八年八月二〇日と設定されているから、この挿話が八八年八月か一〇月に加筆されたと考えても不自然ではない。侯爵夫人の死の挿話が唐突に挿入されたのはなぜか。これには確たる証拠は見出せないが、考えられるのはマスとしての民衆の出現であろう。

八七年から八八年までは、いわゆる「アリストクラートの反抗」の時期に当たる。この時期はまた、民衆が群衆として行動し、自己表現しはじめる時期でもある。八七年九月の高等法院の首都帰還を歓迎して、民衆は街路を埋めつくし、爆竹や花火に火をつけ、軍隊に投石する。しかも翌八八年には、民衆運動は大衆暴動の様相を呈し始める。食糧危機に端を発した八月二八日の暴動はさらに性格を変え、衛兵所を掠奪し、焼き払う。流血の乱闘を含む暴動は九月末まで続く。[10]「今日のすべての文学者の中で、おそらく私は民衆にまじって民衆を知るただ一人の人間だろう。私は民衆を描きたい。よき秩序の見張り役でありたいと思う」(第一四二夜)。語り手にこのように語らせていたレチフは、大衆暴動の参加者としての民衆を目のあたりにしておびえながらも、群衆の動静に無関心ではいられなかった。民衆にまじって民衆を知るただ一人の文学者を自負するからには、作者は語り手に民衆について語らせなければならない。しかし、このときレチフには、夜の集いをモデルにした内輪な語り、すなわち架空の読者を介して一般読者に語りかける語りの枠組みは、マスとしての民衆を描くのにもはやそぐわなくなったと思われたはずである。

レチフが語り手に「私は民衆を描きたい」と語らせたとき、描かれる対象はあくまでも個別的な民衆であった。観察の対象は下層民であることが多いが、彼らは既成秩序の枠内にとどまる個々の民衆である。これに対応するかのように、夜の集い風の内輪な語りの場が設定される。ところが、革命の序曲の時期に当たる第一部の終わりとその渦中にある続篇とでは、民衆はもはや秩序内におとなしくとどまる個別的な民衆ではない。彼らは既成秩序の枠を超えて自己主張するマスとしての民衆にほかならない。レチフは内輪な発話モデルが匿名の群衆の描写にふさわしくなったことを、作家の本能的直感で察知したのであろう。続篇では、いまや語り手は架空の読者を介さず、じかに不特定多数の読者に語りかける。語り手は主人公の座を民衆に譲り渡したかに見える。[11] 文学作品の創造過程に変数が導入されたのである。[12]

暗殺事件直後のフィクションに現れる常数

語りの枠組みの軌道修正を革命期におけるレチフの文学的変数の一例だとすれば、この時期のもっともショッキングな事件の一つ、マラーの暗殺というすぐれて時事的な題材を扱った短篇『シャルロット・コルデー伝』は、逆説的になるが、レチフの常数を表していると言えよう。

ミシェル・ドロンは「事件直後のフィクション」と題した論考をつぎのような文章で書き出している。「歴史の事実は、それに先立つ期待とそのあとにつづく関心とによって事件となる。説明の枠は事件より以前に存在するのであって、その枠が事件に形と意味を与え、事件を持続と体系に組み入れることを可能にする。細部は散逸しても、理解しようとする欲求によって集約され、それをまさしく事件として構成するもろもろの選択によって造型化される。世論の深部に生じる動向は作家たちに追求される、いや引き継がれてゆく。彼らはそれ自体、個人的神話によって構造化されたフィクションの中に、事件を統合するのである。マラーの暗殺の場合には、二人の有力な作家が即座に事件に反応する」[13]。二人のうちの一人は詩人アンドレ・シェニエであり、もう一人は小説家レチフである。レチフの個人的神話が事件をいかに統合するかを以下に一瞥する。

この短篇は『フランス女性暦年』の最終巻に収められている。『フランス女性暦年』は各地方の女性にまつわる逸話を集めた一二巻からなる短篇集で、一七八九年に大半が書き上げられていたが、その後三分の一ほどが新たに加えられ、九〇年から九四年初めにかけて刊行された。『コルデー伝』は、作中の作者自身の言葉を信じるなら、九三年一〇月二八日に脱稿したと考えられる。コルデーによるマラー暗殺が同年七月一三日、コルデーの処刑が七月一七日であるから、作者の言うように「社会的不安の昂りのさなか」に書き上げられたと言ってよい。

『シンナ』の作者コルネイユの血を引く貧乏貴族の美しい娘によるマラー暗殺が、当時どれほどの衝撃を与えたかは想像するにかたくない。九二年八月一〇日の革命の際にコミューンの指導者として頭角を現し、九月の虐殺を煽動し、国王の処刑を強硬に主張したコルドリエ・クラブの議長、都市民衆の要求のよき理解者としてサン＝キュロットの間で根強い影響力と人望を誇っていた「人民の友」マラーが、カーンの町から出てきた無名の娘の手にかかって命を絶たれたのである。この衝撃的事件の受け取り方が、ジャコバン独裁初期の政治をどう見るかによって二分されたことは言うまでもない。マラー暗殺の異常事態に激昂したサン＝キュロットは拳を上げて報復を叫び、マラーのために七月一六日盛大な葬儀を行ない、コルドリエ・クラブの円天井に彼の心臓をかかげたと伝えられる。七月一三日から二六日まで、各種の愛国的新聞は、街頭、地区、政治クラブ、国民公会などのさまざまな場所で行なわれた追悼演説を掲載する。この短い期間に演説は「マラー死す」の言説から「マラーは死なず」の言説へ移行し、「人民の友」崇拝の原型を生み出す。非キリスト教化の動きと不可分に結びついたマラー称揚は九三年九月から一〇月にかけて頂点に達し、パリでは五〇回以上の称揚の祭典が行なわれたという[15]。これに対して、ジャコバン派の政治に同調せずマラーに敵意を抱いていた人々は、ひそかにコルデーの行為に快哉を叫び、彼女のイメージをオルレアンの少女のそれと二重写しに見ていたようだ。レチフの『コルデー伝』とともに事件直後の作品化のもう一つの例に数えられるアンドレ・シェニエの二つの詩篇、『シャルロット・コルデーに捧げるオード』と『イアンブ』は、後者の側からなされた烈しい感情表白であった。けれども、この政治的暗殺の事件を知ったとき、大多数のフランス国民は非難と称賛の入りまじった複雑な感情を共有していたのではあるまいか。少なくとも、数種のコルデーに関する伝記研究[16]に含まれる同時代の証言や後世の歴史家の文章はそれを首肯しているように思われる。事件当時の多くの人々にとって、マラー暗殺が矛盾形容法《オクシモロン》によってしか言い表せないものであったほど、その衝撃は大きかった。一九世紀の詩人ラマルチーヌは『ジロンド派の歴史』の中でコルデーの行為について、この矛盾形容法によるみごとな表現例を残している。少し長いがあえて引用してみよう。

「これがマラーの最期であった。これがまた、シャルロット・コルデーの生涯と死であった。歴史は殺人行為を前にして、称賛することができない。歴史はヒロイズムを前にして、糾弾することもできない。このような行為を評価しようとすると、私たちの心は美徳を否認するか、それとも暗殺をたたえるかという恐ろしい板挟みの立場に立たされる。

人間の行為には、ひと言で形容することができず、犯罪と呼ぶべきか美徳と呼ぶべきか分からなくなるほど、弱さと強さ、純粋な意図と罪深い手段、誤謬と真実、殺人と殉教とが密接に混じりあった行為があるものだ。シャルロット・コルデーの祖国に対する犯罪的な献身は、道徳によって非難されることがなければ、称賛と嫌悪のいずれにも永久に疑いを抱かせずにおかない行為の一つなのである。

仮に祖国を解放したこの崇高な娘、圧政の息の根を止めたこの高潔な娘に対して、私たちの感動の高ぶりと彼女の行為について私たちが下す判断の厳しさとを同時に含む呼び名を見つけなければならないとしたら、私たちは称賛と嫌悪という両極端のものを結びつける一語を人間の言葉の中に作り出し、彼女を暗殺の天使と呼ぶことになるだろう[17]」。

短篇『コルデー伝』は、マラー称揚の視点に立っているのでもなければ、コルデーの行為を明らさまに称賛しようというのでもない。といって、マラーとコルデーの双方を狂気として扱うのでもない。作者の視点はいささかデリケートである。この短篇は三つの部分に分かれる。(A)友人、縁談などといったコルデーの私的交遊に関する挿話。(B)コルデーのマラー暗殺から処刑までの描写。(C)作者の感想。これらをさらに細分化すれば、つぎのようになるだろう。(A)—①友人フェリシテ嬢との交遊、②コルデーに縁談を断わられた青年貴族サン＝マルクフの復讐の企て、③若い司教による結婚の申し込み。(B)—④コルデーとジロンド派議員との接触、⑤マラーの経歴と暗殺直前の生活、⑥コルデーによるマラー暗殺、⑦コルデーの裁判、⑧ジロンド派議員バルバルー宛のコルデーの手紙、⑨コルデー裁判の判決、⑩冥府における二人の魂の出会いを想定した幻想的描写、⑪コルデーの処刑。(C)—⑫作者の感想。

レチフは、マラーの肖像を描くときには皮肉や悪感情を行間にただよわせ、彼をジャコバンの英雄としてではなく臆病で猜疑心の強い男として描き出す。コルデーについてはミシュレの「聖処女」のイメージを共有しながらも、彼女の暗殺行為そのものは狂信として退けているかに見える。まず、(B)—⑤で描かれるマラーの肖像はこんな具合である。医者として出発し、八九年からジャーナリストに転身して「同国人ジャン＝ジャック・ルソーのあらゆる熱情と臆面もない率直さ」で世間を驚かせたが、「彼が非難攻撃されないためには、当時あまりにも多くの人々が彼を非難攻撃することに関心をもちすぎていた。

彼は嫌われ者だったのである」。また、敵が多かったマラーは暗殺を恐れて臆病になり、どれほどわずかな危険からも身を隠した。たとえば、市民デュボワはある家の夕食に招かれ、マラーと同席したことがあった。腰を上げて帰る時刻になってマラーが不安気な様子を示すので、デュボワが途中まで同道するが、数日後になってジャコバン派の集会でそのことで意外にもマラーから非難を浴びせられる。デュボワは暗殺の下心があって同行したというのである。デュボワは呆れて、「君はいみじくも、同国人ジャン＝ジャックの晩年の、疑い深く、おびえきった想像力をそなえているのだ」と、叫ぶ。ジロンド派議員の追放が決議される五月三一日以後、マラーが自宅を出たのは二、三度でしかなかった。「彼はソクラテスのように、自分に危険を告げるダイモンを宿しているように見えた」。マラーの姿がかなり意地悪く戯画化されていることは明らかである。

コルデーについてはどうか。「マラーは人間を恐れていた。犯罪に慣れた悪党を恐れていた。ところがもう一人（コルデー）は、彼の命の糸を断ち切る瞬間まで、やさしく、貞淑で、純真な女だった」。正確に言えば、五月三一日以後ジロンド派議員との接触によってジャコバン派に激しい敵意を抱くまでは、美しく聡明で勝気な元貴族の娘として捉えられている。いや、暗殺を実行したあとのコルデーも、「血迷える熱狂」という一点を除外すれば、非の打ちどころのない人間のようにさえ見える。裁判に臨むコルデーは、証人たちの証言に対して率直に事実を認め、死刑の判決が言い渡されると裁判官に向かって礼を述べる。「彼女は聴罪司祭に会おうとしなかった。このことは、彼女が哲学者であったか、さもなければ根っからの貴族であることを証明している。というのも、彼女は宣誓司祭を拒否したのであるから。生命破壊に先立つ恐るべき瞬間にも、彼女の態度はどれ一つとっても平静かつ晴々として、熱狂的だった。これこそ、みごとになされた強力な説得の効果である」。ここで短い作者の感想が挿入されたあと、処刑の情景が描かれる。「彼女は慎ましく、端然として死に赴いた。その態度は笑ってこそいなかったが、明るかった。……彼女は罪の醜さをその態度で和らげていたのだ。〔……〕彼女は運命の板の上に晴れやかに跪いた。恐るべきギロチンの刃が落ち、血迷える熱狂はもはや存在しなかった……」。戯画化とも思える皮肉にみちたマラー像と、清純なコルデー像との対照は明らかであろう。

しかし、レチフはこの短篇の最後に付した感想の中で、共和暦二年霧月七日（九三年一〇月二八日）における一般の感情について触れ、愛国者、哲学者、信心家、貴族などあらゆる党派がコルデーの毅然とした態度と平静さを称賛していることについて註釈を加える。「しばらく立ち止まって、この女性の気力、冷静さ、自制心といったものがいかなるものであるかを考えてみよう。マリアンヌ＝シャルロットは恐るべき犯罪を犯していながら善行をなしたと信じ、自らの意図を確信して、確実な死を凝視しつつ行動に移っている。死罪を宣告されても勇気を捨てず、自らを超越して世にも勇敢な男の勇気にも劣らない。平然として陽気に、まるでいっそう心に適ったものの方へ向かってでも歩むかのように、予想された死へと進んでゆく」。しかし、いかに殉教者風の気骨や落ち着きや微笑を見せて死に臨もうとも、それがただちにその人間の正しさを示すことにはならない、と語り手は指摘する。「このことは、死に赴くときの殉教者の決然たる態度、微笑、歓びを、その立場の正しさの証しと見なさしめる世の妄信がいかに空しいものであるかを充分に証明している。〔……〕変わらぬ栄光を与えてくれるのは、実際には、道徳的に正しい行為をおいて外にないからである。熱狂や盲目的勇気は、軍隊でならば敵前で、それも兵卒の間でしか美徳にならない。それというのも、指揮官にとっては、そうしたことは大抵の場合、軽率な言動となるであろうからである」。

レチフはもう一つの短い感想（B－⑩）の中で、かなり明確にコルデーの誤りを二点指摘している。まず、われわれが最大の規範とすべきものは個人の保全であるにもかかわらず、コルデーがこの真の原理に反して殺人という最大の犯罪を犯したことである。「この熱情は偽りの原理にしかもとづいていない。真の原理とは、殺人は犯罪の中でも最大のものであるということ、裁判においてすら、構成員のだれかに死刑を科する社会も、個人の保全というこの同じ原理によってしかそれを行なうことができないということである」。コルデーの誤りの第二は、暗殺行為が暗殺者という一人の人間のうちに、裁判官、証人、死刑執行人などの役割を兼任させるものであることを知らなかった点である。「マリアンヌ＝シャルロットは、一〇万人の命を救うというその信念に拠ろうとも、彼女を免罪するものは何一つないことに思い至らなかった。というのも、彼女は恐るべき、途方もない兼任によって、自らのうちに、告発者、訴追官、証人、裁判官、死刑執行人の資格を集中させていたからである。社会はいかなる存在にかかる権力を委託しようと望むだろうか。社会の構成員であって、かかる権力を独占してなお公衆の敵と宣告されず、追放もされない者とは何者であろうか」。

けれども、コルデーの暗殺行為に対する作者の執拗なまでの論難は、かえってコルデーへの同情と称賛に駆られる内心の欲求を告白している。作者の感想の行間に、「破廉恥漢」マラーへの反感とコルデーへの共感が濃厚に感じられることは否めないからである。しかし、先にふれたように、九三年一〇月に書き上げられたと推定される『コルデー伝』で、あからさまにマラーを冒瀆することはモンターニュ派批判を意味する。同様に、コルデーの政治的信条を公然と認めることも、ジャコバン独裁下に生きる作者にとって不可能に思われたにちがいない。ミシェル・ドロンの表現を借りるならば、作者は「カンの娘の信条の正しさを認めることなく、彼女の行為を称揚」するか、少なくともそれに同情するのでなければならない。つまり、この事件を小説化するとき、もともと作者にはジレンマが用意されていたのである。ジレンマを解消するために、小説の冒頭部分(A)では聖処女コルデーのイメージが強調される。

『コルデー伝』は三つの異質な語りの層から構成されている。(A)中性的証人としての語り手による三人称の語り、(B)裁判官と被告の問答、七人の証言に対する被告の応答、とりわけバルバルーへの手紙といったコルデー自身による一人称の語り、(C)語り手と区別される作者自身の語りがそれである。三つの挿話からなる冒頭(A)の部分は大半がフィクションであるばかりでなく、作為的な削除が認められる。たとえば、コルデーの修道院生活、母親の死、父親の再婚後コルデーが身を寄せた叔母、あるいは彼女の思想を形成したと思われる読書内容、彼女の貴族性とジロンド派の影響など、当然言及されるべき事柄が故意に割愛される。レチフがマラーを登場させている小説は『パリの夜』の続篇と『コルデー伝』であるが、ドロンが指摘しているように、主人公は前者ではマラーであり、後者ではコルデーである。マラーは政治家＝公人であるからフィクションの入る余地が少ないのに比べ、無名の娘＝私人であるコルデーはフィクションを挿入する余地が大いにある。レチフは中性的証人の語りの部分(A)を、聖処女コルデーのイメージ化のために最大限に利用する。

こうして、聖処女の手にかかって暗殺されたマラーの不滅化という観念が、いつしか作中に忍び入る。貞淑なコルデー像は、マラー対コルデーの敵対構図を無化するための伏線なのである。ここで『パリの夜』続篇の一節を引用するのもむだではない。「聡明な医師、熱烈な愛国者であったマラーに、その名声の完全な潔白を返すには何が必要だったろう。死である。〔……〕彼が直面した愛国的死が必要だった。〔……〕これほど名誉ある死の例も少ない。……ルペルチエは遊蕩児パリスに暗殺された。反対に、愛国主義の聖なる火に焼きつくされたこの人物は、乙女の手によってのみその命が絶たれるのを見るべく、運命づけられていたように思われる」。伏線と言えば、『コルデー伝』ではマラーとコルデーの間に、ある種の親和力さえ想定されているように思われる。コルデーが暗殺の対象にマラーを選んだのはなぜか。「知名の士となるのが遅すぎるほどであった卓抜した愛国者マラーは、彼女の目には、自分の支持していた党派のもっとも過激な、もっとも危険な敵に見えた。彼女はこの敵を、若干の人たちが主張するように怪物だとは見なしていなかった。そうではなくて、自分の嫌悪する党派の中でもっとも有能な人物と見なしていたのである」。

文学的常数が現れるのは、この短篇の終わりに近い幻想的出会いの場面(B)―⑩である。それは、冥府で出会った二つの魂の対話として想像されている。この幻想的場面は、コルデーが、「真実と信じこんだ偽りの平静さをもって」馬車に乗り、処刑場へ向かうところで挿入される。故意に説明がはぶかれ、また二つの魂の対話の形をとってはいるが、挿入されたこの幻想的場面は刑場へ向かうコルデーの胸に一瞬去来したかもしれない意識を想像したものである。

身体から解放された魂に赤裸々な真実が見えるとすれば、処刑後のコルデーの魂に出会ったマラーの魂は激怒して後を追い回すだろうか。いや、むしろマラーの魂は、いくばくもない彼の命を奪うためにコルデーが罪でおのれを汚したこと、彼女がおのれの生涯に汚点をつけ、かえってマラーの最期に花を添える結果を招いたこと、しかもマラーの栄誉が称えられている時にコルデーはまだ生きていたこと、それがコルデー自身の裁判と処刑の前日であったこと、コルデーが死刑執行人のいまわしい手にかかって死んだのに反して、マラーは彼を刺殺する時まで罪の汚れを知らなかった一人の処女の手によって殺されたこと、さらにコルデーが死の恐怖を味わったのに対して、マラーはその恐怖を知らぬまま、神々の祭壇に捧げられる無実のいけにえとして生きることをやめた、そんなことを説明し、コルデーに同情するだろう。そしてコルデーは、良心の呵責から永久に逃れられないだろう。「この言葉を聞いて、マリアンヌ＝シャルロットは涙を流したにちがいない」。

それにしても、この幻想的場面は一読して特異な印象を与える。第一に、暗殺されたマラー自身の口から暗殺者の免罪が語られているのである。マラーの魂はコルデーに同情し、コルデーを許す。というのも、「マラーは、彼を刺殺する時まで罪の汚れを知らなかった一人の処女の手にかかって殺され」、まさにそのことによって不滅化されたことを覚っているからである。第二に、コルデーはまるで尊師の言葉に聴き入る弟子のようにマラーの話を一方的に聞いたあげく、落涙する。ここには、信条を異にする、暗殺し暗殺された者同士の革命の大義を争うさまは見られない。コルデーは、「もし彼〔マラー〕をもっとよく知ったなら、彼を敬愛し、守ったかもしれない一人の魅力的なうら若い娘」（『パリの夜』続篇第二部「はみだした夜、第四夜」）なのである。二つの魂は、暗殺というすでに過去に凝固した行為を想起して感動を共有している。

この冥府での出会いの場面まで読みすすむと、センセーショナルな事件の当事者二人がいつしか作者に固有の色彩を与えられ、いわばレチフ化されていることにわれわれは気づく。過ぎ去った体験や出来事（人生はレチフにとって灰色《グリザイユ》の風景すなわち悲しみでしかない(18)から、多くは不幸や苦しみである）は、それ自体としては意味をもたない。それは内面的時間を媒介に濾過されてはじめて感動を伴う意味を獲得する。レチフの文学的常数は、「逃げ去って二度と帰らない瞬間を美化するあの快いプリスム」（人間的時間）を通して、過去を反省し、問いなおすことである。「一年前、二年前に私はどうであったか。私は幸福において損をしたか、得をしたか」（日記『私の落書』）。『コルデー伝』の終わりにさしかかって挿入される冥府における出会いの場面で、コルデーが流したかもしれない涙は、レチフ的カタルシスの表現にほかならない。コルデーのカタルシスは、マラーと彼女の対立のカタルシスでもある。そこでは、コルデーの良心の呵責はほとんど政治的意味を失う。暗殺者と被暗殺者の対立は括弧にくくられるのである。もともと作者は、「犯罪と呼ぶべきか、あるいは美徳と呼ぶべきか、決めかねるような行為」を前にして、『コルデー伝』を書かなければならなかった。それは、マラーを公然と非難せず、コルデーの信条を肯定もせず、しかもコルデーの行為に同情するというジレンマである。このジレンマが、作者レチフの文学的常数である想起の瞬間に吸収され、取り込まれてゆく（「私は、幸福において損をしたか、得をしたか」）。

ついでに言うなら、この常数は、コルデーのうちにマラーのれっきとした弟子を認め、この弟子が師の説の論理を徹底させ、ついには師の説く原理のために師を暗殺するにいたるという、一九世紀に現れる「マラー＝コルデーのペア化」の主題[19]をすでに先取りしているように思われる。

（1） 最近では、それぞれ別個に刊行された第一部と続篇の普及版が入手可能である。Rétif de la Bretonne, *Les Nuits de Paris*, Edition de J. Varloot et M. Delon, Gallimard, 1987; *Les Nuits révolutionnaires*, Livre de Poche, 1978.（一九九〇年

に刊行されたダニエル・バリュク版には、『パリの夜』の大半が収められている。*Paris le jour, Paris la nuit*, Edition presentée et établie par Daniel Baruch, Robert Lafont)。なお、一九八八年にスラトキン社からレチフの作品全巻のリプリント版が刊行されている。

（2）三〇年代の小説論争については、つぎの文献を参照。Georges May, *Le dilemme du roman au XVIIIe siècle*, PUF, 1963.

（3）*Mes Inscripcions*, 1889, Plon, p. 86.

（4）*Monsieur Nicolas*, Ed. Pauvert, t. 4, p. 169.

（5）Maurice Heine, Hippocrate, sep. 1934, p. 609-10.

（6）Pierre Testud, *La création littéraire de Rétif de la Bretonne*, 1977, Droz, p. 125.

（7）P. Testud, *Culture populaire et création littéraire. Le cas de Rétif de la Bretonne*, dans Dix-huitième siècle, n° 18, 1986.

（8）ロベール・マンドルー『民衆本の世界』二宮宏之・長谷川輝夫共訳、人文書院、一九八八年。夜の集いに関しては、とくに二三―二九ページを参照。

（9）ピエール・テスチュ、前掲書、五〇八ページ

（10）George Rudé, *La foule dans la Révolution française*, (1959) 1982, Maspero, p. 43-49. 邦訳『フランス革命と群衆』前川・野口・服部共訳、ミネルヴァ書房、一九六三年。

（11）Daniel Baruch, *Le peuple des Nuits*, in Etudes rétiviennes, n° 8, 1988.

（12）一九八八年、フランスの『人文科学』誌上でレチフ特集が組まれた際、いくつかの論文は第一部と続篇の間の語りの変容について分析している。それらは主として、続篇における語り手＝目撃者による事件再構成の視点と、革命期の公的出来事と私的出来事の叙述の対応関係である。たとえば、D. Masseau, *L'irruption de l'histoire dans l'écriture des Nuits révolutionnaires*; Jacques Lecuru, *Le hibou en révolution ou du spectateur nocturne au citoyen spectateur nocturne*; Laurent Loty, *La révolution éclairée par Les Nuits de Paris*, dans Revue des Sciences Humaines, 212, 1988.

（13）ミシェル・ドロン「事件直後のフィクション」、『マラーの死』所収（*La mort de Marat*, Flammarion, 1986.）

（14）*Histoire de Charlotte Corday*, dans L'Année des dames nationales.

（15）ジャック・ギヨムー「パリにおけるマラーの死」、クロード・ボネ「称揚の形式」、前掲書『マラーの死』所収。

（16）コルデーに関する伝記研究には、つぎのような書がある。Ch. Vatel, *Ch. de Corday et les girondins*, 3 vol., Plon, 1864-72; E. Defiance, *Ch. Corday et la mort de Marat*, Mercure de France, 1909; E. Sorel, *Ch. de Corday*, Hachette, 1930; Albert-Clément, *La vrai Figure de Charlotte Corday*, Emile-Paul, 1936; X. Rousseau, *Les de Corday au pays d'Argentan*, 1938; R. Trintzius, *Ch. Corday*, Hachette, 1941; B. Melchior-Bonnet, *Ch. Corday*, Perrin, 1972.

（17）Lamartine, *Histoire des girondins*, 1847.

（18）ピエール・テスチュ、前掲書、七〇三ページ。

（19）ジョルジュ・ベンレカッサ「十九世紀の歴史書におけるマラーの死」、前掲書『マラーの死』所収。

10 レチフとフランス革命

レチフ・ド・ラ・ブルトンヌが残した作品は膨大な数にのぼる。今日まで確認されているところでは、タイトル数にして四四点、巻数にして一八七である。しかも、信頼すべき近代版が少ないこともあって、レチフ再評価は著しく遅れたが、この十数年間の着実な研究の広がりを背景に、一九八五年三月レチフ学会が設立された。さらに季刊誌『レチフ研究』が刊行され、国際討論会が開催され、「プレイヤード古典叢書」の批評版も刊行されるにいたり、フランス本国を中心にレチフ復権はほぼ完全に達成されたと考えられる。

レチフ文学にいち早く注目していたのはドイツの作家たちであった。シラーは一七九八年一月二日付のゲーテ宛の手紙で、やや昂奮気味にレチフのことを語っている。「ひょっとして君はレチフの特異な作品『(ムッシュー・ニコラまたは) 解き明かされた人間の心』を読んだのではあるまいか。少なくとも噂に聞いたことがあるのではないか。私は既刊のものは残らず読み終えた。この書に平板さと不快さが含まれているにもかかわらず、私はこれに無上の楽しみを覚えた。これほどに激しく官能的な本性に出会ったことはない。目の前を通り過ぎるさまざまな作中人物、とりわけ女性に興味をもたずにいられない。庶民階級のフランス人の習俗と外観をかくも生き生きと描いてみせるあの無数の特徴的な情景には興味を抱かずにいられない。外部から汲み取り、人間を現実生活において研究する機会にあまり恵まれなかった私には、(……)このような書は測りしれない価値がある」[1]。

シラーは一八〇〇年七月二六日、ウンガー宛の手紙においてもレチフについて触れている。「(……)私は古い小説に結着をつけると同時に、まったく新しい小説を書きたいと思っていました。新しい小説の良い着想が浮かんだら、何はさておきあなたの新聞に寄稿するはずです。レチフ・ド・ラ・ブルトンヌの『解き明かされた人間の心』の理解されやすい賢明な抜粋は、あなたの新聞にたいへん貴重な貢献をするにちがいありません。お分かりのように、まだ延々とつづく自伝のほかに、八巻本があります。しかし、この仕事は新しいすべての文学の中でももっとも重要なものの一つであるにもかかわらず、現状では購入することも読むこともできません。二部に分かれているこの八巻本は限りない興味があるにちがいありません(……)」[2]。

シラーによる二通の手紙の日付の間に、ゲーテに宛てたフンボルトの手紙(一七九九年三月一八日付)がある。フンボルトはパリのカフェでレチフに面会したときの様子を詳細にゲーテに報告している。

ゲーテ、シラー、フンボルトらによって注目されたレチフが大革命に遭遇したのは、彼が五五歳にさしかかろうとしていたときであった。彼は大革命直前の一七八八年に、首都パリで三〇年間観察したと称するスケッチ風の挿話を集めた『パリの夜』を発表した。一七八八年のことである。一四部から成るこの作品の終わりに掲げられた目次の後に、作者は「第一四部の終わり、最終部」と記していた。このことから、レチフが『パリの夜』を最初の一四部で完結させるつもりであったことが分かる。しかし、フランス革命という未曾有の歴史に触発されて、続篇の第一五部および第一六部を書き始める。これら最後の二篇は、『革命の夜』の表題で独立して刊行されたことがある。(3) そこで、『革命の夜』のテクストを中心にレチフの政治的立場の常数と変数を検討してみたい。

1

『革命の夜』第一五部すなわち「夜の週日」は、一七八九年四月二七日から同年一〇月二八日にかけての出来事を第一夜から第八夜にわたって取り上げている。第八夜にはさらに後に加筆された部分があり、一七九〇年四月一六日から一八日までの国民軍衛兵の交歓情景がそれである。したがって、正確には一七八九年四月二七日から翌年四月一八日までを対象としていることになる。

第一五部に関するかぎり、作者の国王評価は特権階級への批判の激しさと対照的に好意にあふれていて、八九年七月一七日の国王のパリ訪問をめぐって繰り返しルイ一六世の善意が賞讃される。八月四日夜の特権の廃止や八月二六日の国民議会で採択された人権宣言については、なぜか触れられない。第七夜では、中央市場の女たちのヴェルサイユ行進と国王のパリ帰還を描き、近衛兵と民衆の行きすぎを指摘しながらも、彼は言う。「私は特権階級とは無縁な人間だ。君主と国民議会がパリに存在するようになったことを私は祝福する」。国民の帽章をつけた近衛兵と民衆が一体となって「国王万才！　国民万才！」と叫ぶさまを見て、作者は「国王は頭、国民は胴体であり、二つは一つのものにほかならない」

と、結論づける。第一五部の最後に当たる「はみ出した夜」(第八夜)は、出版者ギヨーの口を借りて、メッス、ティオンヴィル、ナンシーの国民衛兵の熱狂的な、友愛のこもった交歓情景とともに、彼らが国民と国王のために乾杯するさまを感動的に描き出して終わる。

このような国王への素朴な信頼は革命初期の国民の感情を表したものであり、ディディエによれば、「陳状書」(Cahier de doléances)の大半に表現されていたものだという(4)。しかし国王への素朴な信頼は、作者レチフ自身が少なくとも大革命初期には国民や民衆と共有していたものでもあった。一七八八年末に印刷を完了した『パリの夜』の最初の一四部は、次のような文章で終わっている。「国民が抱くまぶしい期待の後に、幸せな現実がすべての善良な市民の願いによって早められ、早く到来してほしいものである」。そして表題の裏に、「私の国、私の国王、すべての政体の中でもっとも完全な君主政体を、私は愛する」と、記される。

第一六部が対象とするのは一七九〇年七月一三日から九三年二月二八日まで、言いかえれば連盟祭から国王のヴァレンヌ逃亡と裁判、九二年九月の虐殺、ルイの処刑、ジロンド派の没落と逮捕、そして第一次対仏同盟の結成の時期までである。第一六部には、同じ作者による『人生のドラマ』(一七九三年)の一節がエピグラフとして引用されている。「私は一国王に同情するものではない。国王を憐れむのは国王であればよい。私はそういった輩《やから》とはまったく無縁だ。彼は私の隣人ではない」。さらに、このエピグラフにつづいて「緒言」では次のように述べられている。「もう一つ注意を促しておかなければならないが、もろもろの出来事は順を追って、そのとき支配的であった世論に従って書かれた。私はこの外観を残さなければならないと考えた。というのも、それは語りそのものと同様に歴史的であるからである。だが、この第一六部の終わりに私の政治信条の表明が見出されるであろう」。たしかに、「はみ出した夜」（第五夜）には、「著者の政治信条」が公けにされている。「冒頭に述べたように、私はこの作品を事件が実際に起こるに従って書いてきた。そして印刷は非常に手間取った。この中で著者は、自らの見解よりもその時々の公衆の意見をより多く表現してきた。だが、ここでは私の意見をまったく純粋な状態において示さなければならない」。作者はこのように断った上で、彼自身の見解と称するものを要約している。「私が思うに、国民の真の代表はモンターニュ派の中にあり、同じ意味で、ジャコバン派と愛国クラブ、彼らと考えを同じくする人々は真の愛国者であり、（……）マラー、ロベスピエールらは祖国を救ったのであり、不幸にして九月二日、三日、四日、五日の処刑はなによりも宣誓忌避司祭、反革命的世俗人らに対して必要だったのである。ルイ・カペの死は正当にして必要だった」。

この文章とそれにつづく文章を率直に読めば、これが身の危険をおぼえた作者のかなり不自然な、いや不器用とでも言うべき不自然な政治的アリバイの表明であることは歴然としている。最新の成果に立ってレチフの伝記を著したネッド・リヴァルが、この信条宣言《クレド》に関して、「口先だけの主張のように思われる」[5]と指摘しているのも当然である。幼少年期から人間の血が流れるのを見て嫌悪感を抱いていたレチフ、《人類への反逆罪》としてつねに死刑に反対しつづけた彼が、この文章で自らの深い思想を洩らしているとは考えられないと言うのである。むしろ、穏健な革命派と考えられるのではないかという怖れが、彼自身を自らの思想を超えたところへ引きずっていったのではないか、とリヴァルは推測する。この指摘は当を得たものと言えよう。

「著者の政治信条」に見られるように、第一六部では作者の自己規制いわば自己検閲とも言うべき意識が働いて、その内容表現にはかなりの変容が生じている。けれども、実を言えば、第一六部の行間には大胆なほどに作者の所感が巧みに述べられてもいるのである。レチフは公衆の意見を隠れ蓑にしつつ、むしろ彼自身の意見を挿入しているからだ。彼自身の意見は、国王処刑の現実を前にしたときの戸惑いと反発、マラーに代表されるジャコバン派の動きへの批判が主たるものである。

ルイの逃亡がその実行以前からすでに首都の民衆の間で噂されていたことは、レチフの文章から察することができる。「ルイ一六世は、旧貴族たち、妻、妹、叔母たちにしつこく付きまとわれた、おそらくはその絶対的権威が弱まるのを眺める無念さにさいなまれ、フランスの隣国の諸列強の武力援助を得て彼の国家に勝利者として帰還する目的で、パリを去ってそれら列強諸国の腕の中にとび込むことを考えていた」（第三夜、一七九一年二月二七日より二八日まで）。ルイのヴァレンヌ逃亡はあくまでも彼自身の意志によるものでなく、周囲のそそのかしによるものであるとする見方は、当時の穏健なブルジョワの意見を反映しているのであろうか。第一六部にはその考えがかなり色濃く窺える。国王の逃亡から裁判そして処刑は第一六部で大きな比重を占め、作者の筆遣いには戸惑いと逡巡の気配がありありと見える。国王の逃亡を知って「かくて、実にこの日こそ、フランスにおいて君主制は消滅したのである」（第五夜）と断じ、「私はもはや彼に同情しなかった。（……）彼は革命と和解して生きていく手段を選ばなかった」（第一四夜）と書きながら、すぐその後につづけて「おそらく彼にはそれができなかったのだろう」とも付け加える。国王処刑を扱った第一八夜では、「彼は誓いに背いた人であり、国民に偽りの誓いをした人なのであり、これこそ最大の罪悪だ」として、ルイの罪を認めながらも、「国民は彼を裁き、彼を死刑に処することができただろうか」と、疑問を投げかける。レチフが暗に主張したかったことは、やはり一七九三年に発表された『人生のドラマ』に表現されていると言ってよい。ルイ一六世の逃亡とヴァレンヌでの逮捕について、主人公アンヌ゠オーギュスタン（レチフ）は言う。

「国王は欺かれたのだ。彼はその利益に反して行動させられている。……彼を憐れみ、真相を知らせるよう努めようではないか」。

ルイ一六世の裁判については——「《君たちはルイ一六世問題がどのように結着してほしいと思うかね。》ある青年《死刑判決を下すべきだ。》全員《反対！　反対！》アンヌ゠オーギュスタン《憲法によっては廃位の宣告しか下されない。そして廃位は、国王をたんに一介の私人とするのだから、彼にとって死刑に匹敵する》」。

この『人生のドラマ』の発表から三年後に刊行された『ムッシュー・ニコラの哲学』（一七九六年）では、レチフにはもはや国王への同情的トーンは認められない。「国王は頭、国民は胴体」とする一種熱狂的とも言える高ぶった描写で終わっていた第一五部に関する作者自身による解説文では、彼の文章は冷やかでさえある。「第一五部は、大革命の初期の出来事と、心ならずも立憲派となった国王が筆頭官吏の資格で不本意に共和国を統治していた時期とを描いている」（「わが作品」）。

晩年のレチフの伝記については不明な部分がまだ多く残されているが、グルノーブルに在住していてレチフの作品の熱心な読者であったフォンテーヌ夫妻への書簡は、その意味では貴重な資料である。レチフは、根っからの共和主義者であったと見られるこの問屋商夫妻への私信で、彼自身の生活と政治的見解を断片的ながら率直に語っているからである。これらの手紙は、後に触れるように、一七九七年の時期のレチフが共和主義者であり、革命の理念に忠実であることを示している。

八九年に立憲君主制支持派としてスタートしたレチフは、国王ルイの逃亡に強い衝撃を受け、一方、国王の処刑に反発を露わにしながらも、執政官政府期には共和主義の立場を選ぶに至ったと考えられる。

2

ジャコバン派と民衆運動に対するレチフの反応はやや複雑であり、革命期を通じてある変化が認められるものの、政治的立場において一定の距離を保ちつづけたようだ。

レチフのマラーへの反発と批判は、『人民の友』に現れた煽動性の激烈さなど、マラーその人の個性に起因するとともに、なによりも彼がジャコバン派の総帥と見なされていたことによる。言いかえれば、モンターニュ派を支えるジャコバン派の代表として、マラーが無知な民衆とりわけ下層民を煽動して無益な流血を招来させたとレチフの目に映ったこと、このことが繰り返しレチフにマラー批判の筆をとらせることになったと考えられる。マラーへの批判はすでに第一五部の終わりの部分に見出される。「マラー、雷に打たれてすくみ上がったか、それとも気が触れたかした男、父祖への民衆の信頼を失わせようとする不当な神がかり、生兵法のえせ王党派、彼は恣意的に逮捕されたのではない」(第七夜)。これは一七八九年秋、『人民の友』のあまりに激しい特権階級への攻撃が原因となって、マラーが投獄されたときのことに触れたものであろうが、レチフの論評は批判というより罵りに近い。

第一六部はルイの処刑(一月二一日)以後の一七九三年冬から翌年の春にまたがるいわゆるジャコバン独裁期に執筆されているため、マラーないしジャコバン派への批判の矛先はかなり抑制されているものの、随所にアイロニーが顔を出している。しかし作者は、後にそれすらまだ穏当な表現だと言う。たとえば、『ムッシュー・ニコラの哲学』の中の「わが政治」には、『パリの夜』第一六部に言及した文章が見出される。「私はこれらの事件（九二年九月の虐殺）のいくつかを『パリの夜』の第一六巻で描いておいた。恐怖政治の時期に挿入された部分はこの巻を損ない、国王の裁判とマラーは穏当な色合いで語られていた」(6)。しかし、第一六部で描かれたマラー像は決して穏当な色合いではないのである。

国王逃亡のあとの特権階級の反応に関連して、「以上はありのままの有益な真実であって、マラーの真実ではない」（第八夜）と付け加える。あるいは、一七九三年四月の国民公会議員の選挙運動の実態を描写して、「私はマラーさえも中傷したくない」（第一〇夜）、と言う。四月二四日のジロンド派とジャコバン派との熾烈《しれつ》な戦いの象徴的な出来事は、マラーの弾劾と一転してマラーの勝利で終わる攻防であろう。レチフは「マラーの勝利」と題した一項を次のような文章で書き始める。「先に政令によってマラー（この名はすべてを言いつくしている）は弾劾されていた。彼に逮捕令状が発せられようとしていた。彼は服従すべきではないと考えた。彼はソクラテスの盲目的模倣者のようだった。本物の方がましではなかろうか」（はみ出した夜、第一夜）。マラーの暗殺の項（はみ出した夜、第四夜）では、「有能な自然学者、聡明な医師、熱烈な愛国者であったマラーに、その名声の完全な潔白を返すにはなにが必要であったろう。死である。一七九三年七月一三日、午後七時から八時にかけて彼が直面した愛国的死が必要だったのだ」。

このように執拗なほどに繰り返されるマラーへのアイロニーは、レチフがマラーその人のうちに感じ取った一種のファナチスムへの反発に起因していると見てよい。九二年九月の虐殺に関連して、彼は書いている。「ところで、宗教的狂信がいまなお残っているということ、また聖職者に対してことさら向けられ、聖職者にのみ向けられるこのような行為が、若干の人びとを憤慨させていることが感じられるのだった」（第一二夜）。マラーの言動への恐怖に近い警戒心は、同時にマラーがジャコバン派の代名詞と化していたことをも意味している。「その後私たちがマラー主義者と呼ぶようになったジャコバン派」（第五夜）などという表現がそのことをなによりも説明している。レチフのマラーへの反発は、第一に不必要な（と彼の目に映った）流血への嫌悪、第二に無知な下層民を駆り立てて暴力と流血を招く過度のそそのかしに根差していることは明らかである。

レチフは最初の一四部で、民衆を知る文学者は彼一人であると自負している。「今日のすべての文学者の中で、おそらく私は民衆にまじって民衆を知るただ一人の人間だろう」（「二人の労働者」）。しかし『革命の夜』で暴力と流血の事態を描写する際に露わにされる下層民への警戒心は、レチフが民衆を知っているゆえに抱かざるをえない不安なのである。それとともに、彼の暴力と流血への批判が今日のわれわれの目から見て一定の正当性をもっていることもたしかである。彼の批判は、同時代の文学者の大半と多かれ少なかれ共通していたものであった。

レチフが革命期にいずれかの党派に属して活動した痕跡はない。彼は現実には臆病な傍観者であった。事実、彼自身それを認めている。「私はなにもしなかった。それは、私の行為がどのような事態を生み出すことになるか私に分からなかったからにほかならない。私をせき立てる人たちがいた。それというのも、私がいかなる事件にも荷担せず、いかなる政治クラブ、いかなる結社にも加わっていないことから、他のだれよりも反革命分子と見られにくいからであった」（第一七夜）。レチフが現実にいかなる政治クラブにも属していなかったとしても、これらの文章は第一六部執筆当時、レチフが心情的にはむしろジロンド派に近かったことをうかがわせる。たとえば、九三年五月三一日のジロンド派公会議員の追放を語るとき、はからずもレチフは自らの立場を洩らしている。「ペシオン、ガデ、ラスールス、ブリソ、ランジュイネ、ヴェルニヨ、ビュゾらの逮捕令が布告された。真の愛国者であり、もっともゆるぎない自由の支柱と私たちが考えていた彼らへの逮捕令が」（はみ出した夜、第三夜）。

共和暦五年花月一一日（一七九七年四月三〇日）、グルノーブルのフォンテーヌ宛の手紙で、レチフは自分が共和主義者であることを繰り返しつつ、但書を付けている。「お気づきのとおり、若干の人々の過誤にもかかわらず、私は共和主義者です。でも、ジャコバン派ではありません。さようなら、友情をこめて[7]」。

フランス革命期におけるレチフの立場を見る場合、『パリの夜』第一五部、第一六部に全面的に依拠することはできない[8]。ダニエル・バリュークの『レチフ伝』でも指摘されているように、旧友グリモ・ド・ラ・レニエールやグルノーブルのフォンテーヌ夫妻への私信、「遺言書」と題された一文などを重要な手がかりと見なすべきであろう[9]。

（1） Schiller, Johann C. F. von, *Briefwechsel zwischen Schiller und Goethe in den Jahren 1794 bis 1805*, Stuttgart und Augsburg, 1856, 2 vol. 仏訳の抜粋から次の書に収録されている。Rives Childs, *Rétif de la Bretonne, Témoignages et Jugements. Bibliographie*, Briffaut, 1949, p. 40.

（2） Schiller, Johann C. F. von, *Geschäftsbriefe Schillers, Gesammelt, erläutert und herausgegeben von Karl Goedeke*, Leipzig, 1875. cf. ibid., p. 42.

（3）たとえば、次のエディションで第一五部、第一六部は「革命の夜」の表題が与えられている。F. Funck-Brentano, *Les Nuits révolutionnaires*, Fayard, 1909; *Les Nuits révolutionnaires*, notes et commentaires de Béatrice Didier, Livre de Poche, 1978.

（4）dans les notes de B. Didier dans *Les Nuits révolutionnaires*, Livre de Poche, p. 403.

（5）Ned Rival, *Les amours perverties, une biographie de Nicolas-Edme Rétif de la Bretonne*, Académie Perrin, 1982, p. 248.

（6）*Monsieur Nicolas*, Ed. J.-J. Pauvert, 1959, t. 6, p. 297.

（7）*Lettres inédites de Rétif de la Bretonne*, Nantes, Forest et Grimaud, 1883, p. 12.

（8）『ムッシュー・ニコラの哲学』に含まれる「わが政治」は、『パリの夜』の続篇ではあるが、しかし前者があくまで作者の政治思想を述べているのに対して、後者は証言文学の形式をとった小説である。この点で、最初の一四部の小説的結構には異論の余地がない。第一五部と第一六部を構成する『革命の夜』は、「歴史」の本体と明白に分離した短篇は別としても、「歴史」自体にフィクションが混入されていること、とくに「政治」と異なって『革命の夜』は歴史そのものの記述ではなく、あくまで目撃者の記録という形を採用していることから、作品のジャンルとしては明らかに「政治」と区別されなければならない。一、二の例をあげるなら、第一六部第一七夜で、国民公会におけるルイの裁判が目撃されたこととして記述されているが、テスチュによれば、近年新たに発見されたレチフの日記の該当する日付に、裁判を傍聴したとする表現は見当たらないと言う（cf. Pierre Testud, *Rétif de la Bretonne et la création littéraire*, Droz, 1977, p. 539, note 699.）。また、第一五部は主人公（レチフ）がスイス旅行から急遽ひそかに帰国し、一七八九年四月二七日から記述したかのように設定されている。しかし、アヴァール・ド・ラ・モンターニュの最近の論文によれば、グリモ・ド・ラ・レニエール宛のレチフの手紙にも日記の続篇にも、その痕跡は見られないと言う（cf. Philippe Havard de la Montagne, *Une lettre peu connue de Rétif à Grimod de la Reynière*, dans les Etudes rétiviennes, 1985, p. 39.）。

（9）Daniel Baruch, *Restif de la Bretonne*, Fayard, 1996.

11 春本と「哲学書」
――違反の領域に鎮座するリベルタン小説

1

先年亡くなった作家中村真一郎は希代の読書家でも知られていたが、かつて「近代小説の起源について」と題して一八世紀フランスの作家レチフ・ド・ラ・ブルトンヌの小説を新聞紙上で論じたことがあった。(1) もう二〇年以上も前に書かれたものだが、今なお示唆に富んでいる。その一文は、レチフの三部作の書簡体小説を取り上げ、「全体小説」に言及したもので、日本の当時の小説が袋小路に行きついているとしたら、西欧小説の近代における起源に立ち返って考え直してみることも意味があるだろうという関心から書かれている。

レチフは第一作『堕落百姓』を書いた後、今度は主人公の妹を中心人物に取り上げて、前作と対をなす『堕落百姓娘』を発表し、さらにこの二作を組み直し、『堕落百姓兄妹』に仕立て上げた。「これによって従来は、田舎から出て来た百姓とその妹とが、別々に階段の梯子を急上昇して、それから転落するドラマが、今度は平行して進行する二つのドラマとなって、読者の眼のしたに展開することになり、以前よりもはるかに迫力を増し（現代的な文学用語を援用すれば）全体小説としての偉容を現すに至った」。「この二つの小説の組み合せによって、別々の筋および細部が照らし合うことになり、一挙にその作品の表現している現実が奥行きを増す」ことになる、と中村は言う。

右の一文はそう指摘した上で、わが国の天保六花撰の一人であった為永春水の大河小説『梅暦』五部作にもふれ、レチフが試みたような「対比による現実社会の幻像の再現という手法は、日本の近世の小説全盛期にはまだ発明されていな」かったと言う。「レチフにおけるように、田園と都市、農夫と貴族というような、異なった環境と異なった習慣との衝突の劇は、そしてそれによって発生する視野の拡大は見られな」かった、と中村は結論づけている。

レチフの連作小説の第一作をそれが発表された時期の文学状況に改めて置き直してみると、この小説は当時流行していたいわゆるリベルタン小説のいくつかの骨格をそなえている（「リベルタン小説」とは、さしあたり不信仰な題材を扱った放縦の文学とでも言い換えておこう）。端的な例が作品の表題であり、作者がマリヴォーの未完の回想小説『成上り百姓』（一七三四―三五年）を意識していたことはたやすく理解できる。マリヴォーの小説の主人公ジャコブは、直感と本能によって行動する。だが、それだけに彼は深刻な道徳的反省とは無縁な存在である。レチフの小説の主人公エドモンもジャコブと同様に女性の愛と庇護を受けて栄達を図るが、ジャコブには内省意識がほとんど欠如しているのに対して、エドモンは自らの行為に強い自責の念をおぼえる。成上りは、主人公によって堕落として捉えられるのである。しかも、作者レチフはこの作品を一方的な成上り批判の小説とはせず、またたんなる成上り礼讃の小説ともせず、相対立する二つの価値観、田園と都会、美徳と悪徳の意識的な対比を鋭く提示した。ヴォルテールの哲学コントの模倣者が道徳小説を量産し、ルソーの書簡体小説の心酔者が皮相なドラマと悲劇を飽くことなく産出していた七〇年代に、レチフの小説が「唯一の例外的な傑作」[2]となりえたのはそのためであった。たしかに、レチフの小説はリベルタン小説そのものではないが、主人公とその妹との近親相姦が明示され、バルザックの作中人物ヴォートランとラスティニャックの関係に似た同性愛がほのめかされているばかりか、主人公を破滅へ導く背徳的な誘惑者や無神論の博学な聖職者まで登場するのであるから、さしずめ暗い色調で描かれたリベルタン小説の一種とでも言うことができる。

ついでながら、中村真一郎の先の一文は、サドの『ジュスチーヌ』に反対して書かれた『反ジュスチーヌ』という作品がはたしてレチフの作であるのかどうか、確認できないと断わっているが、これはまぎれもなくレチフの作であり、彼が残した唯一のポルノグラフィーなのである。ポルノグラフィーといえば、彼の一連のユートピア物の第一作は、『ポルノグラフ』を表題にしている。このタイトルはもともと「売春を論ずる著者」といった意味のギリシア語からのレチフの造語であったが、後に春本作家の意味に用いられるように語意が変化する[3]。

さて、話を『堕落百姓』に戻す。七〇年代の文学状況から見てレチフの小説がリベルタン小説のいくつかの特徴をそなえた作品であることを駆け足で見てきたが、それはこの書簡体小説の中の特定の一節に注目したかったからである。作中、しばしば書物が重要な役割を演じる。書物（小説）の中の書物とでも言おうか、書物が登場人物を洗脳するのである。典型的な例として第三五信に含まれる一節を紹介する。

絵の修業に田舎からブルゴーニュの都会に出て来た純真で感じやすい青年エドモンは、今をときめく肖像画家パランゴンのもとに弟子入りする。やがて青年はこの画家に言葉たくみに勧められるまま、洗練された都会の令嬢マノンと結婚することになる。しかし、実はこの結婚話は、画家がマノンとの愛人関係を清算する思惑で彼女を弟子に押しつけるための周到な策略だったのである。結婚後、良心の呵責に耐えられなくなったマノンは、夫エドモンに許しを乞いつつ、いかにして自分が画家に誘惑されたかを告白する。第三五信の一節は、背徳的な画家のいわば誘惑術について語られた箇所なのである。

そもそも、画家の貞淑な妻が所用のため長期の留守をする間、従妹のマノン嬢に家事の切り盛りを託したことが誘惑の発端となる。「一カ月半ほどが過ぎた頃、パランゴンさんはそれまでよりいっそう頻繁に私に付きまとうようになりました。『哲学の墓碑』、『ソファー』、それにヴィルデュー夫人の数冊の小説を私に読ませました。ヴィルデュー夫人の小説には、夫を持つ身でありながら、言い寄る恋人たちの話に耳を傾け、特別の好意を示す婦人たちが見られます」。次いでパランゴンは、宗教を冒瀆する数冊の本をマノンに読ませるが、その頃発表されたばかりのド・V…氏の『P.』を真っ先に勧める。それから、『キリスト教暴露』『ブーランヴィリエ伯爵の午餐会』『聖なる感染』『偏見論』『ボーリングブルック』『奇跡に関する書簡』『有神論者の信仰告白』や同類の数冊の本がマノンに渡される。「けれどもパランゴンさんは、彼の言葉によれば、私を啓蒙すると同時に、私の心に堕落の芽をはぐくむことを考えていたのです。そのせいで私は、そうした憎むべき本の中に見つけたことが事実であればよいと思うようになりました。それに応じて、彼は淫欲に駆られて書かれた世にも破廉恥なあらゆる本を私に読ませました。それまで私は、悪書についてついぞ耳にしたことがありませんでした。私は、彼が貸し与える本を疑うこともなく残らず手に取って読みました。そうして、初めは好奇心から、そのうちに好んで読みふけり、ついには私の方からそれを求めるようになったのでした」[4]。

ところで、誘惑者パランゴンが犠牲者マノン嬢を「啓蒙」するために貸し与えた書物、言いかえれば、マノンが画家から読書の手ほどきを受けながら読みふけった書物は、書名について言及のない本を含めるならおそらく少なからぬ数にのぼるはずである。しかしここで具体的に名が示されているのは、一人の女流作家と一〇篇の本に限られている。ことさらに書名が挙げられた一〇篇の書の配列は、はたしてたんに無作為な列挙にすぎないのか、それともなんらかのメッセージを含んでいるのか。ヴィルデュー夫人は旧姓マリ゠カトリーヌ・デジャルダンと言い、一六八三年に没しているから、一七世紀の作家であるが、一七〇二年、二一年、四一年に全集が繰り返し刊行されていることから判断すると、一八世紀に入ってもかなり読まれていたらしい[5]。しかし、書名が示されている一〇篇の作品の多くは刊行年が故意に無視されているかのように見える。

『堕落百姓』は書簡体小説であるので、作中の手紙が書かれた日付はほぼ厳密に指示されている。マノンの告白の設定時期は、一七四九年である[6]。ところが、一〇篇の作品の刊行年を確かめると、マノンの告白の時期と奇妙にも日付上の大幅なずれが生じてくる。そこで、やや煩雑になるのを承知で一〇篇の作品の刊行年を追ってみる。

まず、『哲学の墓碑』はB＊＊＊騎士の名で発表された小説で、「侯爵と＊＊夫人との物語」という副題が付けられている。作者は本名ジャン゠フランソワ・ド・バスチードと名乗る人物であると推定されているようだ[7]。刊行されたのは一七五一年である。クレビヨン・フィスの小説『ソファー』の方は四五年に発表されているから、マノンの告白の時期となんら矛盾しない。しかし、「その頃発表されたばかりの」ド・V…氏の『P.』、すなわちヴォルテール作『オルレアンの聖処女』となると、事情は変わる。この作品の刊行年は六二年であり、作中で設定されている時期と一三年ものずれがあることになる。マノンが四九年にそれを読むことは不可能だ。ドルバック男爵の『キリスト教暴露』も同じく六二年に発表されている。ヴォルテールの『ブーランヴィリエ伯爵の午餐会』の出版年にいたっては六七年である。残る五篇の出版年とマノンの告白の設定時期とのずれは、ますます拡大する。『聖なる感染、または迷信の自然史』と『偏見論、または習俗と人間の幸福とに及ぼす世論の影響』の二作は、いずれもドルバックの作品であるが、前者は六八年に、後者は七〇年に発表されているからである。『ボーリングブルック』は、どうやらヴォルテール作の『英国紳士ボーリングブルックの重大な検討、または狂信の墓場』を指しているらしい。これが発表されたのは六七年である。『奇跡に関する書簡』は、イギリス人トマス・ウルストンの『イエス・キリストの奇跡に関する書簡』を指すものと思われる。英語版は一八世紀初頭の二七年から二九年にかけて発表されているが、六九年に仏訳されているという。その訳者はドルバックと見なされている。最後に、マノンの告白ではまたもヴォルテール作の宗教論の題名が現れる。六九年に『有神論者の信仰告白』という題の小冊子で再版されたこの試論は、その前年に『D…伯爵による有神論者の信仰告白、ドイツ語からの翻訳』という表題で発表されていたものであった。

このように見てくると、マノンの告白に（あえて刊行年を無視して）列挙された一〇篇の書物の配列に、作者の意図と当時のイデオロギー上のなんらかの意味とを読み取りたくなるのも当然である。誘惑者パランゴンの読書の手ほどきは、『哲学の墓碑』と『ソファー』から始まる。「彼は結局、私の精神と同時に心を誘惑したのです。でも、それだけでは私の貞節に打ち勝ち、立派な教育から得られた偏見を打ち破るにはまだ充分ではありませんでした。その双方を根絶しようとして、彼は私に不信仰の書を手に取らせました」。『オルレアンの聖処女』ほど楽に飲める毒を与えることはできません、とマノンは語る。「その種のものとしては傑作にちがいないこの作品は、詩句の魅力によってまず私の心を捉え、最後には宗教の神聖な真実への軽蔑心を私に抱かせました」。その危険な本をよりどころとして、パランゴンは次々にマノンに書物を貸し与え、「啓蒙」し、ついにマノンがその種の書物をすすんで求めるように至るまで教育する。かくして、マノン教育の「理論」篇が完結するというわけである。

マノン教育に用いられたこの一〇篇の書物が二種類から成っていることは、たやすく見て取れる。一つはリベルタン小説であり、もう一つは反カトリシズムにもとづく宗教批判の書にほかならない。そして、ここでは両者が相互に補完し合いながら、「偏見」の除去という共通の資格を付与されて伝統的な価値観に対置されていることになる。こうしたリベルタン小説は、一七四〇年代から五〇年代初めにその全盛期を迎えている。著名なものを列挙すれば、ジェルヴェーズ・ド・ラトゥーシュの『シャルトル会の受付係修道士』(一七四〇年)を皮切りに、デュクロの『＊＊＊伯爵の告白』(一七四一年)、ゴダール・ドクールの『テミドール』(一七四五年)、ラ・モルリエールの『アンゴラ』(一七四六年)、ヴォワズノンの『トルコ皇帝ミザプーフ』(一七四六年)、ディドロの『不謹慎な宝石』(一七四八年)、ボワイエ・ダルジャンス作と見なされる『女哲学者テレーズ』(一七四八年)、モンブロンの『お喋り女マルゴ』(一七四八年)など。リベルタン小説の主な作品の大半が集中するのはこの時期である。マノンの告白で最初に挙げられる『ソファー』と『哲学の墓碑』は、言ってみれば全盛期のリベルタン小説を表象していると言ってよく、同様に一〇篇のうち残りの八篇は、理神論者ヴォルテールと無神論者であり唯物論者でもあったドルバックとの間の思想上の立場の相違はあるものの、六〇年代に展開される反カトリシズムの砲火の表象であることになろう。レチフは、『堕落百姓』の一節で書物の刊行年のずれを故意に無視し、リベルタン小説と反カトリシズムの著作を配置し、これらが教会や伝統的な精神、要するに既成の価値観にとって危険かつ違反の産物として同列に置かれていたことを暗示しているのである。

レチフの小説の一節で列挙されている二種類の一〇篇の作品群は、当時の現実の事例と奇しくも対応している。『堕落百姓』が発表された一七七五年、この年に、もぐりの書店主によって作成され、「哲学書」と題された禁書目録には、一〇篇の書名が並んでいるという。[8] その中には、ドルバックの『キリスト教暴露』や、同じ著者による著作で無神論のバイブルとも言うべき『自然の体系』や、『イエス・キリスト批判史』といった激烈な宗教批判書と並んで、リベルタン小説と思われる『美しいドイツ娘、またはテレジアの情事』と『修道院のヴィーナス、または下着姿の修道女』が含まれている。この作品目録は、そこで列挙されている書物と同様にひそかに出回っていた違反の資料なのである。さらに、著名な出版業者パンクークの父親の例もある。五四年、彼はラ・モルリエールのリベルタン小説『聖職者の栄冠』や『アンゴラ』をディドロの『不謹慎な宝石』や『哲学断想』と同列に論じ、そのいずれの作品もが「パルナソス山の売春宿で作られた、汚辱にまみれた新刊書」[9]であると説明している。それればかりではない。七二年、ポワチエの町のある書店主が、書籍の卸業者に次のような注文書を出している例もある。[10]「以下は哲学者の小カタログですが、発送の前に請求書をお送り下さるようお願いします。〔……〕『下着姿の修道女』『キリスト教暴露』『新旧約聖書の奇跡の誤り』『ポンパドゥール侯爵夫人の回想録』

『東洋の専制主義の起源に関する研究』『自然の体系』『女哲学者テレーズ』『お喋り女マルゴ』……」。この注文書の場合も、好色本とリベルタン小説が、奇妙にも「哲学書」という名のもとに一括されて、唯物論者の博学な論文や聖書批判の著作や絶対主義に敵意を抱く歴史書といった、啓蒙思想のもっとも危険な作品と仲良く並んでいることが分かる。

「哲学書」という呼び名は、当時の書店主の間で了解されていた隠語であったようだ。禁書を指すのに「哲学的商品」とか「哲学的作品」とか「哲学の書」といった呼称が用いられることもあり、印刷所の職人たちは禁書のたぐいを印刷することを「もぐりの営業《マロン》」などと称していたが、一般に書店主は「哲学書」の呼称を使っていたらしい。ランスの町のユベール・カザンと名乗る書店主は、禁書販売の現行犯で警察の手入れを受け、尋問された際、目録に付けられた「哲学書」の表題が「あらゆる禁書を特徴づけるために用いられる書店主の間での決まり……文句」であることを白状したというのである[11]。この事例は、革命前のフランスで「哲学」がどのような目で見られていたかを暗示している。啓蒙思想は、当時の読者にとって決してまだ古典となってはいなかった。「書籍販売業者は《哲学》を啓蒙思想としてではなく、むしろ一八世紀の書籍業の重要な一部門、すなわち違法書と禁書とタブーの書の部門と理解している[12]」。言ってみれば、「哲学」は違反の文学の総体を表す総称語だったのである。それでは、禁書とはどのような著作を指していたのか。「宗教と国家と良俗に有害なすべての書」は禁書と見なされていたという。その定義はあいまいではある。しかし宗教に有害な反カトリシズムと良俗に有害なリベルタン小説が同列に扱われても、これは不思議ではない。

2

ここで、具体的にいくつかのリベルタン小説に目を転ずる。以下では、それがいかなる理由で断罪されるべき有害な書物でありえたのか、言いかえれば、はたしてリベルタン小説が宗教批判などの思想書と截然と一線を画しながら、もっぱら誘惑と征服のみだらな情事の描写にのみ明け暮れていたのか否かについて検討してみたいと思う。

フランスの図書館に「地獄棚」と呼ばれる蔵書があることはつとに知られている。それは、大半が作者不詳か匿名の猥褻本だけを集めた非公開のコーナーである。一九八四年、国立図書館の「地獄棚蔵書」が各巻約六〇〇ページにも及ぶ七巻の叢書で出版された。その第一巻にはミラボーの作品四篇が収められている。作者は大革命期のかの雄弁な大立物オノレ＝ガブリエル・ド・リケッティ、ミラボー伯爵（一七四九—九一）その人である。青年期に常軌を逸した放埒な生活を送った彼は、父親に勘当され告発されたあげくヴァンセンヌ獄に投獄（七七—八〇年）され、食うために獄中でラテン詩の翻訳本や歴史の読物などとともに好色本を書きなぐり、秘密出版している。『わが改宗、または貴人の遊蕩児《リベルタン》』(13)（一七八三年）は、「地獄棚叢書」第一巻冒頭の作品である。

この小説の題名と副題がすでに宗教へのアイロニーと放埒を剝き出しにしている。というのも、「改宗」はたんに放蕩の手口の変更を意味しているにすぎないからである。小説は主人公が改宗後の顚末を友人に報告する形で、まずはこんな具合に書き出される。「ねぇ、君、これまで私はろくでなしだった。

美女ばかりを追い回してきたのだからね。私は結構、気難しかったことになる。ところが、今では心に美徳が戻ってきて、もう金のためにしか女をものにする気がない。これからは、私が初老の女の公然たる種馬であることを見せつけてやろうと思う。そうして、そんな女たちに毎月、お尻の遊び方をたんと伝授しようというわけだ」。

こうして、「私」は上流社会の初老の婦人たちを漁っては金貨をせしめる。次々に繰り広げられる戦果の数々。その露骨なシーンを通して、社交界の虚飾と欺瞞と欲望があばかれる。こういう筋立自体はとりたてて珍しいものではないが、作中で執拗に繰り返し現れるのが聖職者や信心家の情事の場面なのである。改宗した「私」は女信心家の間で人気の高い一人の神父に近づき、適当な標的を教えてくれるよう率直に頼む。すると、「偽善的な物腰の下に激情を隠していた」神父は、「私」の真意を確かめた上で、ある婦人を紹介する。そればかりか、後に「私」に代わって情事の代価までその婦人に請求してくれる親切ぶりである。そうかと思うと、尼僧院での武勲が語られる。「私」が気まぐれに田舎の尼僧院を訪れ、美しい院長をはじめ二〇人の尼僧に「愛の洗礼」をほどこし、尼僧たちは歓喜してその洗礼を受ける。あるいはまた、「私」はアンブロワーズという名の神父の情事の現場にたまたま通りかかり、その神父から、長年「女の尻と良心を導いてきた」身の上話を聞くといった具合である。

しかし、「私」の武勇にもやがてかげりが見え始める。体力消耗のせいで情事の報酬が浪費に追いつかなくなり、債権者たちに追われる羽目になったからだ。ついに、「私」は最後の切札に有利な結婚を考える。相手は金満家の未亡人の一人娘で、猿のように醜かった。「私」はその娘と結婚し、首尾よく二万リーヴルの年金をせしめるが、新枕を交すときになって娘は「私」をかたくなに拒む。怒りに駆られ、呪われた家を永久に飛び出した「私」のもとへ裁判所から黒衣の使いがやって来て、年金のうち一万リーヴルが破棄されたこと、「私」が依然として夫の身分にとどまっていること、妻が身ごもった場合にはその子どもの父親と見なされることを書面で通告される。小説はほとんどやけっぱち気味に締めくくられる。

「改宗なんて糞くらえ。だが、私が復讐する気になれば、自然界のだれでもものにしてみせよう。（仮にもそんな女がいるものなら）処女だってこの男根の犠牲にしてやろう。私にかかれば、妻を寝取られたコキュどもがさぞかし宮廷や田園や都会にあふれることだろう。私はわれらの神聖な母なる教会の権利までも横取りしてみせる。高位聖職者と交わった女や司祭の乗物となった女で、私が（彼女らに習慣を失わせないように）五官のすべてに剣を突き刺さない女は一人もいなくなるはずだ。そして、ついには温情あふれる悪魔どのの腕に抱かれてこの独り身が死に絶える日が来たら、死者の国に行って女をものにしてやろうと思う」。罵詈雑言に近い最後の一節は、淫猥と瀆神と不信仰がないまぜにされた語りの標本のようなものである。

まぎれもなくポルノグラフィーの一つに数えられるミラボーの小説と対照的なものに、ゴダール・ドクール（一七一六－九五）のリベルタン小説の代表作、作者名を伏せて出版された『テミドール、または私と恋人の物語』(14)（一七四五年）がある。本書がいっそうお上品な印象を与えるのは、情事の記述を巧みにメタファーのオブラートに包む繊細な技法に起因する。たとえば、二人の愛の合歓シーンはこんな具合に語られる。「彼女は快楽から快楽へと私を導き、宮殿の並木道に花々をまき散らしました。私は今度こそ礼をつくして宮殿に迎え入れられたのです」。情事はしばしば宗教の儀式に擬せられる。「私は敬虔な愛情を抱きながら進み出ました。そして、聖なる沈黙を守りながら、祭壇に供物をそなえました。ああ！　いけにえは、供儀をささげる祭司をどんなに勇気づけてくれたことでしょう」。メタファーはかえって宗教へのアイロニーの強度を増していると言ってよい。

『テミドール』はどことなく『マノン・レスコー』（一七三一年）を連想させる。主人公テミドールは高等法院の評定官の職にある青年貴族で、放蕩好みの法院長との交友を通じて知り合った娼婦ロゼットに心を惹かれている。しかし、息子の将来を案ずる父親が警察当局に手を回してロゼットを獄舎に収監させたため、テミドールは彼女の釈放に腐心する。彼が恋人の釈放に成功するのは、ジャンセニストの神父をおだて、たぶらかしてその助力を仰いだからである。作中のこのくだりでは、一七一三年ローマ教皇クレメンス一一世がジャンセニスムの神学者ケネルの教説を異端とした大勅書いらい、ジャンセニストとイエズス会士との間に激化した対立が明らかにパロディー化されている。ことほどさように、主人公は繰り返し信心家の婦人の偽善を嘲笑し、「信仰と迷信は隣り合わせだ」と断言する。ロゼットにいたっては、神父は娼婦と似たところがあるとまで決めつける。両者は「何にも執着せず、どこにでもいて、必要でないのになくてはすまされない奇妙な二つの生き物」であるからだという。挙げ句の果てに、「教会はたいてい、自然界の屑を抱えている」と言ってのける有様である。ここでも、放縦の描写と宗教へのアイロニーは同居している。同じようなことは『シャルトル会の受付係修道士』や『女哲学者テレーズ』についても言えるし、おそらく大半のリベルタン小説についても言えるにちがいない。

『テミドール』の作者は役人でもあった毛織物商の家に生まれ、叔父にはフランス・アカデミーの会員がいたという。貴族ではないが、若い頃にパリへ出て社交界に出入りしていたので、彼の他の小説も上流社会が舞台に選ばれているようだ。彼の作品は反カトリシズムの色彩が強いと思われるが、それに劣らず注目されるのは快楽主義にもとづく愛の形態である。現に、「私は彼女を愛していましたし、今でもなお愛しています」と、テミドールは告白する。ところが、彼のロゼットへの愛は他の女たちとの情事を一向に妨げない。ジャンセニストの神父が獄中のロゼットの釈放状を手に入れようと奔走している間、彼は社交界で信心家の評判が高い貴婦人や、隠遁生活を望んでいるように見える初老の婦人と次々に情事を楽しむといった塩梅である。彼は平然と言ってのける。「機会があれば利用しましょう。(……)快楽の花は一日しかもたないのです。そのかぐわしさを感じ取らずにしおれさせるのは、愚の骨頂ではありませんか」。テミドールにとって、愛は感覚器官の満足に還元される。道徳や宗教は快楽に対して無力なのである。「私は供儀のことだけを考え、神などほとんど眼中にありませんでした。私が感じたのは、宇宙のいかなる神に願をかけようとも、祭壇に供物をそなえることにこそ感覚の満足があるという一点でした」。いったい、自然から授かった本能を抑制する必要があるのだろうか、と彼はなんら悪びれることなく問いかける。「自然の本能を完全に抑えつけないことが、そんなに悪いことでしょうか！　世間では、本能を抑制することに誉れがあると言いますが、むしろ本能が私たちに力をふるうに任せておくことにいっそう多くの快楽があると思います」。

テミドールは恋人を娼婦稼業から足を洗わせ、裕福な商人と結婚させると、父親の助言に従い、愛するにふさわしい令嬢と結婚の神聖なきずなによって結ばれるはずである。二カ月ほどの恋物語はこうしてあっけなく終わる。

実を言えば、感覚器官の満足に愛を見出すテミドールの「快楽の哲学」は、ラクロ(一七四一―一八〇三）の傑作『危険な関係』（一七八二年）に登場する二人の共犯者の原理とみごとに共鳴し合っているのである。『危険な関係』は冒頭から二人の男女の対立で幕があく。対立は、彼らの一人が放縦の原理に背いたと疑われたことから生じている。彼らの原理とは、世間で快楽の原因と言われる恋愛は所詮、快楽の口実でしかないというものである。恋愛を口実とする「室内遊戯」の原則は、恋愛に幻惑されることなく快楽を手に入れることでなければならない。クレビヨン・フィス（一七〇七－七七）も同じく社交界を舞台に、室内遊戯の原則をあざやかに描いてみせる。たとえば、『炉辺の戯れ』（一七六三年）の筋立てはいたって簡単である。上流社会の二人の名だたる男女の貴族がふとしたきっかけで二人だけの夜のひとときを過ごし、機知ある会話をあやつるうちに束の間の情事にふけるという、ただそれだけの話にすぎない。しかし、二人の男女にとって情事はたんなる情事であってはならない。情事を果たすには、かりそめにもせよ、恋の錯覚が必要となる。少なくとも、一方は他方に錯覚を生じさせねばならないのである。相手は錯覚と知りつつも、いつしか偽りの恋を楽しむ。女は男に迫まられると、すかさず愛の誓いを催促する。「あなたは私を愛しておられない！……では、せめて愛しているとおっしゃいなさい」。ここで作者は注釈を加える。「女性に決断を迫まろうとして欲望を恋愛の仮面で飾る必要があった場合、その瞬間に仮面を剝ぎ取るのは残酷の極みというものである」。快楽の充足のテーマは、あくまで恋の仮面や口実を通して微妙な文体で描き出されているのである。

ミラボーからゴダール・ドクール、さらにクレビヨン・フィスやラクロまで、表現の直接性と婉曲性の差こそあれ、また語りの技法の巧拙を問わなければ、彼らの小説は快楽が感覚器官の満足にほかならないことを前提としている。『女哲学者テレーズ』のヒロインは、「自作に含まれる原理こそ人間の幸福に寄与する」と、宣言してはばからない。テレーズのその言葉に、当時の哲学者やモラリストの言説を重ね合わせることもできる。『人間機械論』の著者ラ・メトリーにとって、幸福は「器官」の問題であった。シャンフォールは『箴言集』で上流社会の恋について、「二つの気まぐれの交換と二枚の表皮の接触でしかない」と記し、ディドロは恋人ソフィ・ヴォラン宛の手紙で「二つの腸の束の間の摩擦」と書いている。リベルタン小説が飽くことなく描いてみせる放縦の舞台は、霊魂を知らず快楽の充足しか知らない違反の思想、一八世紀の快楽主義的唯物論によってひそかに武装されているかのようである。してみると、そうした快楽の哲学に裏付けられた放縦の誇示と宗教へのアイロニーないし不信仰の表明とは、リベルタン小説の特徴を構成する二つの要素と考えたくなる。「好色本はリベルタン小説が終わるところから始まる」、「好色本はリベルタン小説に不可欠な障害の観念を知らない」(15)という区別は、確かにうがった見方ではある。しかし、リベルタン小説とポルノグラフィーとが共有する骨格は、差異に比べてはるかに大きな比重をもつという見方もできる。「すべての哲学小説がリベルタン小説とはかぎらないが、リベルタン小説は哲学小説である」(16)という指摘は、言いえて妙である。

一八世紀の精神の一面を説明するのに、やや侮蔑的な意味あいもこめて、リベルタンの名詞形リベルティナージュの語が用いられることがある。そして、この時代にはリベルティナージュが前世紀に与えられていた「不信仰」や「自由思想」といった意味を徐々に失い、むしろ「遊蕩」や「放埒」を主として指すようになったとしばしば説明される。しかし、リベルタン小説を多少とも読むかぎり、「一七世紀の意味におけるリベルタン――自由思想家――を、貴人の遊蕩児として定義される一八世紀のリベルタンと根本的に区別するのが適当であるのかどうか[17]疑わしくなる。むしろ、哲学が思想の領域で試みたことを、リベルタン小説は人間の性生活を含む生活と風俗の次元で行なったと考える方が実態に近いのかもしれない。

こうしたリベルタン小説に見られる二つの要素をいち早く見抜き、それを自らの小説にきわめて意図的に取り込み、さらに組み直したのはもとよりサドである。彼は古典や著名な古今の作品を挑発的な仕方で作中に取り込み、それを読者に連想させる。それはサド特有の小説作法である。たとえば、『恋の罪』の一篇「フロルヴィルとクールヴァル」ではソフォクレスの『オイディプス王』を、『美徳の不幸』ではプレヴォーの『マノン・レスコー』を、『アリーヌとヴァルクール』ではルソーの『新エロイーズ』とプレヴォーの『クリーヴランド』を、『ソドム百二十日』では『千一夜物語』や『デカメロン』を連想させるといった具合である。それによって彼は既成の価値観を相対化し、転倒させ、あるいは無効化する。サドのリベルタン小説との関わり方はいっそう密接である。彼は『シャルトル会の受付係修道士』やミラボーの小説、とりわけ『女哲学者テレーズ』に興味を示していたようだ。[18]しかし、随所にリベルタン小説の隠語やメタファーを駆使して演出される放蕩の舞台とそれをめぐる哲学談義とが、交互にしかも規則的に現れる彼の作品構造そのものは、まさしく快楽主義の哲学にもとづく放蕩と不信仰を方法的に組み変え、一切のエロティシズムを排除したものであった。

(1) 中村真一郎「本を読む」一月、「近代小説の起源について」、『毎日新聞』夕刊、昭和五二年一月一八日。
(2) R. Versini, *Le Roman en 1778*, dans Le Dix-huitième siècle, PUF, 1979.

(3) Julien Teppe, *Vocabulaire de la vie amoureuse*, Le Pavilion, 1973.
(4) Restif de la Bretonne, *Le Paysan perverti*, éd. Daniel Baruch, Union Générale d'Editions, 1978, p. 150-51.
(5) P. Testud, *Rétif de la Bretonne et la création littéraire*, Droz, 1977, p. 29, n. 86.
(6) 以下の書は、レチフの小説中の一〇篇の作品に関して刊行年を含めきわめて参考になる。ただし、マノンの告白の時期を一七五〇年としているのは四九年の誤りである。Jean Ehrard, *L'invention littéraire au XVIIIe siècle*, Puf, 1997, p. 175-190.
(7) P. Testud, 前掲書、三〇ページ。
(8) R. Darnton, *Edition et sédition*, Gallimard, 1991, p. 11-7.
(9) R. Trousson, *Préface aux Romans libertins*, Robert Laffont, p. XVIII.
(10) R. Darnton, *Bohème littéraire et Révolution*, Gallimard, 1983, p. 7.
(11) R. Darnton, *Edition et sédition*, p. 16.
(12) 同上、一三ページ。
(13) *Ma conversion ou le libertin de qualité*, L'Enfer de la Bibliothèque Nationale I, œuvres érotiques de Mirabeau, Fayard, 1984.
(14) Godard d'Aucour, *Témidore ou mon histoire et celle de ma maîtresse*, dans les Romans libertins, Robert Laffont, 1993.
(15) J.-M. Goulemot, *Ces livres qu'on ne lit que d'une main*, Aix-en-Provence, Alinéa, 1991.
(16) R. Trousson, 前掲書、VII ページ。
(17) 同上、XIV ページ。
(18) *Œuvres complètes du marquis de Sade*, Cercle du Livre précieux, 1966, t. VIII, p. 442-43.

12 小説家サドのファンタスム

1

『マノン・レスコー』の作者プレヴォーに対するサドの心酔ぶりには並々ならぬものがあったようだ。たとえば、「小説論」の表題で一般に知られている、中短篇小説集『恋の罪』への長文の序文では、一八世紀作家のなかでもプレヴォーは特別の地位を与えられ、彼だけが二人称で呼びかけられ、惜しみなく称賛される。プレヴォーの作品、「とりわけ『マノン・レスコー』は、同情を誘う恐ろしい場面にみちていて、それがどうしようもなくわれわれを感動させ、引きつける」(傍点は植田による。以下同様)。サドはプレヴォーを「フランスのリチャードソン」と呼び、その天才に敬意を表したあと、同時代人のこの証言を引用し、さらに註まで加える熱の入れようである。この作品はわが国の最良の小説であり、これが存在しなかったならば、おそらくルソーの『新エロイーズ』も決して存在しなかっただろうとまで彼は断言してはばからない。プレヴォーへの称賛は、「凝りすぎてわざとらしい文体」を非難されるマリヴォーと好対照をなしている[1]。
もともと『恋の罪』の序文には、刊行年（一八〇〇年）より一二年前にバスチーユ牢獄で書かれた原型とも言うべき草稿が現存し、それはプレヴォー称賛で始まっていたと言う。彼は「（……）真の小説のジャンルを創造した」[2]。プレヴォーはサドの手紙でもダランベールとともに賛辞をささげられる[3]。『恋の罪』に収められた中篇小説『エルネスティナ』の冒頭部分で、フランス人旅行者である「私」はスウェーデンの炭鉱を訪れ、ふとプレヴォーの書いた挿話を思い出す[4]。サドがこの中篇小説で『賛成と反対』の一挿話についてことさらに言及している事実は、彼がいかにプレヴォーを隅々まで読みつくしていたかを端的に物語っている。

そう言えば、「ジュスチーヌ」物三部作のうちの前二作『美徳の不運』と『美徳の不幸』で、ジュスチーヌの身の上話が始まる三人称の導入のくだりには、たしかに『マノン・レスコー』の書きだしを連想させるところがある。いまはロルサンジュ伯爵夫人に成り上がったジュリエットが、恋人コルヴィル氏と二人で散歩に出かけ、乗合馬車が客を降ろす宿屋で休息する場面である。馬車が宿屋の敷地に入ってくるので、二人は自然な気晴らしの気持ちで降りてくる客を眺める。もうだれも残っていないと思われたとき、二六、七歳の娘が騎馬警察の隊員に抱き降ろされる。プレヴォーの小説の主人公デ・グリュー青年とマノンとの運命的な出会いを描いた有名なシーンでは、彼が友人チベルジュと散歩をしていると駅馬車が着くのが見えたので、好奇心に駆られて客を降ろす宿屋まで後についていく。何人かの女が馬車から出てきて、最後にごく若い一人の女が残る。サドの小説でこのあとすぐにつづく描写は、『マノン・レスコー』の冒頭で語り手ルノンクール侯爵が旅の帰途、宿屋の前で野次馬にとり巻かれた馬車にマノンを見かけるシーンに対応している。娼婦に混じったマノンは鎖につながれ、野次馬の目を避けるために身を隠そうとし、囚人ジュスチーヌは縄をかけられ、ケープですっぽり身を包み、顔を隠している。「短い粗悪な上っ張り《カラコ》」や下着や衣服の汚れは、彼女が抱かせる上品な印象を決してそこなわない。ルノンクール侯爵はそんな娼婦への好奇心に逆らえず、護送隊の隊長に「この美しい女の運命について少しばかり教えてくれるように頼」み、「コルヴィル氏と彼の恋人（ジュリエット）は同情すべき娘に興味をもたずにいられなくなり、そばに近づくと、この不幸な娘が何をしたのか衛兵にたずねる」[5]。物語の発端となる二つの出会いの状況から得られる「同情をさそう恐ろしい場面」の印象は、きわめて似通っていると言わなければならない。『美徳の不運』あるいは『美徳の不幸』の導入部のこの箇所を書きながら、プレヴォーの心酔者であったサドが『マノン・レスコー』の一節を念頭に置いていなかったとは考えにくい。

けれども、プレヴォーの熱心な愛読者サドにこだわるのは、とりたててサドの個人的な文学嗜好を指摘するのがねらいではない。むしろ、彼の作品には、古今のテクストのさまざまなさわりの部分が意図的に組み入れられ、パロディー化され、変質させられている可能性が高いことを指摘しておきたいのである。しかし、さしあたり、サドのプレヴォー心酔が実は世紀後半から世紀末にかけての文学世代に共有されていた一つの傾向と軌を一にしていること、サドが真剣に独自の文体と表現を探求し始める一七七八年の時期に、半世紀ほど先んじて出版されていた『マノン・レスコー』が、新しい暗いジャンルの小説の源流として読み直されていたことに注目してみたいと思う。

一七七八年、この年はサドにとって大監禁の始まりであると同時に小説家としてスタートする時期でもある。浩瀚なサドの伝記研究を著したモーリス・ルヴェールによれば、一七六三年一〇月にはじめて拘留されたころから、サドはつねに作家について思いをめぐらせていた。だからといって、彼が早くから作家を志していたわけではない。一八世紀末にいたるまで、職業としての作家は貴族にとってかならず家名をけがすなりわいと考えられていたので、「サドほどに身分の特権に汲々としていた男が親族から品位を落としたと判断されるこの稼業に身を投じるとは思われない(6)」からだ。少なくともイタリア滞在(一七七五―七六年)まで、いや、彼が貴族階級から脱落したあげく経済的にもほぼ破産状態に追いこまれ、真剣にイタリア紀行の刊行を考え始めるころにも、職業作家となる野心はほとんど表面に現れない。とはいえ、当時の多くの貴族がそうであったように、彼は自分で意識せず、また他人の知らないうちに若いころから文学活動を行なっていた、とルヴェールは指摘する。彼は自分の気晴らしに、それに観客であり読者でもある彼の近親の気晴らしに、サロンの喜劇を書き、仲間うちの社交劇を演じ、恋愛書簡詩、歌謡、四行詩、時事に想を得た詩などをものしていた。サドが無名の作家、本を公刊したことのない作家から職業作家への転身をめざし、文体を磨き、独自の表現法を創出するのは、一二年におよぶ長期の獄中生活においてである。一七七八年から九〇年までの「不動の時間」(ルヴェール)は、プレイヤード版『著作集』の年譜によれば、「読書と執筆の時期」でもあった。

サドの本格的な文学活動が「大監禁の時期」に始まると考えるならば、一七七八年当時のフランスの文学状況に目を向けてみるのもむだではない。ヴォルテールの『カンディード』(一七五九年)とルソーの『新エロイーズ』(一七六一年)が刊行されてからラクロの『危険な関係』(一七八二年)が発表されるまでのおよそ二〇年間の小説の動向を把握するために、七八年に刊行された三五篇の小説作品にねらいをつけたローラン・ヴェルシニの論文は[7]、われわれに貴重な手がかりを提供してくれる。ヴェルシニは七八年に出版された三五篇の小説を六つの系譜に分類している。第一に、同時代の風俗の諷刺小説と旅行小説。第二に、こみ入った筋からなる世俗的小説（多くのばあい、愛と美徳が当世流行の軽薄に対して勝利をおさめる）。第三に、好色物と境を接する情事を題材とした小説（この種の小説は、道徳小説が隆盛を誇っていたこの時期にも跡を絶たなかった）。第四に、道徳小説。第五に、超自然的な題材を扱った数篇の小説。第六に、暗黒小説（代表作はボーアルネ夫人の『ステファニーの手紙』）。

七〇年代を鳥瞰するかぎり次の四点が特徴として浮かび上がる。まず、『新エロイーズ』と『カンディード』および同じ作者による『哲学小説とコント集』の影響が著しいこと。ヴォルテールは第一と第四の系譜に依然として強い影響を及ぼし、ルソーの小説は第二と第四の系譜の作品に絶大な力を揮っている。もっとも、ヴォルテールとルソーの後継者たちは、心理分析や形而上学を社会性で置き換え、作中人物の内面を犠牲にしてもっぱら外面生活の描写に終始する。『カンディード』の流れを汲むマルモンテル風の道徳小説も、社会小説に堕する点では変わりがない。美徳は個人の獲得物でなく、社会的美徳として描かれ、人間の条件は社会的条件に還元される。こうして、ヴォルテールとルソーの歪曲版、変質版とも言うべき皮相なドラマ仕立ての悲劇が産出される。

第二の特徴は、第三の系譜に属する『堕落百姓』がこの時期の唯一の例外的な傑作として今日まで残っていることである。レチフのこの書簡体小説は正真正銘の「悪徳の小説」でありながら、個人的告白の豊富さ、堕落のリリシズム、都会の悪の華の魅惑、その緩和剤としての徳と自然の均衡によって、他の作品の追随を許さない。同時代の他の小説が主人公を社会ないし放縦の犠牲者として描いているのに対して、レチフはディドロのユドソン神父やポムレー夫人と肩を並べる独創的な大悪党ゴーデ・ダラスを創造し、バルザックの大型人物ヴォートランを先取りする。

第三の特徴は、世紀半ばから「陽気な小説」がしだいに「陰気な小説」に変化しつつあったことである。グリムの『文芸通信』(一七七三年八月)は、「暗く涙を誘う感傷的な哲学」が、一七四〇年から五〇年にかけて見られた陽気で軽快な哲学より優勢に立つにいたったと述べる。両者は五〇年ごろに均衡を保ち、六六年から八〇年には「陰気な小説」が全体の三分の二までを占める。このころマリヴォーの影はしだいに薄れ、プレヴォー見直しの気運が高まる(サドの「小説論」はこの間の推移に敏感に反応していると言ってよい)。プレヴォーの陰惨かつ暗い想像力が称揚され、短刀、洞窟、墓場、火刑台、食人行為までがフィクションを紡ぐ糧として利用される。フレロンは『文芸年誌』(一七七九年)で、プレヴォーこそ「フランス小説界に新しいジャンルを導入した人である。このジャンルは暗いジャンルと呼ぶこともできる。それはたちまちにして流行した」と指摘する。要するに、プレヴォーは暗黒小説の父として、「深刻なジャンル」の先駆者として再登場するのである。暗いジャンルの小説では、陰気な城への監禁、亡霊、暗い予感、不吉な夢、墓あばき、畸型の陳列、償いえない犯罪、連続する殺人、近親相姦といった情景があくことなく描かれる。ここに見られる数々の描写は、イギリスの暗黒小説、ゴシック小説とほぼ同質のものをすでに含んでいると言えよう。

第四の特徴は、この時期の小説が演劇のもつ役割を引き受け、当時すでに凋落のきざしがあった悲劇のジャンルに取って代わろうとしていることである。ラ・モルリエールにとって、劇的な作品とは「対話体小説」(『悲運』序文)にほかならず、コスタールは自作『孤児』に「五幕散文劇の道徳的コント」の副題をつけ、メルシエは『ジョゼヌムール』を劇的小説と命名し、小説と演劇のジャンルの境界を故意にあいまいにする。

ヴェルシニ論文で指摘されているこれらの点は、一七七八年から始まる「大監禁の時期」に作家として本格的な執筆活動に入るサドの文学的出発を考えるうえで、きわめて示唆的である。

まず、レチフの小説(一七七五年)に登場する法衣をまとった無神論者ゴーデ・ダラスは、彼らの社会を支配しているものが富と悪徳と虚偽であること、しかもそれらが名誉や美徳や善行の仮面で隠されていることを知悉《ちしつ》している(第八八信)。彼はまた、社会が美徳と正義を愛する正直者に不利な結果をしかもたらさないことを認めてもいる(第一八一信)。世間で尊敬される人間ほど信仰の仮面に隠れて野心や利己的快楽を追求している社会では、宗教は偽善と化さざるをえない。レチフの出世作となったこの小説には、既成の道徳と社会的現実とのギャップについての明晰な意識、宗教道徳の偽善性への批判、美徳のこうむる宿命的な不幸、悪徳の弁護、快楽の称揚がすでに声高に語られているのである(8)。

つぎに、一七七八年に刊行された三五篇の小説のうち、暗黒小説に分類される作品の代表作に挙げられている『ステファニーの手紙』の作者はボーアルネ伯爵夫人であるが、彼女は夫の伯爵の縁続きから、のちにボナパルトと結婚するジョゼフィーヌの伯母に当たる女性である。一七八〇年代の終わりごろ、夫人の文学サロンにはレチフのほか、『パリ生活誌』を著したメルシエ、幻想小説家カゾット、神秘思想家サン゠マルタン、『サラゴサ手稿』の作者ポトッキ伯爵らが出入りしていた。夫人はサロンを主宰するかたわら、自らも小説や戯曲に筆を染める閨秀作家だった。『ステファニーの手紙』は十二折判八〇七ページにおよぶ三部仕立ての多声的《ポリフォニック》な書簡体小説で、イギリスとくにスペインを舞台に繰り広げられる筋立ては徹頭徹尾、貞淑なステファニーの数々の不幸を詳しく物語る。ヒロインは裕福な貴族の家に生まれながら、幼くして母親を失い、騙されやすい父親の破産とともに各地を転々とし、極悪非道のフロリジェーヌと共謀する陰険なフェリシ伯爵の罠にかかって結婚し、迫害される。結末の註で、二人の悪人の敗北とステファニーの幸福な再婚が暗示されて終わるものの、全篇これ迫害される美徳を描き出した小説なのである。サドの小説の重要なテーマである美徳の不幸は、一七七八年に刊行されたこの書簡体小説であらかじめ開拓されていたことになる(9)。

最後に、しばしば指摘されるように、サドは「小説論」で新しい小説《ロマン・ヌーヴォー》に注目し、とくにルイスの『マンク』(一七九五年)を条件つきながら高く買っている。また、『恋の罪』のなかの中篇小説『フロルヴィルとクールヴァル』の結末近くで、本人も知らないうちに近親相姦、息子殺し、母親殺しを犯していたヒロインが、まだそれとは知らずに「ある晩、信じられないほど陰惨な、当時たいへん評判になっていたイギリス小説を夫のそばで読みふけっていた(10)」というくだりがある。イギリスの新しい小説すなわちゴシック小説がフランスに紹介されるのは、一七九七年のことである。ルイスの『マンク』、レギナ・マリア・ロッシの『大修道院の子供たち』、アン・ラドクリフの『ユドルフォ城の怪奇』と『イタリア人、あるいは闇の告解者の告白』はこの年いっせいに仏訳され、多くの模倣者を生んだという。サドもいち早く暗黒小説の仏訳本を読んだにちがいない。しかし、完成度はイギリス小説に及ばなかったにせよ、ゴシック小説が仏訳されるより二〇年余り先んじて、一七七〇年代後半に現れた「暗いジャンル」の流行は、サドを含む当時の文学世代にゴシック小説以前のゴシック小説の充分な下地をつとに提供していたと考えなければならない。

美徳が迫害される残酷なテーマ、宗教道徳の偽善性への挑戦、快楽と悪徳の称揚、ゴシック小説を先取りした「暗いジャンル」で執拗に描かれる陰惨な場面、「演劇的小説」の手法——、一七七八年にサドが作家としてスタート台に立ったとき、彼の文学テーマを練り上げる条件はほぼ整っていたのである。してみると、サドの小説は突然変異のたぐいの産物では決してなく、彼の作品に含まれる強烈な毒も一八世紀フランスの文学的土壌から生まれるべくして生まれたものと言えよう。

2

サドの文学的テーマが「迫害される美徳と勝ち誇る悪徳」であることはよく知られている。しかし、実を言えば、彼がこの大胆なテーマを作品化し公刊するときの姿勢や手法には、意外なほどの細心さと慎重さがうかがわれる。

「ジュスチーヌ」物三部作の第二作『美徳の不幸』の「刊行者の緒言」では、小説家にはすべてを描く権利があると主張される。「いったい、小説家の筆を抑制しうるなにがあるというのか。想像しうるどんな種類の悪徳もありとあらゆる犯罪も、小説家の意のままではないか」。しかしこの権利は、「人びとに悪徳と犯罪を嫌悪させる目的でそれを描く権利」に限定される。「刊行者の緒言」につづく献辞「愛するひとに」で、作者はこの小説の意図の斬新さを誇らしげに説明している。

「悪徳」に対する「美徳」の支配力、善への報い、悪に下される懲罰、それがこの種のあらゆる作品にお決まりの展開だ。耳にたこができるほど聞かされる話ではないか。

これに対して、勝ち誇る「悪徳」とその犠牲となって苦しむ「美徳」をいたるところで提示する。不幸から不幸へとさまよう不運な女の姿を描いてみせる。悪辣な行為のなぶりものにされ、ありとあらゆる放蕩の嗤《わら》いものにされ、世にもおぞましい嗜好の標的にされ、すこぶる厚かましくもっともらしい詭弁に惑わされ、巧妙きわまる誘惑、いかにも抗しがたい堕落の餌食となる。数々の不運とわざわいに抵抗し、ひどい退廃を退けるのに、感じやすい魂とうぶな心とあふれる勇気しか持ち合わせていない。こういったすべてのことから、これまで得られたなかでもっとも崇高な道徳上の教訓をひたすら得ようとして、ひとことで言えば、大胆きわまる描写、きわめて異常な状況、恐るべき箴言、強烈な表現法をあえて駆使する。これこそ、前人未到といってよい道を経て目的に達することであった、と認めてもらえるだろう[11]。

作者はこの野心にみちた宣言につづけて、「愛するひと」コンスタンスに語りかける。「要するに、『ジュスチーヌ』を読み終わって、君はこう言ってくれるだろうか。ああ、この罪悪の情景は、《美徳》を愛するこの身をなんと誇らしく思わせてくれることか！　と」。迫害される美徳と勝ち誇る悪徳を描くのに「崇高な道徳上の教訓」を口実とする弁明は、「ジュスチーヌ」物と性質を異にする「小説論」にも当然、見出される。「私は悪事を地獄の色調でしか決して描かないだろう[12]」。事情は『恋の罪』の作者、三文時評家ヴィルテルクに与える」においても変わらない。サドは、一七七八年の作家たちに倣って小説と演劇の境界を取り払うかのように、「劇作術の主要な二つの力」について説明する。「すべての傑出した作家は、それが恐怖と憐れみであると言ってきたではないか。ところで、勝ち誇る罪悪の情景でないとしたら、恐怖はどこから生まれうるのか。また、不幸な美徳の情景でないとしたら、憐れみはどこから生まれるのか」（傍点は原文のイタリック体）。一方で彼は、勝ち誇る悪事を描いてなんの役に立つのかという問に、教え諭すような口調で答える。「ヴィルテルクよ、それは反対の情景を明るく際立たせるのに役立つのだ[13]」。一連の「ジュスチーヌ＝ジュリエット」物のうち最初の二作までは、「緒言」のみに現れるカムフラージュと見えた道徳的意図が、導入と結末の三人称の語りで思いのほか忠実に守られているのである。それは三人称でありながら、明らかに読者の反応を考慮に入れ、道徳上の伝統的な価値判断を尊重した言説として読める。逡巡とも考えられる道徳上の配慮が無視されるのは、『新ジュスチーヌ』以後である。

ところで、「ヴィルテルクに与える」の一文は『恋の罪』の作者であるサドによる公然たる反駁文であり、『恋の罪』は『アリーヌとヴァルクール』の作者D・A・F・サドの名を冠して刊行されている。他方で、名を伏せて出版された『ジュスチーヌ』は自作であることをかたくなに否定されつづける。サドのこのような態度は、彼の作品が二つの系列からなっていることをはしなくも明かしているのである。自作として標榜される作品と、ひそかに流布されながらついに認知されることのない作品、不特定多数の読者を対象に書かれた作品とおそらくは特定の読者を想定して書かれた作品、作者の名を記して公刊される作品と匿名で出版される作品、サドはこの二系列の作品をたくみに書き分けていたようだ。前者に含まれるのは、『アリーヌとヴァルクール』『恋の罪』『イザベル・ド・バヴィエール秘話』『ガンジュ侯爵夫人』のほか戯曲『オクスチエンヌ』などであり、『ジュスチーヌ』の前二作、『ソドムの百二十日』『閨房哲学』『新ジュスチーヌ』『ジュリエット物語』などは後者に属する。プレイヤード版の序文でミシェル・ドロンは、古代の例に倣って前者を「公教的《エグゾテリック》」、後者を「秘教的《エゾテリック》」と形容している。(14) この形容は、表面上は当時の社会的、道徳的慣習や文学上の約束事を遵守しているかに見える適法の作品と、エロチックな言説の最後の限界を侵す違反の作品と言い換えることもできよう。ここには、大胆と慎重の二つの顔が見てとれる。後期の作品『放縦の理論』(『フロルベルの日々』)も、作者の死後その草稿が破棄されていなかったならば、当然、後者の系列に加えられるはずだった。というのも、これが『閨房哲学』の続篇として書かれていたことが、近年レチフ研究の碩学ピエール・テスチュによって明らかにされたからである。(15)

それにしても、サドが二系列の作品群に二分化して文学活動を展開したのはなぜか、その理由は単純には推し量ることができない。彼がはじめて作品を世に問うのは、革命の渦中にあった一七九一年である。モーリス・ルヴェールは『美徳の不幸』の匿名出版の事情にふれて、八五年から八八年にかけてバスチーユ獄で執筆し、八九年に草稿を妻に読ませ推敲するなど、サドがもっとも愛着をおぼえていた『アリーヌとヴァルクール』と戯曲を出版するための、いわば資金稼ぎがジュスチーヌ出版の直接の動機であったと述べている。サドが『ジュスチーヌ』を自らの作品として認知している弁護士レノー宛の手紙が、そこで援用される。「現在、私の小説が印刷されつつあります。でも、これはあまりに不道徳な本ですから、あなたのように信心深く上品な人に送るわけにはまいりません。私には金が必要でした。そ出版社がうんときわどい本を注文してきました。で、私は悪魔の臭いを放つ本を書いてやりました。それは『ジュスチーヌ、または美徳の不幸』という表題です。もし偶然にもあなたの手に入るようなことがあれば、焼き捨ててください。決して読まないことです。私はそれが自作であるとは認めません。しかし、かならずあなたに送るつもりでいる哲学小説がまもなくあなたの手元に届くはずです[16]」(傍点は原文のイタリック体)。

ルヴェールによれば、『ジュスチーヌ』刊行の企画は版元のジルアールの注文ではなく、サド自身がもちかけた話だった。ジルアールはたぶん利用価値があると考え、作者に新たな情事をいくつもつけ加えるように頼んだ。サドは二つ返事できわどい挿話をふやす。その当時、政治と猥褻が世上を跋扈《ばっこ》していた。彼は低級な猥褻本を軽蔑していたものの、『ジュスチーヌ』は彼にとって実入りのいい仕事になるはずだった。おそらくサドはそれと知らずに数篇もの傑作を書いたにちがいない、というのがルヴェールの推測である。一七九五年、『閨房哲学』を出したときにも事情は似ている。サドの念頭には一山あてようという動機があったが、現実の作品は彼の意図をはるかに超える傑作として結実した。けれども、サド自身は同じ年にようやく刊行までこぎつけた『アリーヌとヴァルクール』に、作家としての名声と日常生活の改善を実現するうえで大いに期待をかけていたのである。このようなルヴェールの解釈を読むと、存外サドの文学的野心は第一系列の適法の作品によって名を残すことにあったのではないか、と考えたくなる。もっとも、サドのひそかな文学的野心を否定はしないが、ミシェル・ドロンの見解は微妙にずれがある。ドロンは『ジュスチーヌ』出版にまつわる金銭上の取引を一応は認めたうえで、主たる動機はサドのファンタスムにあると指摘する。つまり、自作を公教的と秘教的の二系列の作品群で呈示する二分法は、彼のファンタスムを表現するための戦略であったと言うのである[17]。

ルヴェール自身も指摘しているように、もともと『ジュスチーヌ』は一七八七年六月二三日から七月八日にかけてバスチーユ獄で最初のヴァージョンが書かれている。これは『一八世紀のコントと滑稽譚』に収められるはずの比較的短い物語だった。しかし、翌年、作品がふくらんだので、サドはこれをまったく別個の小説と考えるようになったようだ。数年にまたがる作品成立の経緯は、作品出版の動機がかならずしも資金稼ぎにのみ還元されえない側面を明かしている。先にもふれたように、サドが作家として登場するのは一七九一年である。この年には違反の作品『美徳の不幸』の匿名出版とともに、適法の戯曲『オクスチエンヌ、または放蕩の結果』がモリエール座で上演されてもいる。市民S＊＊＊の署名で適法の作品『アリーヌとヴァルクール』が出版された九五年には、やはり違反の作品『閨房哲学』が匿名で刊行される。この二つの現象に、晩年の適法の作品『ガンジュ侯爵夫人』（一八一三年）の執筆が、抹殺された違反の作品『フロルベルの日々』執筆の直後である事実を重ねてみると、たしかにサドの二分法の戦略が透けて見えてこようというものである。

3

「サド的場景はたちまちまったく現実ばなれしたものとして現れる。複雑きわまりない組み合わせ、パートナーたちのねじれる体、享楽者たちの浪費と犠牲者たちの耐久力、すべてが人間の自然を越えているからだ」(18)。ロラン・バルトのこの指摘は、第二系列の違反の作品群にいみじくも当てはまると言えよう。サドがヴォルテールの哲学コントの大の愛好家であったことは注目してよい。彼はヴォルテールのコントを諳んじていたという。[19]『美徳の不幸』は、『カンディード』の前半と密接に類縁を保っているのである。[20]

ヴォルテールは、登場人物たちを現世の世界についての迷妄から目覚めさせるために、極度の試練を味わわせる。貴族の台座から引きずり下ろされ、破滅させられ、犯され、隊長の下着の洗濯女になり下がるキュネゴンド嬢、ガレー船の漕役徒囚に身を落とす息子の男爵、法王とローマの王女との娘として生まれながら、海賊の首領に美しい花を散らされ、片方の尻を切り取られ、居酒屋の下女となって各地を転々とさまよう老婆。作者は主人公たちに辛酸をなめさせながらも、決して死にいたらせない。彼らは火あぶりの刑に処せられかかり、絞首刑にされ、解剖され、大鍋でゆでられそうになり、首筋から尻まで神経と筋肉がむきだしになるほど鞭打たれながら、耐えて生き残る。彼らは生きて苦痛を極限まで味わい、サドの小説に劣らずサド的な世界で幻想の皮を一枚ずつ剝ぎ取っていかなければならないのである。カンディードが辛い体験をなめるたびに「すべては最善の状態にある」とつぶやくように、ジュスチーヌも一つの試練を経るたびに神の名においてむなしい期待を抱きつづける。『カンディード』が庭の教訓で終わり、一方『ジュスチーヌ』の試練は雷に貫かれるまで終わりなくつづくが、公然と説かれる既成道徳と社会的現実とのはなはだしい落差を直視しえない人間の幻想を、完膚なきまでにアイロニーの刃で打ちのめすという点で、サドの第二系列の違反の作品群はヴォルテール流の哲学コントの流れを汲むと言うべきである。哲学コントであるかぎり、現実ばなれのした、「人間的自然を超える」いっさいが作品で可能になるのだ。

サドが二系列の小説を書き分けるとき、まるで鏡の反射のたわむれのように、ファンタスムに導かれた類似のシーンが双方の作品に見え隠れする。いわば適法と違反という異質の作品に交互に現れ、近似した骨格をもちながら表情が遠くへだたるヴァリエーション。たとえば、適法の作品『エルネスティナ』と違反の作品『ジュリエット物語』に出てくる一場面がそれである。

『エルネスティナ』の女主人公には将来を言い交したヘルマンがいるが、早くに両親を亡くしたこの青年の庇護者ショルツ夫人がヘルマンに横恋慕し、さらに元老院議員オクスチエンヌ伯爵がエルネスティナによこしまな情熱を抱くことから悲劇が始まる。オクスチエンヌとショルツ夫人は共謀し、ヘルマンに大金横領の濡れ衣を着せてエルネスティナと引き離し、父親の留守をねらい、恋人に会わせると偽って彼女をおびき出す。「かなり広々としたその応接間は広場に面していた。しかし、広場の側の窓はどれもぴたりと閉ざされていて、裏側の窓が一つだけ細目にかすかに開き、彼女の方に下がったよろい戸越しに幾筋かの光を入りこませていた」。恋人が広場で処刑されることになっているとは夢にも知らないエルネスティナは、不気味な沈黙がただよう薄暗い部屋ではじめて恋人が死に直面していると聞かされ、オクスチエンヌの罠にかかったことに気づく。身を任せれば恋人は助かるというのである。「(……)時間をむだにすべきではありません。……私がささげる大金、……あなたにかけられている(共犯の)嫌疑、……ヘルマンがおかれている恐ろしい立場、……最後に、もしあなたが私の望みを満足させてくれたら、あなたを待ち受けるはずの幸せ、このことをよくよく考えてみることです」。エルネスティナがおどしに乗らないと知ると、伯爵はたちまち激怒して語調を一変させる。彼は共犯者ショルツ夫人の助言を容れて、娘の手をつかみ、広場に面した窓へ引きずり、窓を荒々しく開け放つ。「そこには、事実、あの血なまぐさい舞台がしつらえられていて、いまにも命を落とそうとしている哀れなヘルマンが告解師の足もとに姿を見せていた」。エルネスティナはあまりの衝撃に気を失って倒れる。

そのとき、すべてを見てとったオクスチエンヌは卑劣な計画の実行を急ぐ。彼は気の毒な娘をつかまえ、いま娘が陥っている状態など意にも介さず、あつかましくも犯罪を遂行し、おのれの極端な激情にこの非の打ちどころのない娘を仕えさせる。娘は神に見棄てられ、不当にもおぞましい錯乱に屈服させられる。エルネスティナは意識を回復しないまま、辱められる。まさにこの同じ瞬間に、オクスチエンヌの不幸な恋敵は法の刃にゆだねられた。ヘルマンはもはやこの世にいない。(21)

合法的作品に属するこの中篇小説のクライマックスを構成しているシーンには、違法の系列の作品にも散見できるいくつかの要素が周到に織りこまれている。処刑が行なわれる広場に面した部屋、ぴたりと閉ざされた広場の側の窓。悪徳漢の欲望の充足に同意しさえすれば、犠牲者（たとえばエルネスティナ）の恋人（または肉親）の命を保証するというおどし。娘に恋人（または肉親）の処刑を目撃させ、処刑の瞬間に娘を凌辱する計画的犯罪。悪事をはたらくのは権勢をふるう当代きっての有力者であること。悪事は共犯者とともに遂行されること。『ソドムの百二十日』にはこれに類似した場面が二カ所、見出される。(22)いずれもキュルヴァル法院長の乱行にまつわる挿話で、最初の短いシークエンスでは、処刑の広場に面し、広場の側の窓がのこらず閉ざされている部屋を舞台にえらび、法院長は処刑の瞬間をとらえて受刑者の娘の「純潔を奪い」、「父親が息絶える瞬間に娘の尻に射出」する。ここには犠牲者へのおどしと共犯者の存在が欠落する一方で、凌辱に関する直截な記述が目につく。同じ作品の二つ目のシークエンスでは、広場に面した借部屋、間近に処刑台を見下ろせる窓が設定されているものの、恋人や肉親の処刑を見とどけさせられる犠牲者の存在ははぶかれ、もっぱら処刑の瞬間と凌辱の瞬間との一致が誇張される。先に引用した合法的作品『エルネスティナ』のシークエンスと筋書の骨格がもっともよく対応するのは、『ジュリエット物語、あるいは悪徳の栄え』の一場面である。第二部「クロリス一家」の処刑を物語る長大なシークエンスでは、広場を見下ろす部屋にかわって、はがねの切っ先で受刑者を切り刻む、ばね仕掛けの車輪の責道具をそなえた密室が設定され、権勢を誇る大臣サン＝フォンが複数の共犯者に囲まれながら、犠牲者をおどさせ、処刑の瞬間に受刑者の恋人を辱めることによって、性的加虐は一気にエスカレートする。

クロリスは大臣サン＝フォンが不正にその地位を手に入れるのにもっとも力をつくした人物だったが、まさにそのために彼の名はサン＝フォンの粛清リストの筆頭にあげられる。しかも、サン＝フォンの従妹であるクロリスの妻が彼の欲望をかたくなに拒み、娘までもいっそう激しく抵抗したという理由で、彼はクロリス一家の絶滅を策し、ついに王妃から一家の成敗を任される。彼はジュリエットとクレルヴィルと共謀し、密室でクロリス夫妻と娘をなぶり殺しにし（父親は娘との近親姦を強いられた末、辱められ首を切られる娘の最期を見とどけさせられる）、その二カ月後にはクロリスの妻の二人の妹の処刑をたくらむ。二人の妹の恋人を探し出し、二組の男女をいけにえにする方が快楽を刺激的にすると言い張る共犯者クレルヴィルは、まず末の妹の恋人ドルモンを密室でおどす。「あなたのフォスチーヌとの楽しみを大臣にゆずる気があれば、その犠牲に報いてあなたも彼女も許されます」。これを拒否した美徳の友ドルモンは、サン＝フォンに別室へ拉致される。「ドルモンが（別室から）出てきます。彼の肉体にはいくども加えられた残酷な虐待の跡がついていました。彼のお尻と両股はとりわけひどい打ち傷がありました。恥辱と激怒と不安と苦痛が、変わりはてたその顔で戦っていました。彼の陰茎と睾丸から血が流れ、鮮やかに色づいたその頬にはいくども平手打ちを見舞われた跡が残っていました」。ついに、ばね仕掛けの車輪による処罰の瞬間が到来する。

「ところで、私たちの方に血が流れてくるかしら」「たぶんな……」「さあ、いいかい」と、クレルヴィルは言いました。「責苦を受ける前に、私に接吻おし、この能なし」。

若者がわずかに抵抗しようとしたので、性悪女は彼の鼻に自分のお尻をこすりつけました。それから、若者は涙にくれる恋人に口づけしてもよいと言われました。クレルヴィルは若者の陰茎を愛撫し、サン=フォンは娘の陰核を刺激していました。とうとう老婆たちが若者をつかまえ、運命の車輪に彼をしっかりと縛りつけます。フォスチーヌはクレルヴィルの上に身を横たえて彼女の性器を愛撫するよう強いられ、私の女友達はそのあいだ私に接吻し、私を刺激し、サン=フォンはフォスチーヌのお尻に挿入する、といった具合です。そのとき、たちまち私たち四人は鮮血を浴びました。娘はこの恐ろしい光景に最後まで耐えきれず、苦しみに息を詰まらせて事切れます。(23)

『エルネスティナ』と『ジュリエット』にそれぞれ見られるシークエンスの筋立ては明らかに共通している。犠牲者へのおどし、恋人処刑の瞬間の凌辱、権勢をふるう悪人が共犯者と遂行する悪事。ミシエル・ドロンは、一八世紀後半のドラやドリール・ド・サルらの小説あるいは仏訳されたイギリスの作品に、恋人処刑と凌辱の場面が繰り返し描かれている事実を指摘している。サドは処刑と凌辱の瞬間を一致させることによって場面の効果を劇的に競り上げてみせるのである。また、引用した二つのテクストを対照させれば、適法の作品から違反の作品に類似のシークエンスを織りこむときのサドの過激なエスカレートぶりも、一目瞭然となる。共犯者が複数化し、加虐行為を楽しむ快楽が多様化するのに伴って、ショットも異様に増殖する。「犯罪の遂行」、「極端な激情」、「おぞましい錯乱」といった抽象的表現をとおして暗示されるエルネスティナ凌辱のシーンは、『ジュリエット』では、直喩や隠喩の修辞法を故意に無視した、人体局部のなまの呼称によって明示され、エロティックな言説の限界を超える違反のシークエンスへと変貌する。悪徳の勝利の証しとなる権勢ある地位も不正に掌握された内実が明かされ、それに応じて人間的自然を超えた残忍な放埒が哲学コントの手法で枚挙される。サドの違反の小説の作中人物たちは、「これほど退廃した時代にあって」(彼らはしばしばこの文句を枕詞に使う)、悪徳の哲学を開陳し、世界中の習俗を引き合いにして道徳と宗教を相対化してみせる。処刑と凌辱のシークエンスは、そこでは哲学的議論のあいだに配された彼らの快楽の場景の一つを構成する。これに対して、同じ筋立てのシークエンスが『エルネスティナ』ではあくまでも女主人公を死にいたらせる精神的加虐の要因としてニュアンスをもって組みこまれる。放蕩者オクスチエンヌは、「想像しうるどんな種類の悪徳もありとあらゆる犯罪も意のまま」となる作家サドと二重写しになり、エルネスティナは社会のスケープ・ゴートとされた現実の無力な犠牲者サドと重なりながら、悪徳の放埒と美徳のこうむる精神的残酷が交互に描き出されるからである。

サドは、俳優の生身の肉体で表現される舞台芸術が小説に比べて観客に直接的な効果をもつことを充分に知っていた。小説『エルネスティナ』の戯曲版『オクスチエンヌ』では、凌辱のシーンは舞台で演じられず、台詞で暗示されるにとどめられる。恋人ヘルマンはなるほど罠にかかり、無実の罪で投獄されるが、革命下のよき市民を体現する家の主人に助け出され、復讐を果たす。エルネスティナも小説と異なり、誤って父親に襲われ、殺されかかるものの、あやうく敵の策略に気づく。ハッピー・エンドで幕が下りるのである(24)。

二系列の作品に見出される或るシークエンスの変奏曲は、作中で占めるそれぞれの負荷をまったく異質なものにしていることが分かる。このことは、小説家サドが適法と違法をきわめて意識的に書き分けながら、彼のファンタスムの毒をたくみに配分していた一つの証左となるはずである。

（1）Sade, *Idées sur les romans, suivi de l'auteur des Crimes de l'amour à Villeterque folliculaire*, Ducros, 1970, p. 49-51.

（2）Michel Delon, *Préface aux Crimes de l'amour*, Gallimard, folio, 1987.

（3）*Lettre à Mme de Sade, Œuvres complètes*, Au Cercle du Livre précieux, 1967, t. 12, p. 250.

（4）*Ernestine*, folio, p. 214. プレヴォーの挿話は、盗賊の頭と知らずに結婚した良家の娘が、地下鉱山の労役を宣告された夫を追って愛を全うする話である。«Aventure intéressante des mines de Suède», *Pour et Contre*, Presses universitaires de Grenoble, 1985, t. VII, p. 185-188.

（5）『マノン・レスコー』、滝田文彦訳、集英社、世界文学全集9、一九八一年、九ページおよび一三―一四ページ。
Justine, ou les malheurs de la vertu, U. G. E., 1969, p. 23-4.

（6）Maurice Lever, *Sade*, Fayard, 1991, p. 375-77.

（7）Laurent Versini, *Le roman en 1778*, Le Dix-huitième siècle. n° 11, PUF, 1971.

（8）Rétif de la Bretonne, *Le Paysan perverti*, Ed. critique établi par F. Jost, L'Age d'Homme, 1977.

（9）Fanny de Beauharnais, *Lettres de Stéphanie, roman historique*, Bureau du journal, 1778. なお、ほぼ時期を同じくして

美徳の不幸をテーマとしたイギリスの女流作家ジェーン・オースティンとサドを比較して論じたものに、つぎの文献が挙げられる。R. F. Brissenden, *Virtue in Distress, Studies in The Novel of Sentiment from Richardson to Sade*, The Macmillan Press LTD, 1974; ——, *La Philosophie dans le boudoir; or, A Young Lady's Entrance into the world*, Studies in the Eighteenth Century Culture, 2, 1972, p. 113-41.

（10）*Florville et Courval*, folio, p. 144.

（11）*Justine ou les malheurs de la vertu*, U. G. E., p. 5-8.

（12）Op. cit., p. 62. 周到に煙幕を張ったこの一文の前（p. 49）では、つぎのように述べられている。「美徳が勝利を収め、事態があるべきようになるとき、私たちの涙は流れる前に涸れてしまう。だが、美徳が苛酷な試練のあげくついに悪徳に打ちのめされるのを見ると、私たちの心はかならず掻きむしられる」。

（13）Ibid., p. 94 et 97.

（14）M. Delon, *Introduction aux Œuvres*, 1, Ed. de la Pléiade, p. XXI-XXII et LIV. ドロンは別の一文でつぎのように述べてもいる。「サドは彼の作品を三つのカテゴリーに配分した。すなわち、『アリーヌとヴァルクール』や『恋の罪』のようにおおっぴらにできるテクストと、たとえば『ジュスチーヌ』、『ジュリエット』あるいは『閨房哲学』のように、必要とあれば自作であることを否認してはばからない、流布可能なテクスト、そして『ソドム百二十日』の巻紙という出版不可能な作品である」。

（15）Pierre Testud, *Rétif et Sade*, Revue des Sciences Humaines, 1988-4, p. 107-23. なお、前註に挙げたドロンの「序文」（p. XXVII-XXX）を参照。レチフが言及している『放縦の理論』が、当初『シャルメル城の会話』と題され、のちに『フロルベルの日々』と表題を変えた作品であったことを明らかにしたテスチュ論文は、一七九六年にサドの手稿がベルヴェなる人物を通じてひそかに関係者のあいだで回し読みされていた可能性を示唆している。

（16）Cf. M. Lever, op. cit., p. 423-28, 541-44.

（17）Op. cit., p. XXI-XXII.

（18）ロラン・バルト『サド、フーリエ、ロヨラ』、篠田浩一郎訳、みすず書房、一九七五、一八五ページ。

（19）M. Lever, op. cit., p. 374. ここには一七八〇年九月二〇日付のつぎのサド夫人への手紙も引用されている。「こういう人物の作品は、いくら読み返しても読み返しすぎることはないのです。たとえあなたが千回それを読んでいたとしても、私はあなたに読むことをすすめます。それはつねに新しく、つねに魅力にあふれているからです」。

(20) 二つの作品の類縁性については、つぎの書が参考になる。Jacques Van Den Heuvel, *Voltaire dans ses contes*, Armand Colin, 1967.

(21) Op. cit., p. 269-272.

(22) *Les Cent Vingt Journées de Sodome*, Ed. de la Pléiade, p. 30 et 281. ミシェル・ドロンによるプレイヤード版の註（p. 30, n. 2）およびフォリオ版『恋の罪』の註（p. 273, n. 8）を参照。

(23) *Histoire de Juliette, ou les prospérités du vice*, Au Cercle du livre précieux, 1966, t. VII, p. 302-54.

(24) *Oxtiern, ou les malheurs du libertinage, drame en trois actes et en prose*, Au Cercle du livre précieux, 1967. t. 11.

13

『恋の罪』語りの定式

自作として標榜《ひょうぼう》される「適法の作品」と、ひそかに流布させせられながらついに作者によって認知されることのない「違反の作品」とをサドがたくみに書き分けていたことは、この数年来、著しく深化したサド研究の現状が明らかにしている。小説の語りの観点から見るならば、「違反の作品」はいわば思想小説ないし哲学コントのジャンルに属すると考えられるから、作中のあるシークエンスから次のシークエンスに移行する因果関係は故意に無視され、偶然性がことさらに強調されても不自然な印象を与えない。サドの「ジュスチーヌ」物三部作は、ヴォルテールの『カンディード』と同様に、放浪と旅を軸として主人公の幾多の体験の意味を問う。ある出来事から次の出来事へ移行する必然性は作者の念頭にはないのである。一方、「適法の作品」においては、美徳がいかにして悲劇へと至らざるをえないか、その不可避性を描くための語りの定式のごときものが用意されなければならない。

『恋の罪』一一篇に共通する特徴は、「悲壮小説集」の副題が示すように、悲劇を暗示する冒頭の状況設定から悲劇の実現までを一気に走り抜ける直線性である。いいかえれば、冒頭の状況に潜在化していた悲劇の萌芽がいかにして顕在化し、恐るべき結末を迎えざるをえないか、語りはその一点に集中し、途中で自然の風景や町並みに見とれるいとまもなく、気ぜわしく悲劇の段階をたどってゆく。サドが『恋の罪』の冒頭に付した長文の序文「小説論」と『恋の罪』の作者、三文時評家ヴィルテルクに答える」で、しばしば「劇的な作品」(ouvrage dramatique)、「劇的技法」(arts dramatiques) といった表現を好んで用いているのは、そのような意味あいにおいてであろう。「ヴィルテルクに答える」で、彼は次のように述べている。

「劇的技法の主たる二つの力とはなんであるか。あらゆる傑出した作家は、それが恐怖と哀れみであると語ってきたではないか。ところで、勝ち誇る罪の描写でないとしたら、恐怖はどこから生じるのか。また、不幸な美徳の描写でないとしたら、哀れみはどこから生じるのか」(傍点は原文のイタリック体)。サドはさらに、「劇的興趣」(intérêts dramatiques) についても語っている。はたして彼が自らのテーマ「美徳の不幸」を正当化するために「劇的興趣」を強調しているのか、それとも「劇的興趣」を作品に付与するためにあえて美徳の不幸を取り上げるのかは、さして問題とならない。「美徳を実践しなければ、すぐれた劇的な作品は書けない、と私は証明する。というのも、憤激、怒り、涙は、美徳がこうむる侮辱か、美徳が味わう不幸か、そのいずれかの結果でなければならないと私は考え、また語っているからである」。美徳が「天地のもっともすばらしいもの」であるからこそ、読者は美徳が冒瀆されるのを目のあたりにして憤激し、怒り、同情の涙を注ぐ、つまりは感動するのだ、とサドは力説する。「私が主人公の一人に、序文で語ったのと正反対の仕方で語らせる。すると、私が矛盾撞着している、と教育家ヴィルテルクは付け加える。しかし、救いがたい無学の徒は、劇的な作品の各人物はそれぞれに表す性格から決められた言葉を話さねばならず、そのとき話すのは作者ではなく、もっぱら彼の役柄から着想された人物が、作者自ら話すときの話とまったく反対のことを語るのもごく当然であると知るがよい」。この一節はサドのアリバイ工作としても読めるが、述べられていること自体はけだし正論であろう。作者と登場人物を無媒介に結びつけるべきでないことは、言をまたない。ところで、最後に引いた一節でサドが「劇的な作品」について語るとき、彼の意識で小説作品と劇作品とのジャンルの区分が不分明になっている印象を受ける。もとより、サドの言う「劇的な作品」を直接、演劇作品つまり戯曲に還元することはできない。むしろ「感動を与える、悲劇的な作品」の意味にとった方がよい。美徳と悪徳の二項対立から生じる緊迫した葛藤と、迫害され陥穽《かんせい》にはまる美徳の不幸と悲劇、それが「劇的興趣」だと述べているのである。しかし、それにもかかわらず「劇的な」(dramatique) の語に演劇の意が少なからずこめられていることは、改めて後述する。

『恋の罪』各篇を通読すると、読者は随所に「既読感」(déjà lu) を抱かされる。ある作品のある箇所を読んで、他の作品のどこかに類似の記述なりシーンを読んだことがあるような気がするのである。実はそうした印象を与える箇所こそ『恋の罪』に見られるサド特有の語りの定式を形作っていると言ってよい。それは、たとえば語り手や話者による悲劇の予告であったり、作中人物の不吉な予感や胸騒ぎであったり、予知夢とでも呼びうる夢であったりする。そして、そのような語りの定式を検討してゆけば、サドに意識された読者の問題に逢着せざるをえない。

1

まず、三人称の語り手もしくは一人称の話者によって、しきりに作中人物の悲劇の予告が行なわれる。『ロレンツァとアントニオ』（以下、『ロレンツァ』と略）の場合、そのメッセージは随所に示される。出陣するアントニオを見送る恋人ロレンツァが別離を前にして激しい苦悩の発作に襲われると、語り手が介入し、アントニオの父カルロに予想される企みを示唆する。「カルロ・ストロッツィと言えば、人も知る性根の持ち主、それに加えて彼の無節操と色好みである。軽率にその手にゆだねられた年若い美人を思いどおりにし、同時にその娘を息子から奪い取る残忍な企てを、彼がもくろまないはずがないことはたやすく予想できる」。晴れてアントニオの妻となったロレンツァは、またしても夫の出陣を見送らなければならない。語り手はここでメタファーを用いながら、ヒロインの近い将来に降りかかる不幸を予告してみせる。「ウルバーノとカミッラは、復讐の女神フリアイがバッカス神の巫女たちと並んでつかさどる、危険な談合の主謀者となる。パッツィ家の哀れな娘にとって、なんと多くの障害だろう！彼女の真っ正直さ、……純真さ、……率直さ、……信じやすさは、はたしてその障害に抵抗できるだろうか。……美徳は犯罪にその気をなくさせるのだろうか。いや、反対に、美徳は罪を犯す手段をふやしたり、それが誇示する障害の高さに比例して、犯罪を刺激するのではあるまいか。いったい、どんな神が、美徳を破滅に陥れようとして企まれる多くの陰謀から、ロレンツァを守ってくれるのか」。こうして読者は、夫と離れ離れになり、孤独な境遇に置かれたヒロインの身にさまざまな陰謀がめぐらされることをあらかじめ教えられる。その陰謀がいかなるものであるかは不明であるが、ヒロインが破滅の危機に直面するであろうことが匂わされるのである。カルロは、この先の動乱を予想するとフィレンツェに居住するのは危険だという口実をもうけ、息子の嫁を人気のない、ひなびた所有地へ連れて行く。ここでまたしても語り手による介入がある。同時にそれは、サドの小説に数少ない自然描写がわずかながら見出されるくだりでもある。「犯罪はそうした恐ろしい風景を好むものである。小谷の薄闇、威圧するような森の暗がりは、犯罪者を神秘の影ですっぽり包みこみ、彼が企む陰謀にいっそう精力的に立ち向かわせるように思われる。そんなたたずまいが抱かせるある種の恐怖感は、身の毛のよだつ場所に自然が刻印する無秩序と同じ色調を帯びた行為へと、犯罪者を駆り立ててゆく」。

嫁を破滅させる最初の攻撃が不首尾に終わると、カルロは、自分のした恥ずべき振る舞いが若妻の貞節を試すための芝居であったと、みごとな手並みで嫁を納得させる。こうして、万事は円く治まり、親密な関係が復活するかに見える。だが、そんな平穏も長くつづかないことを語り手は予告する。「生来、悪党の心を宿した人間が美徳を平穏に生かしておくだろうか。変わりやすい大海原のように、たえず彼が犯す罪は、つい彼の本性を信用するすべての人間に衝撃を与える。純真な心が危険な大洋の数知れぬ暗礁に乗り上げた末に、ようやく安全な港を見出すのは墓の下である」。ちなみに、上の一節は『フロルヴィルとクールヴァル』（以下、『フロルヴィル』と略）の最後の文に対応している。「二人の双方に悲しく辛い一生が与えられたのは、二人ばかりかこの痛ましい物語を読む人びとにも、人間が心の安らぎを見出せるのは墓の暗闇の中でしかないことを得心させるためにほかならない。同胞の悪意、情熱の錯乱、そしてなによりも人の境遇につきまとう宿命を思えば、人間がこの世で平安を得ることなど永久にないからである」。

『エルネスティナ』にも、話者による悲劇の予告が読み取れる。決して裕福とは言えないが、由緒ある家柄の貴族サンダーシュ大佐は、娘エルネスティナが将来の伴侶として選んだヘルマン青年に好意を抱いている。彼は二人の結婚を良縁と考え、異を唱えるどころではなかった。しかし、話者はここで二人に不幸が訪れることをいち早く予告する。「(……)運命の女神がかならずしもよいことを望むとは限りません。どうやらこの女神の楽しみは、人間のいちばん賢明な企てを狂わせることであるようです。変わりやすさと無秩序をなにより確かな掟とする世の中では、なに一つ当てにしてはならぬ、そう教えるために作られた教訓をちぐはぐな運命から人間に引き出させようというのです」。後に触れるように、ヘルマンはオクスチエンヌ伯爵の真意を確かめ、自分とエルネスティナの結婚を快く認めてくれる気があるならば、文書でもってそれを約束してくれるよう、ピストルをかざして伯爵に迫る。意外なことに伯爵はあっさりと二人の結婚に同意し、エルネスティナ宛に短い文書をしたためる。「哀れにも、ヘルマンは書面の残酷な意味を少しも理解せず、(……)伯爵に謝罪を繰り返すなりエルネスティナのもとへ急ぐと、彼女に勝利を明かす悲しい戦利品を届けます」。話者が述べている「勝利を明かす悲しい戦利品」の正確な意味は読者には定かでないが、悲劇を暗示するその表現(「書面の残酷な意味」)は、二人の恋人に不幸が罠を仕掛けて待ち構えていることを充分に伝えている。サンダーシュ大佐は伯爵の甘言にまんまと乗せられ、昇進の野心に駆られて娘エルネスティナとともにノルチェピングを発ち、ストックホルムへ向かう。恋人と引き離されるヘルマンの心は張り裂けんばかりである。彼を置き去りにして遠ざかってゆく馬車を追う時の状況を、話者はこう語る。「そのときヘルマンは、もっとも甘美な仕合せを奪う棺をのせた馬車を、死神が黒幕で覆うのが見えるような気がして、悲痛な叫び声でエルネスティナを呼びます」。話者はここでも「仕合せを奪う棺」「死神が、黒幕で覆う」といったメタファーによって、二人の恋人に訪れる不幸な死を暗示しようとする。無実の罪で投獄されたヘルマンは、やがて罪状の重さから首都の上級審に委ねられ、ストックホルムへ移送される。しかし、追い詰められた立場にありながら、彼は今後、エルネスティナと同じ町にいて同じ空気を吸えることを喜び、エルネスティナの周囲には彼女と同じ純粋な心の持ち主しかいないはずであるから、危険はなくなるにちがいないと想像する。話者はそんな彼の弱点を皮肉るように指摘する。「哀れな恋人たちよ、そんなものは現実離れのした空想にすぎない！……空想が君たちを慰める、それも結構だ」と。一方、エルネスティナは、恋人ヘルマンから便りがないことに不安を覚える。すると、「大佐は善意から、元老院議員は嘘八百並べ立て、やはり同じように彼女の不安を静めるのでした。そんなふうに彼女を安心させているうちに、いつしか底知れぬ破滅の深淵がたえず彼女の足もとで掘られていたのです」。ここでも話者は、ヒロインが遠からず破滅の淵に立たされることを繰り返し示唆する。

『フロルヴィル』では、ヒロインによる一人称の身の上話と三人称の語りとが交互に現れる。身の上話を語るとき、フロルヴィルは物語の話者でもある。彼女は、自分の庇護者サン゠プラ氏の妹であり快楽主義者でもあったヴェルカン夫人の臨終に立ち会ったあと、行く先の身の定めを自ら予告する。「それにしても、私が行く先々で不幸に付きまとわれ、たえず不幸のいまわしい結果の証人か犠牲者となるのは宿命のようでした」。フロルヴィルの身の上話が語り終えられると、小説はふたたび三人称の語りに戻る。クールヴァル氏は彼女の半生の出来事をすべて承知したうえで、改めて求婚し、ついに待望の結婚式を迎えることになる。語り手は、その結婚式がいかに喜びと愛情で満たされていたかを述べたあと、不吉な二人の運命を暗示する。「優しさ、汚れを知らない喜び、たがいに示し合う尊敬と愛情の確約がその結婚の挙式にみなぎった。……だが、復讐の女神フリアイは運命の松明をひそかに消そうとしていたのである」。

クールヴァル夫妻は仕合せな新婚生活に酔い、三カ月をともに過ごしていた。すでに懐妊のきざしさえあった。「そんなとき、思いがけない出来事が仕合せな夫婦の盛運に残酷にもかげりを落とし、婚姻の薔薇の蕾を恐ろしい死の糸杉に変えることになった」。ここで語り手は直接、読者に呼びかける。「ここまで書いて、ペンを持つこの手がはたと止まる。……私は読者諸氏に許しを乞い、これ以上読み進まれぬようお願いすべきかもしれない。……たしかにそうなのだ。……恐怖に打ち震えたくなければ、すぐさま本を閉じるべきなのである。……現世における人間の哀れな立場、……運命の気まぐれの残酷な結末。……不運なフロルヴィル、だれよりも貞節で、愛されるにふさわしく、感じやすい人間が、運命の理解しがたい鎖によって、自然が作り出したもっともいまわしい怪物とならなければならないのはなぜだろうか」。語り手の読者への呼びかけは、最後に用意されたヒロインの不幸の集大成を予告しているのである。

『サンセール伯爵夫人』(以下、『サンセール』と略)の場合はどうか。モンルヴェルから愛が得られないと悟った夫人は内心堅く復讐を誓い、その計画に没頭する。読者には計画の全容は知らされない。夫人は自らが作り上げたにせサランがいかに卑劣な人間であるかを力説し、正当な名誉ある決闘によって決着をつけようとするモンルヴェルの翻意を促す。騎士モンルヴェルはついに説得され、夫人の提案のいっさいに同意し、夫人の足もとにひざまずいて恋敵の刺殺を誓う。モンルヴェルの決断は、結末の破局を迎えるうえで決定的な意味を帯びる。ここで語り手は註釈を加える。「ここまでは、陰険な女の腹の内もあるいは漠としたものに見えるかもしれない。だが、それは恐るべき結末によって十二分に明らかになるはずである」。語り手は細部を明かさないまでも、結末の恐るべき悲劇の到来をあらかじめ読者にメッセージとして送っているのである。

このように、『恋の罪』各篇では、物語の進行の節目ごとにしばしば語り手または話者が、美徳を体現する作中人物の近い将来の不幸を暗示する。この小説集を一読して印象づけられる悲劇の直線性は、語り手または話者による介入とでも形容しうる悲劇の予告にまずは起因していると言ってよい。

2

美徳を体現する作中の主人公が自らの不幸を予感するシーンを繰り返し描くのは、『恋の罪』各篇の語りに見られるもう一つの特徴を構成する。

『ロレンツァ』の冒頭では、夫の二度目の出陣を前に悲嘆に暮れる若妻が、夫に内心の不安を打ち明ける。「ああ！　ストロッツィ、ストロッツィ、最初にお別れしたときには感じなかったのに、きょうはなにやら恐ろしい胸騒ぎがして、私をいくども不安な気持ちにさせるのです。不幸が私たちに襲いかかろうとしているのがかすかに分かっていながら、だれの手がのしかかっているのか見分けがつかないのです」。漠としたものでありながら、彼女を襲う強い不安、二人の恋人の不幸を予感しながら、その不幸をもたらす者の正体をつかめないもどかしさ。ロレンツァの不安は語り手を通して間接話法でも伝えられる。「ロレンツァは、ルイージの住む地区からほど遠からぬサン・ジョヴァンニまで夫に付き添って行きながら、どうしてもはっきり口に出しては言えないが、なにやら不幸なことが起こりそうな気がすると相変わらず言いつづける。……黒っぽいヴェールが自分の未来に広げられているのにそれを突き止められない、と言うのだった」。ロレンツァの予感は無惨にも的中する。薬で眠らされた彼女が庭の緑の樹木でしつらえられた揺りかごに横たわり、小姓ウルバーノが彼女の腕に抱かれているシーンは、夫アントニオの目にまぎれもなく不貞の現場と映る。アントニオは父カルロの奸計にまんまとはまり、小姓を刺し殺し、妻の無実の訴えを退けて、不貞な女の死の判決に署名する。

もともと『エルネスティナ』の悲劇は、元老院議員であるオクスチエンヌ伯爵がノルチェピングの町に現れ、ショルツ夫人が伯爵のために盛大に催した晩餐会にエルネスティナが出席したことに端を発する。ヘルマン青年の胸に、恋人がそのパーティーに出かけることへの不安がよぎる。話者によって語られるそのときのヘルマンの不安は、自由間接話法に近い文体で描写される。「伯爵は彼女ほどの美しい女性を見たら、たちまち当然の称賛を捧げるのではあるまいか。そんなことにでもなれば、ヘルマンはそれほどの恋敵からどれほど恐ろしい仕打ちを受けると覚悟しなければならないか。不幸を想定した場合、エルネスティナに伯爵以上の意志の強さがはたしてあるだろうか。彼女はスウェーデン屈指の貴族の妻となることを拒めるだろうか。致命的な取り決めが行なわれ、その結果ヘルマンとエルネスティナに対抗して、オクスチエンヌとショルツ夫人を強力な指導者とする決定的な同盟が生まれるのではあるまいか。そうなると、このヘルマンはどんな不幸を恐れねばならなくなるだろう。無力で哀れな彼は、ひ弱な人間を狙って共謀する大勢の敵の軍団にはたして抵抗できるものだろうか」。エルネスティナはそんな恋人の不安を一笑に付し、もっと彼自身の真価を悟るべきだと元気づけるが、ヘルマンは不安から解放されない。「恋する男の心には、ほぼ狂いのない予感めいたものがあるものです」。ヘルマンの予感は、ほどなく不幸にも現実となる。そして、ヘルマンはショルツ夫人との収支計算を口実にノルチェピングの町にひとり置き去りにされ、サンダーシュ父娘を見送ることになる。そのとき彼は身もだえしながら、崇める人の足に接吻し、「ぼくはもう君に会えないのだ、……もう会うこともないだろう」と、口走る。事実、二人の恋人はその後二度と会うことはない。

『フロルヴィル』では、それとは知らずに兄を愛し、兄との間にもうけた実の息子を過ってあやめ、母親を処刑台に追いやることになるヒロインが、肉親と会うたびに何やら言い知れぬ感情を味わい、いわば内心の血縁の声を聞きながら、そのつど胸騒ぎを覚える。たとえば、彼女がナンシーの町に住むヴェルカン夫人宅に引き取られてまもなく、愛すべき、才気あふれる青年将校の熱烈な愛の告白を聞く。そのとき彼女は、「たちまち御しがたい衝動に駆られて、思わず自分が彼の方へ引きずられて行くのを感じる」。それは一種、共感のようなものである。「その共感は尋常な感情の結果でないように思われました。一枚のヴェールが彼の正体を私の目から隠していました。その一方で、私の心が彼のところへ飛んで行こうとする瞬間に、なにかしら抗いがたい力が引き止めるような気がするのでした」。彼女が味わう感情は、肉親への本能的な愛であると同時に、近親相姦のタブーの声でもある。

次に、若い騎士に初めて出会ったときに彼女が抱く奇異な感情。彼女は全身の震えに襲われる。「虫の知らせとでも言うのでしょうか、……いえ、なんなりといかようにも呼んでくださって結構ですが、ムッシュー、原因を考えても見当がつかない全身の震えが私を襲いました。……私は今にも気を失いそうでした」。同じ徴候は若い騎士の方にも認められる。彼は肉親の情と恋愛感情とを混同していたのである。過ちを二度と繰り返すまいと堅く心に誓っていたフロルヴィルは、青年の愛に厳しく、冷淡な態度で応じる。絶望に陥った青年を木立の奥に置き去りにしたとき、彼女自身もなぜか深い悲しみを味わう。「青年にいささかの恋心も抱いていないことを堅く信じてはいましたものの、哀れみなのか、遠い心の記憶なのか、こんどは私の方が感情を抑えきれずに声を上げて泣かずにいられませんでした」。真夏の暑い夜、寝室に侵入してきた青年を脅すつもりで刺殺したフロルヴィルは、青年の遺体にとりすがって語りかける。「私が以前にこよなく愛していた恋人に生き写しの人よ、あなたを生き返らせるにはあなたを愛してあげればよいのなら、……私が自分の命と引き換えてもあなたを甦らせたいと思っていると分かってちょうだい、……あなたに会えばいつも心がときめいた、あなたに抱いていた私の気持ちは、あなたの胸に燃えていた弱々しい恋心などよりおそらくはるかに強かった」。フロルヴィルは、恋愛感情より激しい愛が母性愛であることを悟るにはいたらないが、それが遠い心の記憶から生まれていることを予感しているのである。

同じように彼女は、ある婦人の殺人現場を目撃したことから犯行を証言せざるを得なくなったとき、やはり説明しがたい感情を味わう。「供述すると、私の心臓から言葉と同じだけの血が取られてゆくような気がするのでした」。犯人である女の処刑の前日、女と対面したフロルヴィルは、「呆然となり、どうしても原因の分からないさまざまな無数の感情に打ちひしがれて、ホテルの部屋に戻りました」。ところで、身の上話を語り終えたフロルヴィルは、寛大なクールヴァル氏と晴れて結婚する。彼女は心優しい夫と仕合せな時を過ごしているかに見える。しかし、ある晩、その当時たいへん評判になっていたイギリスのゴシック小説を読みふけっていた彼女は、不意に本を放り出して無意識の衝動に駆られる。胸騒ぎが彼女を不安に陥れ、おびえさせるのである。彼女は自分が仕合せになるように生まれついていないのだと言う。彼女には、二人の仕合せな結婚が長続きしないのではないかという予感がある。「お前にとってその幸福のすべては幻影にすぎない、それは一日のうちに生まれて消え去る花のように散るのだと、心の奥でひそかに叫ぶ声があるのです」。内奥の声が虫の知らせであり、不吉な予感であることは言うまでもない。このように、作中人物の口を通して語られる予感や胸騒ぎは、語り手ないし話者による悲劇の予告とともに、読者に悲劇の直線性をいっそう強く印象づけることになる。

さらに、作中人物が見る夢の描写をこれに付け加えておかねばならない。『恋の罪』各篇では、夢は胸騒ぎや不吉な予感と等価であり、同じ働きをしているものと考えられるからである。自分の子供ほどに年の離れたサン＝タンジュ青年を過って刺殺したフロルヴィルは夜毎にうなされ、眠りのさなかにしばしば目覚める。ある夜、彼女を捨てた恋人セヌヴァルが夢に現れ、フロルヴィルに二体の遺骸を示す。それは横死したサン＝タンジュと「私の知らない婦人」の遺骸だった。セヌヴァルはその双方の遺骸に涙を注ぎながら、間近かにあるもう一つの棺を指し示している。フロルヴィルにはそれが彼女自身のためにあるように思える。ここで、語り手は読者に注意をうながす。「勘違いをしないために、私の知らない婦人という表現を忘れないでいただきたい。ヴェールが剝ぎ取られ、その結果フロルヴィルが夢に見た婦人が何者であるかを悟るまでに、彼女はまだ数人の人たちと死別しなければならないのである」。語り手は、「私の知らない婦人」が何者であるかをいずれフロルヴィルが悟ることになると、あえて読者にほのめかしているのである。しかも、フロルヴィルが見たその夢は、彼女の証言によって有罪が確定された婦人の見た夢と符合する。フロルヴィルが最後にその女と対面したとき、女は夢の中にフロルヴィルが現れたことを語り始める。その夢は、フロルヴィルの夢と奇妙に似通っている。女の夢の中では、フロルヴィルは女の息子と一緒にいて、顔立ち、体つきから着用しているドレスにいたるまで目の前のフロルヴィルとそっくりで、しかも女の目の前には処刑台がしつらえてあった、と語る。フロルヴィルは夢の中で間近かな棺が自分のためにあると感じ、女もやはり夢の中で目の前に自分の処刑台が用意されていたと思うと語る。語り手は明らかに、二人の見た夢が予知夢であることをほのめかしているのである。

夢は、一八世紀を通じて哲学者の考察の対象となり、また小説家にも盛んに利用されている。たとえば、ヴォルテールが『哲学辞典』に項目「夢」をもうけ、ディドロが『ダランベールの夢』を書く一方、ルソーは『新エロイーズ』に予知夢を導入する（第五部第九信）。また、レチフは長篇小説『堕落百姓』でやはり予知夢を取り上げ、セバスチャン・メルシエは短篇集に『夢と幻覚』の表題を与え、ユークロニー小説『西暦二四四〇年、またとない夢』を書いている。ベルナルダン・ド・サン＝ピエールは『ポールとヴィルジニー』の最後で予知夢について詳細に論じている、といった具合である。サドも例外ではなかった。彼は『ファクスランジュ』でやはり予知夢を描いている。『恋の罪』において、夢が予知夢であるかぎりにおいて、作中人物の不吉な予感や胸騒ぎと同様に悲劇の直線的進行に一役買っていることになろう。

3

それにしても、美徳が悪徳に翻弄され、破局に追い込まれるのはなぜか。それは、美徳そのものの本性にもとづく弱点に起因しているからである、とサドの小説の語り手または話者は説明する。美徳を具現する作中の主人公たちは、悪徳の攻撃や罠に拱手《こうしゅ》傍観しているわけではない。むしろ、彼らは純粋な心とともに明晰な頭脳をそなえた人物たちである。彼らは必死に抵抗し、彼らなりに策を練る。しかし、所詮、美徳は悪徳の敵でないのだ。

『恋の罪』各篇では、美徳の長所と表裏一体の弱点がほぼ例外なく指摘されている。その弱点は、たとえば愛し合う者たちにとかく見られがちな心情の論理へのこだわりから派生する。先に引いた『ロレンツァ』のシーンで、悪党カルロは若い嫁ロレンツァの魅力に酔いしれ、自ら生を授けた息子の幸福を妨げることしか考えなくなる。彼は小姓ウルバーノをそそのかしてロレンツァ凌辱を実行させようとするが、彼女の気品にたじろいだウルバーノは主人の命令を遂行できなくなる。ロレンツァはテーブルに置き放しにされた短剣で身を守り、危機を脱する。カルロは次の悪辣な手立てを企む一方で、ロレンツァを慰め、機嫌をとる。そのあげく、自分の所業は妻としての彼女の貞節を試すためであったと釈明したうえ、嫁の毅然たる態度を大いに賞賛してみせる。「ロレンツァ、君の夫が先ほどの態度を聞き知ったら、彼にとってなんたる勝利だろう！……ああ！　可愛い嫁よ、わたしが君のとった態度をどんなにうれしく思ったか、どうかそれを疑ったりしないでおくれ」。アントニオの若妻は義父の前に身を投げ出し、身を守るためとはいえ乱暴な振る舞いに及んだ許しを乞う。ここで語り手はロレンツァのうぶさ加減を指摘する。「若い人ほど信じやすい者はいない。美徳ほどだまされやすいものはない」。カルロは本心を隠し、術策を用いる。彼は手始めに、夫と離れて暮らすロレンツァの無聊《ぶりょう》を慰める心遣いを示す。「純真な娘は親切な言動がてっきり真心から出たものと信じているから、感謝を捧げる。それを相手に思いつかせた動機までは考えが及ばず、ひたすら感謝することしか考えない」。つまりは、有徳な人間は悪人の巧妙な攻撃からわが身を守るすべを知らないのである。

信じやすさにかけては、『エルネスティナ』のサンダーシュ大佐に勝る者はいない。彼は最愛の娘が辱めを受け、娘の恋人が無実の罪で処刑されたとき、はじめて自分が欺かれていたことに気づく有様である。なぜなら、と話者は美徳の長所と表裏の関係にある弱点について述べる。「彼を非難できるとすれば、善意のほかに非難すべき点はありませんでした。善意のせいで誠実な人間は実にやすやすとぺてん師どもにだまされることがあっても、それでもやはり善意は高邁な精神の真っ正直さと誠実さのすべてを明かしてくれます」。そんなわけで、娘の提案に従って伯爵を試練にかけようと試みるが、事情を百も承知している伯爵のうわべの誠実さに手もなくだまされ、すっかり伯爵を信用するにいたる。

ここで話者は註釈をつける。「高潔な人間は人を信頼し、自分ならきっとするようなことを人もするとたやすく信じてしまうものなのです」。若い二人の恋人についても事情はさほど変わらない。「恋人たちの雄弁ほど説得力をもつものはありません。もっとも、彼らには心情の論理こそあるにせよ、それが知力の論理に勝ったためしはないのです」。同じことが、「ロレンツァ」の主人公アントニオに関しても指摘される。「心情がしばしば知力にまさった」。恋人たちの心情の論理はいかに雄弁であっても、邪悪な者たちの知力の論理に太刀打ちできないというのである。

「サンセール」では、先にも触れたように、娘の恋人モンルヴェルの愛を得られないと知ったサンセール伯爵夫人は、今や憎悪と復讐に燃える心の内をおくびにも出さず、今後は母親となり友人となりましょう、と偽りの誓いを繰り返す。「モンルヴェルは彼が得たわずかばかりのものに十二分に満足し、正直で感じやすい彼の心は術策など見当もつかなかったから、まさか欺かれているとは思いもせず、もういちど伯爵夫人の膝を抱きしめると、いく分か苦痛も和らげられて引き下がる」。

『フロルヴィル』は、悪人が登場しないという意味で『恋の罪』各篇の中で異色の作品となっているが、しかしそこにも話者による類似の表現が見出される。生まれて間もなく捨て子にされたフロルヴィルは、徳高いサン＝プラ氏夫妻に縁者の娘として大切に育てられる。しかし、彼女が一五歳の時、育ての親である夫人が病死し、サン＝プラ氏はナンシーに住む妹のもとにフロルヴィルを預ける。妹ヴェルカン夫人は放蕩三昧の日々を送る無神論者の未亡人で、いつしかフロルヴィルはそんな周囲の空気に感染し、恋に陥り、身ごもり、ひそかに出産し、恋人に捨てられる憂き目を味わう。夫人の兄のサン＝プラ氏は、妹が貞淑な暮らしをしているものと信じて疑わなかったから、フロルヴィルを妹に託したのだった。それにしても、サン＝プラ氏の妹への盲信はなにによるのか。フロルヴィルは身の上話を語る話者として説明する。「それ（盲信）は、純真な心と善意に特有の目印なのですもの。誠実な人たちは自分にできない悪事など少しも予測がつかないのです。だから、彼らは最初に自分たちを襲うぺてん師に手もなくだまされます」。

このように、語り手または話者が語りの枠組の中で、また物語の進行に沿いながら、主人公の近い将来の不幸を先取りするかのように暗示してみせる悲劇の予告、これと並行して主人公自身が抱く胸騒ぎや不吉な予感、さらには主人公の美徳そのものから生じる弱点についての反復される指摘、それらの語りの要素は相互に補強し合いつつ美徳の不幸と悲劇の過程が必然化せざるをえない印象を、否応なしに読者に刻印する。『恋の罪』における悲劇の直線性とは以上のようなものである。

4

『恋の罪』各篇に見られる悲劇への直線的下降は、破局に「劇的な興趣」を添えるために演劇的要素または陥穽《かんせい》の伏線がしばしば加味される。陥穽の伏線には、たとえば手紙のトリックがある。『サンセール』においては、冒頭から手紙のトリックが利用される。伯爵の戦死の悲報が届けられたとき、伯爵夫人宛のブルゴーニュ公の手紙が添えられている。「大公は、悲運に見舞われたため、当然に書くべき弔意の言葉を述べることもままならないと釈明したうえで、武将が生前に望んでいた娘とモンルヴェルとの縁組に関しては、御身の夫の意向に従って婚姻を急がせ、現下の戦局ではモンルヴェルほどの勇者を欠いたままでいるわけにいかぬため、挙式から二週間後に若き英雄を送り返すように厳命していた」。ブルゴーニュ公の真意は、故人となった伯爵の意志を尊重して、若い勇者モンルヴェルと娘アメリーとの結婚を急ぎ実現し、勇者を戦場に送り返させることにあった。しかし、伯爵夫人は巧みに大公の手紙の最後の数行のみをモンルヴェルに読ませる。大公がアメリーとサランの領主との結婚を望んでいるとの偽りの情報を、伯爵夫人からすでに信じこまされていたモンルヴェルは、大公の手紙の最後の数行を読んでいよいよ絶望に駆られる。

『サンセール』は、架空の現実が次々に伯爵夫人によって作り出され、二人の恋人が仕組まれた虚偽の情報を現実と取り違え、ついには惨劇にいたるという意味で、サド的なファンタスムの世界をもっともよく表していると言える。それとともに、『サンセール』は演劇性をもっとも有効に小説の中に採り入れた作品でもある。この小説では、現実はほんの一握りでしかない。ブルゴーニュ公は伯爵の戦死後も依然としてモンルヴェルとアメリーとの結婚を希望し、二人の結婚をすみやかに執り行なったあと、勇者を早く戦場に返すよう厳命している。これが現実であり、現実の事情は伯爵の生前も戦死後もなんら変化がないのである。しかし伯爵夫人は、まず大公の方針に変化が生じ、アメリーとサランの城主との結婚を望んでいると虚偽の情報を流す。そのうえで、娘アメリーには、勇者の誉れ高いモンルヴェルが実は敵前逃亡を計った臆病者であるという噂を伝え、一方モンルヴェルには、娘アメリーが久しい以前からサランの領主と言い交した仲であるとまことしやかに打ち明ける。しかも夫人は、サランに年格好のよく似たにせサランを登場させ、ことさらにモンルヴェルの目につくように仕組む。

二人の心にそんな楔《くさび》を打ち込んだあと、夫人は勇者の誘惑を試みる。だが、娘アメリーを愛するモンルヴェルの心が揺がないと知ると、心中で復讐を誓う反面、表面上はおのれのよこしまな愛を断念したかのように装い、今後は母親の地位に甘んじようと約束してみせる。このように、夫人はモンルヴェルにわずかな心の安らぎを与えると、サランの領主がいかに卑劣な人物であるかを吹き込み、庭園を散歩していたモンルヴェルを手の者に襲わせ、その奇襲がサランの指し金であるかのように思い込ませる。モンルヴェルは激怒するが、生来、名誉を重んじる彼はサランと決闘による決着を決断し、にせサラン宛に決闘状を送りつける。すると、時を移さず返事が届く。「私には、自分のものである人を争うことはできない。美女に肘鉄《ひじてつ》をくわされた恋人は、死を願っても当然である。（……）よいか、あなたには恋のかぐわしさより軍神マルスの実地演習の方がふさわしい」。こうして、モンルヴェルはついにサランとの決闘を断念し、彼の刺殺を決意するに至る。にせサランの手紙が伯爵夫人の手で書かれていたことは言うまでもない。先にも触れたように、『サンセール』に描かれているのは仮想の現実であり、捏《ねつ》造《ぞう》された情報である。勇者モンルヴェルの戦場への帰還を待ち望むブルゴーニュ公の手紙が伯爵夫人によって悪用され、それから相次いで虚偽の事実が作り出され、その結果、二人の恋人の悲惨な死が訪れる。手紙によるトリックは、伯爵夫人が積み重ねる架空の現実の重要な出発点となっているのである。そればかりか、夫人の手で偽造されるにせサランの挑発的な手紙は、真っ正直なモンルヴェルにサラン暗殺を決断させ、ついには二人の恋人の死という復讐劇を実現するのであるから、手紙のトリックは『サンセール』において重要な意味を帯びている。

『サンセール』では、伯爵夫人によって作り上げられる「偽りの外観」は、本心の韜晦《とうかい》や隠蔽《いんぺい》、カムフラージュ、変装をふんだんに利用して真実の仮面をつける。孝心篤い娘アメリーは、恋人の愛を確かめるには試練を課するに如くはないという母親の勧めを忠実に守り、約束に背いたときの母親の怒りを恐れて、モンルヴェルには決して本心を明かさない。彼女は恋人の問いかけに婉曲《えんきょく》語法を用いて遠回しに答えるのみである。そして、両義性をもつその表現は、疑心にさいなまれたモンルヴェルをいっそう絶望へと駆り立てる。アメリーは母親による「にせサラン演出」を承知しているばかりか、母親の命でそのにせサランと恋の逢瀬を楽しんでいるかのように振る舞いさえする。恋人の勇気を疑うそぶりは決して見せないものの、彼女は努めて本心を隠し、架空の恋人の存在をモンルヴェルに信じ込ませようとする。『サンセール』のテクストに feindre, feinte, se déguiser, déguisement, jouer といった、隠し立てや変装や演技を意味する語がひんぱんに繰り返し見出されるのはそのためである。

サランの領主に年格好の似た若者は、夫人の指示によって忠実にサランの役を演じつづけ、アメリーは自らの役柄を心得ているかのように演技する。モンルヴェルにしても、演技と無縁に見えながら、実は架空の失恋の憂き目を見た青年の役をそれとは知らずに演じさせられている。「偽りの外観」のすべてを演出し、しかも自ら誠実な母親役を演じ、演技のすべての意味を知っているのは、サンセール伯爵夫人のみである。

「偽りの外観」は、演技の世界に属する「変装」によって、突如として悲惨な現実に一変する。してみると、にせサラン登場の演出は、伯爵夫人にとって復讐劇の伏線となっていることが分かる。夫人は、モンルヴェルと娘アメリーを相次いで部屋に呼び入れ、ブルゴーニュ公が二人の結婚を許さない以上、二人に残された手段は駆け落ちしかないと納得させ、駆け落ちの時刻と落ち合う場所を指定する。夫人は口実をもうけて娘を入念に「にせサラン」に変装させると、モンルヴェルに対しては、万一にもサランと出会ったら容赦なく刺殺するよう、短剣を手渡す。こうしてアメリーは、「弱々しいかすかな光に照らし出された、不吉な広間の扉を開ける。その広間では、モンルヴェルが手に短剣を握りしめ、恋敵を打ち倒そうと待ち構えている。彼が何者かの出現を目の当たりに見て、あらゆる外見から推してこれこそまさしく目指す敵だと取り違えたのも無理からぬことであった。彼は間髪を入れずがむしゃらに飛びかかり、相手も見ずに突き刺して、その人のためならば自らの血のすべてを幾度も捧げもしたろうに、最愛の女を血の海に打ち倒す」。惨劇そのものの描写はあっけないほどに簡潔であるが、変装は伯爵夫人の復讐劇のクライマックスを構成している。

手紙のトリックおよび変装が『サンセール』において重要な伏線となっていて、クライマックスに「劇的な興趣」を添えていることは以上に見てきたとおりであるが、それら二つの手段は『恋の罪』の他の作品にも散見できる。たとえば、『エルネスティナ』でオクスチエンヌ伯爵が血気盛んなヘルマンをたぶらかすため、誓約書に代わるエルネスティナ宛の手紙をしたためるシーンがそれである。伯爵は、引退したサンダーシュ大佐の昇進に友情から力を貸すと偽り、大佐の野心を煽り、大佐の娘に接近して征服しようと企んでいる。伯爵の振る舞いに疑問を抱いたエルネスティナは父親を説得し、伯爵の意図を確かめようとするが、そんな美徳の側からの策を早くも見抜いた伯爵は、難なくサンダーシュ父娘の信頼を獲ち得てしまう。しかし、それほど信じやすくなかったヘルマン青年は、早朝ピストルを手に伯爵の寝室に闖入《ちんにゅう》し、エルネスティナへの愛を断念する誓約を書面で残すよう迫る。すると伯爵は、きわめてあいまいな婉曲語法による書面をその場で書き、まんまとヘルマンを欺く。「オクスチエンヌ伯爵はエルネスティナ・サンダーシュに対して、結婚相手の選択に関しては彼女の自由に任せ、それが彼女を崇拝する者にいかに耐えがたくとも、近く婚姻の喜びを彼女に享受させるため、最善の手投を講ずることを約束するものである。その崇拝者がいけにえとして捧げられる日は遠からず確実となり、痛ましいものとなろう」。伯爵の書面にしたためられた「彼女を崇拝する者」はきわめて両義的であるにもかかわらず、ヘルマンはそれが伯爵であることを夢にも疑わず、「悲しい戦利品」を恋人エルネスティナのもとへ届ける。書面のトリックは、二人の恋人の悲劇への重要な布石となっているのである。

手紙は、『エルネスティナ』でさらにもう一つの悲劇への伏線となっている。しかも、今度は手紙が変装を通告して一挙に悲劇的な破局を実現するのである。伯爵とショルツ夫人の策略に欺かれ、恋人の処刑を目撃させられつつ凌辱されたエルネスティナは、心中かたく復讐を誓い、父親には親戚筋の青年に伯爵との決闘を依頼したと偽り、自ら伯爵と決闘すべく匿名の決闘状を送りつける。「今晩十時、赤い服をまとった士官が手に剣をたずさえ、港の近くを徘徊するにちがいない。男はそこであなたに会えると期待している。あなたがそこへ現れなければ、くだんの士官はあなたの館に赴いてあなたの頭に弾をお見舞いするはずである」。伯爵は「かならず参上」とだけ書いて決闘に応ずる意志を伝える一方、サンダーシュ父娘の動静を探らせる。大佐は英国の制服を着て決闘の場所に出向くはずである。大佐は娘が自ら決闘に赴くことを知らない。娘エルネスティナは、大佐が後からやってくるとは思ってもみない。またしても伯爵の策略に欺かれた父娘は、たがいに相手を伯爵と思い込み、決闘の果てに父親はその手で娘を刺殺してしまう。

『恋の罪』各篇に見られる悲劇の直線的下降は、手紙のトリックや演劇的要素の濃い変装を伏線に配しながら、クライマックスを「劇的な興趣」で充たして完結する。ところで、演劇的な趣向はたんに変装にとどまるものではない。一七七〇年代以来、小説は演劇のもつ役割を引き受け、当時すでに凋落のきざしがあった悲劇のジャンルに取って代わろうとしていた。劇的な作品とは「対話体小説」を意味し、たとえばある小説に「五幕散文劇の道徳的コント」のような副題がつけられ、またある作品は劇的小説と命名され、小説と演劇のジャンルの境界がことさらあいまいにされる。サドも例外ではない。彼は作中の緊迫した場面ではしばしば対話体を多用し、ことさらに戯曲形式を採り入れる。たとえば、『ロレンツァ』ではこうである。義父カルロの策謀で昏睡状態に陥れられ、あたかも不義密通を働いたかのような状況に追い込まれたロレンツァは、夫アントニオに身のあかしを立てようとするものの、なんの手立てもない。

ロレンツァは、できるものなら死を選びたかったにちがいない。……なにはともあれ、答えなければならない。

「アントニオ」と、彼女は平静に言う。「私たちが一緒になってから、私が一瞬のうちに貞淑から不貞の罪へと変わるかもしれないと、あなたに考えさせたことが一つでもありまして」

アントニオ――「ご婦人方のことで安請け合いはできかねます」

「私は、例外を信じてもよいとうぬぼれていましたわ。(……)」

カルロ――「なんと持って回った言いようだ! (……)」

対話の描写で台詞の交替の指示(……と、だれそれが言った、というたぐいの地の文)は省略され、戯曲形式が突如として採用されるのである。

『エルネスティナ』においても事情は同じである。ヒロインはショルツ夫人に伯爵邸におびき出され、奸計にはまったと悟ったとき、はじめて恋人ヘルマンが大金横領の大罪に問われて司直の手に委ねられていると知らされる。

エルネスティナ――「ヘルマンが犯人ですって！（……）」

伯爵――「エルネスティナさん、その問題を議論している時間も、大急ぎで救済策を立てる以外のことを考える時間も、今のわたしたちにはないのです。（……）彼は死刑を宣告されました……」（エルネスティナは顔面蒼白になります。）「彼が死刑に（……）」

台詞の間に置かれる括弧内の地の文は、戯曲におけるト書に等しい。過去の行為をあえて現在形で伝える動詞の物語体現在のひんぱんな使用は、いっそう戯曲におけるト書を連想させ、中断符「……」は戯曲における「間」の指示であるかのようである。作者サドは、変装などの演劇的要素をことさら作中に取り込んでいるばかりでなく、さらに小説の中にあえて戯曲形式を導入して、小説と戯曲の境界を故意に無視し、戯曲の権利を奪おうとさえしている。

5

『恋の罪』各篇にほぼ共通して見られる語りの定式を要約するなら、作者サドは、一方において悲劇へ至る直線性をあくまでも保持しながら、他方において結末の破局に劇的な効果を与えるため、伏線あるいは演劇的要素、さらには戯曲形式をあえて作中に採り入れていると言ってよい。悲劇へ至る直線的下降は、話者ないし語り手による悲劇の予告、作中人物を不安に陥れる不幸の予感によっていっそう緊迫感を読者に印象づける。それとともに、結末の悲劇性は美徳の特性と不可分な信じやすさに起因することが再三にわたって指摘され、破局の必然性が強調されるのである。

実を言えば、そのような語りの定式は、語りそのものの次元を超えて作者サドの読者意識をも表している。言いかえれば、『恋の罪』の語りの定式はたんにサドのストーリー・テーラーとしての才を明かしているばかりでなく、神経質なまでに作者が読者の存在を念頭において書いていることをいみじくも証明していることになる。『恋の罪』は、どこか推理小説仕立ての謎解きめいた結構をもっている。といっても、奇想天外などんでん返しの展開が用意されているわけではない。読者は冒頭から物語の節目ごとに語り手や話者から悲劇の予告のメッセージを受け取りつつ読み進むのであるから、あらかじめ犯人探しの手間ははぶかれているに等しい。したがって、読者の謎ときは「犯人探し」というよりは、もっぱら「犯行の手口」に集中される。「だれが」ではなく、「いかにして」が重要なのである。したがって、読者は事件の圏外におかれているのではない。むしろ読者はつねに、美徳を体現する作中の主人公たちよりも優位の立場にあって、いっそう詳しい情報を提供されていることになる。

たとえば『サンセール』では、モンルヴェルはブルゴーニュ公が彼とアメリーとの結婚を望んでいないと聞かされて絶望に陥る。しかし、読者はすでにその情報が手紙のトリックによるサンセール夫人の策謀であることを知っている。モンルヴェルは庭を散歩中に暴漢に襲われたとき、それが恋敵サランの指し金であると信じ込む。読者にはそれが夫人の命によって企てられた狂言であるとたやすく見当がつく。一方、娘アメリーは、モンルヴェルを嫉妬させるサランの領主がにせ者であることを承知してはいるが、モンルヴェルとの愛を成就するには駆け落ちしか手段は残されていないと思い込まされる。読者の方では、駆け落ちの計画がいかなる結末を招くかについては知らされないが、それが夫人の企みであって、恐ろしい惨劇の伏線となることを知っている、といった具合である。

事情は『ロレンツァ』の場合も変わらない。貞淑な新妻の不貞の現場が義父カルロの仕掛けた罠であることは読者にはつとに明らかであるが、夫アントニオは妻に死の宣告を下したあと、悶々の情を抱いて戦場に戻る。『エルネスティナ』では、ヒロインは恋人ヘルマンが無実の罪に問われ、獄中にいることを知らない。また、ヘルマンにしても手紙のトリックに気づかず、「悲しい戦利品」をたずさえて戻る。読者は二人の恋人の不幸な立場を察知し、近い将来の悲劇を予想する。

『フロルヴィル』では謎解きはやや入り組んでいて、経過する時間と年齢が謎を解く鍵となる。クールヴァル氏は五五歳になったとき、再婚を思い立つ。友人が早速、彼に紹介してくれたフロルヴィル嬢は、その時三六歳である。彼女がクールヴァル氏に打ち明ける身の上話では、彼女の育ての親であるサン＝プラ氏の妻が死亡したのは、彼女が一五歳のときである。一六歳になって、彼女はナンシーの町でセヌヴァルに誘惑され、一児をもうけたあと捨てられる。次に、信仰篤いレランス夫人宅に預けられて、息子ほどの年頃の青年を誤って刺殺するまで、フロルヴィルは一七年間を過ごしたと語っている。そして、たまたま犯行を目撃したことから強いられてした彼女の証言がある婦人の有罪の決め手となり、処刑の前日その婦人と面会した折、フロルヴィルは自分の年齢を三四歳と答える。その後、彼女は聖母被昇天修道会で二年間を過ごすことになる。一方、一五歳の時に家出した息子は、父親クールヴァル氏を二二年ぶりに訪ねる。語り手はその息子の年齢を三七、八歳と推定している。経過した時間と作中人物たちの年齢は、正確な対応関係を保っていると言ってよい。読者は、フロルヴィルの胸騒ぎとたえず指示される時間の経過や年齢とから、いつしか謎解きをしながら読み進み、美徳の模範とも言うべきヒロインの恐るべき罪の全容に気づいてゆく。フロルヴィルは最後の破局を迎えたときにはじめて、彼女の人生のそれぞれの出来事に対応する時間と年齢の意味を悟るのである。

してみると、美徳を体現する作中人物が《不知》の立場にあるのに対して、読者は語り手または話者の情報を通じてつねに彼らより《知》に近い、いわば《半知》の有利な地歩を保証されていることになる。言ってみれば、読者は自らの有利な地歩を意識しつつ、いつしか「美徳の不幸」の目撃者、いやむしろ共犯的立場に立たされていることに気づくという仕掛けになっている。

読者に対する顧慮は、時代や状況設定、さらには各篇の語りの人称の変化にも読み取ることができる。作者が「美徳の不幸」という単一のテーマを一篇一篇の作品に展開してみせるとき、時間と空間の多様性に腐心したであろうことはたやすく理解できる。時代は一五世紀から作者と同時代の一八世紀までに多様化し、舞台はフランスにとどまらずイギリス、スペイン、スウェーデン、イタリア等に広がる。それぱかりか、一人称の語りを三人称の語りと複雑に組み合わせる手法は、それに劣らず読者への並々ならぬ顧慮をうかがわせる。

『サンセール』や『ロレンツァ』の語りが三人称で統一される一方で、『エルネスティナ』や『フロルヴィル』では三人称と一人称の語りが組み合わされる。『フロルヴィル』の場合、クールヴァル氏の再婚の決心とフロルヴィル嬢との出会いを物語る冒頭部分は三人称で始まり、フロルヴィル嬢の三つの不幸な出来事と二人の婦人の死のコントラストを含む身の上話は当然、出来事の当事者であるヒロインの一人称の語りである。そして、二人の「婚姻の蕾薇の蕾を恐ろしい死の糸形に変えることになった」結末の破局で、ふたたび三人称に戻る。フロルヴィルがクールヴァルに不幸な身の上を打ち明けたとき、彼女は三つの出来事に含まれる不幸の真の意味を理解していない。彼女はただ、不吉な予感やいわく言いがたい胸騒ぎについて語るのみである。その意味で、《不知》の世界に身を置くフロルヴィルの告白に一人称の身の上話という形式が採られているのは、理にかなっていると言えよう。彼女の告白は、冒頭の状況のあいまいさ（彼女はサン＝プラ氏の縁者と見なされていた）を正すかに見えながら、実は真実を悟るまでには至らない。《知》の世界は結末の三人称によってはじめて可能になり、そのとき一挙に決定的な破局が訪れるのである。

語りは『エルネスティナ』においていっそう趣向が凝らされる。というのも、小説は哲学者を自称する「私」と、通訳と案内を兼ねる教養ある人物とが交互に語る二つの一人称から成り立っているからである。「私」は「北方の国の模範と呼んでもよい、聡明で徳高く、慎み深く高潔このうえない国民をとくと眺めてみたい」という思いに駆られ、一七七四年にパリを発ち、翌年スウェーデンに到着する。トーペリ炭鉱でたまたま見かけた囚人の過去に興味を抱いた「私」は、案内人のファルケネイムの口から、エルネスティナと恋人ヘルマンがオクスチエンヌ伯爵とショルツ夫人の非道な策略によって悲惨な死を遂げた話を聞き知る。「私」が鉱山で今は囚人の身となっている伯爵に出会う冒頭部分は、「私」の一人称で語られ、二人の恋人の悲しい物語はファルケネイムの一人称で語られる。小説は案内人の語りで終わらず、囚人オクスチエンヌ伯爵とエルネスティナの父サンダーシュ大佐との対面と葛藤が、それを目撃した「私」の口から語られるという具合に作られている。語りの視点は、現在から過去へさかのぼり、ふたたび現在に戻る。言いかえれば、たんなる旅行者としてスウェーデンを訪れた《不知》の「私」は、ファルケネイムの話を聞き終え、彼と《知》を共有したあと、事件の予想外な収束を語る、という結構である。作者は、語りの視点の変化によって多面体の鏡を通して作中の現実を読者に眺めさせようとしているかのようだ。それはサドの現実認識の方法、あるいは彼のファンタスムの表現法であると同時に、読者への顧慮から生まれた小説作法でもあろう。語りの視点の変化は、サドが語りの人称を定めるのに逡巡があったと解するより、むしろ語りの人称と視点の交互の組み合わせ効果を彼が知悉していたと考えた方がよい。

それにしても、『恋の罪』各篇の語り手と話者はいかなる立場に身を置いているのか。『ロレンツァ』で、カルロを「人も知る性根の持主、それに加えて彼の無節操と色好みである」と決めつけ、『サンセール』で伯爵夫人を「残酷で危険きわまる性格の母親」として描き出し、『エルネスティナ』でオクスチエンヌ伯爵を「道義心も美徳も持ち合わせない極悪人」と断じている語り手と話者は、限りなく想定上の読者の道徳上の立場に自らを同化させようと努めているかのようだ。では、語り手や話者が同化しようとしている読者とは何者であるのか。『恋の罪』の語りの検討は、つまるところ作者によって想定された読者の存在に行き着く。サドが「三文時評家ヴィルテルクに答える」で次のように述べているのは、あながち韜晦ではなかったのである。「私は自作においてはなによりも悪徳を永久に憎悪させうる色調でしか描かなかった」。サドは読者の存在を度外視し、ただおのれの書きたいことだけを書いたのではない。『恋の罪』は、読者の存在が作者にとって重要な意味を帯びていることを教えてくれる。ついでながら、違反の系列に属する「ジュスチーヌ」物三部作では、冒頭の前置きの一節がそのつど、想定上の読者を異にしていることが明示される。

初出一覧

もう一つの共鳴

「もう一つの共鳴」、『世界の詩Ⅰ　フランソワ・ヴィヨン』一九八一年、思潮社

二つの生のスタイル

「カザノヴァとレチフ——二つの生のスタイル」、『ユリイカ』一九八一年一〇月号、青土社

『ムッシュー・ニコラ』の刊行

「『ムッシュー・ニコラ』の刊行」、『文学』一九九〇年秋号、岩波書店

ユートピストの肖像

「ユートピストの肖像」、『現代思想』一九七四年四月号、青土社

共和国幻想

「共和国幻想」1〜12、『現代思想』一九七六年一月号〜一二月号、青土社

ユートピア小説『南半球の発見』

「訳者解説」、『南半球の発見』一九八五年、創土社

内蔵された二つの語り

「内蔵された二つの語り」、青山学院大学総合研究所『研究叢書』一三号、一九九九年

作家の常数と変数

「作家の常数と変数——レチフ・ド・ラ・ブルトンヌの場合」、『思想』一九八九年七月号（フランス革命二〇〇年特集）、岩波書店

レチフとフランス革命

「大革命とフランス文学」、ワイマル友の会『研究報告』一二、一九八七年

春本と「哲学書」

「春本と「哲学書」——違反の領域に鎮座するリベルタン小説」、『文学』一九九九年夏号、岩波書店

小説家サドのファンタスム

「小説家サドのファンタスム」、『文学』一九九四年秋号、岩波書店

『恋の罪』語りの定式

「『恋の罪』語りの定式、または仮想の読者」、青山学院大学総合研究所『研究叢書』九号、一九九七年

あとがき

これまで雑誌や訳書の解説などに書いたものを本にまとめてみてはと勧めてくれる友人に促されて、法政大学出版局編集長、平川俊彦氏にご相談したところ、本書の企画を立てて下さった。そして、新たになにかを加えてみてはという氏の助言に従い、本年一月に行なわれた青山学院大学での私の最終講義「幸福をめぐる三つのパラドックス」を一文にまとめ、それを本書の冒頭に載せることにした。

私は以前から、二〇〇年近くものあいだ誤解された後ついに本国フランスで一九七〇年代後半に劇的に復活され、再評価されたレチフに興味を抱き、わが国におけるレチフ紹介に努めてきたが、その後、レチフと反目し合いながらも互いに注目し合う好敵手の関係にあったサドの作品を読むようになり、翻訳も手がけてみた。最近は、レチフやとりわけサドに深い影響を与えたヴォルテールの哲学コントをどう読んだらよいか、テクストと向き合っている。「幸福をめぐる三つのパラドックス」という表題で、これら三人の作家を取り上げてみる気になったのはそんな事情からである。

他はすべて、「初出一覧」に記したように、折にふれてレチフとサドについて書いたものから選び、一八世紀フランスのユートピア文学、レチフ文学の世界、レチフとフランス革命、リベルタン小説とサド、サドの適法の小説と違反の小説といった具合に並べてみた。

なお、「ユートピストの肖像」には「啓蒙された無神論者ドン・デシャン」と題する一文も含まれていたが、本書では削除した。ルソー、エルヴェシウス、ダランベール、ヴォルテール、ディドロなど、当代一流の思想家たちを自らの平等主義思想に改宗させようと望んだこのヴェネディクト会修道士については、野沢協氏による日本語訳『道徳考』と長文のすぐれた解説（『啓蒙のユートピア』第三巻所収、法政大学出版局、一九九七年）が刊行されているからである。

最後に、本書の企画を引き受けてくださった上、適切な助言を惜しまれなかった平川俊彦氏のご厚情に深く感謝したい。

著者しるす

二〇〇四年三月

《思想＊多島海》シリーズ

著者紹介：植田祐次（うえだ ゆうじ）

1936年旧満州国営口に生まれる．早稲田大学大学院博士課程中退．青山学院大学名誉教授．編著に，『十八世紀フランス文学を学ぶ人のために』（世界思想社），訳書に，レチフ『サラ』（二見書房）『パリの夜』（岩波書店）『南半球の発見』『アンドログラフ』（法政大学出版局）『ポルノグラフ』（岩波書店），サド『恋の罪』『ジュスチーヌ』（岩波書店）など．

共和国幻想
レチフとサドの世界

二〇〇四年九月三〇日　初版第一刷発行

著　者　植田祐次

発行所　財団法人法政大学出版局
〒102-0073　東京都千代田区九段北3-2-7
電話　東京03（五二一四）五五四〇
振替　〇〇一六〇―六―九五八一四

製版・緑営舎　印刷・三和印刷
製本・鈴木製本所

ISBN4-588-10003-3